血色围山

彭晓玲　卢安国　著

中国言实出版社

图书在版编目（CIP）数据

血色围山 / 彭晓玲，卢安国著 . — 北京 : 中国言
实出版社，2016.12
ISBN 978-7-5171-2159-6

Ⅰ . ①血… Ⅱ . ①彭… ②卢… Ⅲ . ①长篇小说—中
国—当代 Ⅳ . ① I247.5

中国版本图书馆 CIP 数据核字（2017）第 036788 号

责任编辑：邓见柏
文字编辑：代青霞
封面设计：杨　启
摄　　影：邓霞林

出版发行：中国言实出版社

地　　址：北京市朝阳区北苑路 180 号加利大厦 5 号楼 105 室
邮　　编：100101
编辑部：北京市海淀区北太平庄路甲 1 号
邮　　编：100088
电　　话：64924853（总编室）64924716（发行部）
网　　址：www.zgyscbs.cn
E-mail：zgyscbs@263.net

经　　销：新华书店
印　　刷：北京京华虎彩印刷有限公司
版　　次：2017 年 2 月第 1 版　　2017 年 2 月第 1 次印刷
规　　格：710 毫米 ×1000 毫米　1/16　14.75 印张
字　　数：230 千字
定　　价：32.80 元　ISBN 978-7-5171-2159-6

透过斑斓色彩审视人性与历史

何品荣（代序）

捧读《血色围山》，真是一种享受！

作品讲述了一个独特的故事：在中日长沙大会战前夕，薛岳将军奉蒋介石的严令，清理军中眷属，将三百多名姨太太疏散到后方南岳去，派部队护送，称为"玉蝴蝶行动"。

这支军人与军人眷属混杂的队伍，途中遭到日军和土匪的袭击，遂演出了一幕幕惨烈的悲剧。

说故事独特，并非指这场遭遇战有多大的分量，论其在长沙大会战中的地位，简直不值一提。它的独特之处有两点：

一是，迄今为止，写抗日战争，角度之多，题材之广，真是无从细说，然而描述一群国民党姨太太在特定的条件下，竟然充当了血洒疆场、勇搏敌寇的战士，这样的内容甚是罕见。

二是，故事的主人公，第一号是郝红梅，第二号是郑天挺，两个身为"玉蝴蝶行动"的负责人，是一种独特的组合。

郝红梅出身穷苦，为富绅之家的丫鬟，跟随背叛家庭、信仰马列主义的富绅小姐傅蓉积极投身革命，成为湘鄂赣苏区红军独立师特务营营长，后被国民党搜山队俘虏。她身陷敌垒，未失气节，但抗战初期之时，尚未回到党的怀抱。

郑天挺亦为贫苦出身，曾为乞丐，后图果腹入伍，在国军中因多次立"军功"，得以步步升迁，成了"剿共"的白军营长，乃至当上了团长。

郝与郑在执行"玉蝴蝶行动"时，早已结为夫妻，并育有一子。一个是因客观原因脱离了党组织的革命者，一个是曾"剿"过共、立过"功"的国民党团长，以恩爱夫妻的形象，并驾齐驱，去完成薛岳将军的使命，更有其独特性。

不少小说和影视剧表现国共合作共同抗日，人物极具多样性。

有的或公开身份，坦诚相见，亲密合作，如朱德与卫立煌在山西抗敌前线一般。

有的或公开身份，而立场有异，台上握手，台下踢脚，如阎锡山之流在国家民族存亡之际，还有心制造摩擦。

有的是隐去共产党员身份，置身国民党机关内和军内，与人配合，打击日寇和汉奸。

有的是我党地下工作者打入日伪机关，暗中协助国民党的特工人员，获取敌伪情报，粉碎敌伪阴谋……

他们都有一个共同点，那就是共产党人的公开活动与地下活动，均是奉党之命，皆有组织、有领导。

而郝、郑夫妻联手，来执行一项特殊任务，对郝红梅而言，却是非组织行为，但又确实体现了在危急时刻国共合作抵御外侮的组织性，体现了她未敢忘却自身的使命。

两大独特之处，彰显了作品题材非常新颖、内容别具一格的风采，也让故事情节跌宕起伏，扣人心弦。

一场小小遭遇战，铺陈出一个长篇来，读来不觉冗长，而使人兴味盎然，就贵在作品有独特之处。

那么，这种独特的东西，让人从中悟出了什么呢？是不是感觉到了作者对人性的挖掘深度和对历史的充分尊重呢？

有名家说过，文学即人学，即文学的表现力，重在揭示人性。

人性是广泛的，人的社会性、历史性，不断丰富着不同时代的人性内涵。从人类出现阶级之后，人性打上了阶级烙印，这是无疑的。

阶级性不过是人性里最本质的东西而已，岂能包含人性的全部内容？况且，作为阶级的人，随着其社会地位、经济地位及政治观点的变化，其阶级性也是在变化的。

"文化大革命"初期，泛滥一时的"老子英雄儿好汉，老子反动儿混蛋"的血统论，是将人的阶级性凝固化的典型。片面地反对表现广泛的人性，曾使作家群体在一个时期内专以表现阶级性为己任，导致作品选材单一和人物形象单薄。

打倒"四人帮"之后，中国大地掀起了一场伟大的思想解放运动，作家少了束缚，可以在作品中充分表现人性，文学的功能得以充分展示。

《血色围山》中的郝红梅，这个又称"红姑"的共产党员（注：她始终是共产党员，只是当时处于与党组织失联的状态下），与国民党军官郑天挺结为夫妇，并非为暴力相逼，而是两人经历了三年的彼此了解，才从相互仇视对立转变为真心相恋。他们并未抛舍各自的信仰与主义，并未背弃各自的阵营与政见，而是都具有善良、坦诚、正直、血性、刚强等人性亮点，相互认同，才撞出了爱的火花，继而熊熊燃烧，结成爱侣。

若不用人性来解读，真无法说清这对恩爱夫妻的来由。

书中的第三号人物魏浩远，出身富家，贵为大少爷，因不堪承受腐朽封建家庭的桎梏，向往革命，参加了红军，且成长为领导人。

因受王明"左"倾路线之害，他成了将要整肃的对象。为了保命和另谋前程，他借机逃出苏区，投奔敌营，给白军带路来扫荡苏区。然夜深人静，他又自愧自耻，以致后来消极怠工，或酗酒或装病。此时，其天良尚未泯灭殆尽，尚有一丝半点人性残留！

再后来，他任国民党的保安大队长时，私放抢劫银行的匪徒冷森，从此两人相互勾结，狼狈为奸，他得以步步升迁，企图出人头地。

最后，因贪婪无度，在"玉蝴蝶行动"中，他走向了与民族、与人类为敌的深渊，而自取其祸，被"红姑"击毙！他走到人生尽头，是置民族大义而不顾乃至人性丧尽的恶果。

作者为一场小遭遇战，花了众多笔墨，并非着意描述战斗情景，而是借战斗的起因、过程和结局，来演绎形形色色的人物命运，从而次第展开一幅幅历史画卷。其既多姿多彩，也不乏血腥恐怖。

我国文艺史上，有一个时期，曾经强调塑造人物形象要么"高、大、全"，要么"凶、丑、愚"。因此不少作品中的人物形象干瘪，甚至脸谱化。希望通过这样的作品，来对青少年进行革命传统教育，就不可避免地具有形而上学的缺陷。

好在党的十一届三中全会实现了伟大的转折，文艺反映生活再现历史获得了新动力，打开了新的局面。

《血色围山》的作者成功地跳出了历史的窠臼，以源于生活又反映生活的大手笔，多维度地展示人物的性格，使人物形象十分丰满，均有鲜明的个性。而且，作者在写各色人物的命运时，本着尊重历史还原真相的良好愿望和对历史负责的严肃态度，敢于直面问题。

如苏区的政府主席余启坤历经磨难，在最艰苦卓绝的南方三年游击战争中未死，却倒在抗战的后方"新四军驻平江办事处"的住所里。杀害他的凶手，是原在红军中担任过军长、后叛变投敌的孔荷宠！

孔荷宠这个刽子手，在国共合作的新形势下，竟然充当蒋介石制造摩擦事件掀起反共高潮的马前卒。一个共产党内的败类，为国民党如此卖力，去屠杀曾是同一战壕的战友。

郝红梅这个一度与党失联的共产党员，目睹了自己崇敬的引路人傅蓉大姐，坚持信仰而又遭诬陷枉死的场面，自身也险被误杀，仍不改初衷，一心向党，在落入敌手面对死亡时坚贞不屈。当率众抗击日寇遭遇失败后，通过我党抗日游击队的解救，她又重回党的怀抱，为党的事业继续奋斗。

作者叙说的历史，呈现着它的不同色彩和千姿百态！

提到国民党军官姨太太，人们一般认为，她们只是娇滴滴的享乐者！《血色围山》的作者却塑造了一批形象各异的另类形象。

比如姨太太行列中，荷花原本是一个农家姑娘，勤劳朴实，与同是穷苦人家的"长庚哥"青梅竹马，真心相恋，甘守清贫，相约终身为伴永不相负。然而父病缺钱就医，为救父命，十九岁的她被卖给年已五十好几的郭师长，当了人家的第三房姨太太。十九岁的女孩牺牲了美好的爱情和花一样的年华，她的苦楚比被资本家盘剥的挖煤矿工，比被地主驱使耕田的贫雇农少么？同为旧制度所迫害的人，只是一个形式的差异而已。

"小嫦娥"在成为国军眷属之前，是烟花巷中人。她沦为妓女，不是自甘堕落，实在是贫困无奈以求苟活的产物，乃至人们忘记了她真实的姓名。后来，她被一军官看中，赎身从良，成了军官眷属，不过是转换了卖笑卖身的方式，由取悦千人做众人玩物，变成了由一人包养供一人淫乐的玩物罢了。这些都是生活在社会最底层的人物！

还有个姨太太叫文绣，她本有才有艺又追求进步与自由，在乱世却无处安身立命，妙龄女郎被迫进入豪门，成为随身丫鬟。女主人担心自家少爷在军营无人照顾，就将长相清秀聪明伶俐的她赏给宝贝儿子做妾，于是天涯沦落人就这么当上了姨太太。能将她也简单地视为享乐者么？

细数这些姨太太，各有各的心酸史，各有各的小算盘，性格各异，形象纷纭，但她们都是无辜无奈的弱者，也是昔日社会的产物。

历史的面貌何其复杂，简单地把人分成几个类别，然后贴上标签，不加分析地或美化，或鞭挞，都是不科学、不慎重的。而作者以全面的和发展的观点看待历史，以虚构的故事来书写历史的真实，实在可贵！

也因此，在我看来，《血色围山》的艺术魅力就在这里：透过斑斓色彩，审视人性和历史！

何品荣

2016.11.8

.

目　　录

楔 子

1992 年的春天，依然没有什么特别之处，而我已是知天命之年了，在金盆镇围山脚下这所初级中学任教快二十年了，眼看着还有几年就要退休了。

忽一日，学校传达室矮个子吴老头神秘兮兮地交给我一封来自台湾高雄的信。我一看信封上的邮戳，就知道此信已辗转了不少地方。信是翠喜写给我母亲郝红梅的，令我大为意外。

我母亲已于 1968 年秋天过世了，死之前她一直被红卫兵揪斗，很久未能回家。其实早在 1964 年，她就倒霉了。

起因是 1961 年母亲的同乡、老上级、时任省委副书记罗南，为了让乡亲们在大饥荒中能吃上饱饭，到老家围山公社霞光大队办点，搞了一年"包产到户"的试验。大获成功后，他总结成"霞光经验"，并加以推广。当时的浏阳县县委将之称为"霞光道路"，在全县普遍推行。

不料，1963 年中央下达"认真办集体，坚决扭单干"的专门文件，1964 年"霞光道路"即被定性为"大刮单干妖风的资本主义道路"，罗南被划为"右倾机会主义分子"，受到了猛烈的批判，除保留省委委员头衔外，被撤职靠边站。

我母亲因曾应邀参加了一次"霞光经验"的座谈会，也受到了牵连，被从湘东地委主管工青妇工作的常委位子上拉下了马，调到一家国营工厂当工会主席。

就在那一年，我刚好从省师范学院毕业。我这个大学里的风云人物，本来是内定分配到共青团长沙市委当宣传干事的，结果也受连累，被分到市内一所中学当语文老师，相恋两年的女友也冷冰冰地提出了分手。我虽万分痛苦，却也无可奈何，收起满腔豪情，小心翼翼地教书育人。

谁知道"文化大革命"爆发那年，我母亲首当其冲就被揪了出来，且挨的批斗步步升级。一开始，她只是被挂上"三家村小邓拓黑帮分子"的黑牌，紧接着被挂上了"死不改悔的走资派"黑牌，到最后因查出我父亲是国民党团长，又挂上了"大叛徒美女蛇国民党姨太太"的大黑牌，乃至天天被揪斗。

母亲关押起来后不久，我也以莫须有的理由被清出教师队伍，被发配到围山脚下的金盆镇，重新回到母亲的老家、我的出生地劳动改造。

家里的老保姆吴妈从我一出世就陪着我，对我百般痛惜，自然毫不犹豫地陪我回到了偏于湘东一隅的小镇。何况我这个百无一用的"黑五类"子弟，既不会炒菜做饭，也不会洗衣浆衫，离开她就无法独立生活。

这里也是当年母亲闹革命的地方，还是父亲牺牲的地方。刚刚在我们母子曾经安身的房子里安顿下来，还没来得及收捡，就接到了母亲单位的电报，让我火速赶回长沙城。

整整一个夏天，我与吴妈都无法见到母亲，到母亲单位去问，那个胖胖的守门老头，有时连门都不让我们进。临走时，我与吴妈巴巴地去给母亲送秋夹衣和棉衣，都未能见母亲一面。

现在，单位却突然来电报，一种前所未有的担忧席卷而来，电报上简单的几个字都无法看清，母亲会怎么样呢？站在那间临时寄住的偏屋门口，我不由颤抖起来，一旁的吴妈则早已满眼是泪。

第二天傍晚，当我和吴妈惴惴地赶到母亲单位时，被人领到空荡荡的会议室里，母亲就躺在会议室中间简陋的会议桌上。

母亲这是怎么了？我心急如焚，几步就奔到母亲的跟前。我愕然发现母亲的头发全白了，煞白的脸上满是无辜的小女孩神情，她穿着那件她最喜欢的深蓝色列宁式上衣及深蓝色长裤。我忙去握母亲的手，她的手已然冰冷僵硬。

我霎时掉进了冰窖，陷入绝望的黑暗，母亲已然走了，母亲远远地离开了我们！吴妈"哇"地哭了起来，我却没有半点眼泪，这一切于我而言太突然了。母亲还很年轻，母亲说过她要看到我结婚生子，她还要帮我带儿女，她不能让我父亲郑天挺失望。可母亲却孤独地走了，甚至她死的时候，她最爱的儿子都没在身旁。

吴妈坚持要给母亲换一套干净衣裳，却没得到许可，相反我俩很快就被赶出了会议室。

来到寒意渐起的大街上，天已然一片昏暗，一个个行人面无表情地匆匆而行。从此，我在这个城市已举目无亲了！

我头痛欲裂，仿佛伤痛已然耗尽了我浑身的力气，我再也无法迈开半步，一屁股坐在街旁的一棵大樟树下。吴妈也不劝我，也靠着我坐下，却一直在低低地絮絮地哭诉着。母亲肯定受罪了，母亲请原谅儿子的不孝，儿子不能在您身边为您守灵，就让儿子在大街上为您守灵吧。

一夜无眠，待到第二天上午上班时间，我与吴妈就急匆匆地赶过去，会议桌上已经空荡荡的。

我与吴妈急得泪眼相对，正想找人问个明白时，一位瘦瘦的中年人捧着一只白瓷坛朝我们走来，一看却是陌生面孔。他看也不看我们，干巴巴地说道："这是郝红梅的骨灰，你们家属好好收起来吧。"我强抑着汹涌的泪水，呆呆地接了过来，只觉得那小小的瓷坛重若千斤。母亲就这样无声无息地离开了我们，连一句话都没留下。

我们早已搬出了之前老干部楼里的套房，被人胡乱地塞到大院那排杂房里，即最顶上一间旧旧的平房里。那个之前整洁温馨的家早已让人抄过多次，许多东西已不翼而飞，不住也罢。

回到简陋的小屋里，我的眼泪滚滚而下，我将母亲的骨灰坛轻轻地放在房子中间的桌子上，跪倒在桌前的地上。吴妈悄悄地关上门，跪到我的身旁，边哭边偷偷地给母亲烧纸钱。

一连好几天，都没人来我们家看看，也没人来祭奠母亲，更没人来告诉我母亲到底是怎么死的。

既然城里已没有我的安身之地，我只得抱着母亲的骨灰坛回到金盆镇，偷偷地将母亲埋在镇子附近的山上。

吴妈交代我绝对不要和外人提起这一切。吴妈是对的，吴妈是我最亲的人了，我从此得与吴妈相依为命了。好在金盆镇没人为难我，我天天和当地人一起上工，吴妈去队上喂那几头牛。

当一切平静后，很多个夜晚，吴妈就和我讲母亲与父亲的传奇故事，讲着讲着，吴妈就哭得喘不过气来，我也满心酸涩。

直到1978年秋天，母亲已经过世整整十年了，母亲原单位湘东地委派人到金盆镇找到了我，告诉我母亲已经平反了，已经恢复了名誉，得重新给她

开追悼大会。

　　再次回到省城长沙，我真是恍然如梦。就是那间小平房都早让人逼着让出来了，我与这个城市早已形同陌路，当夜就胡乱地住在小招待所里。

　　在追悼大会上，我见到母亲昔日的战友及上级罗南伯伯。罗南伯伯当然老了，他特地走到我眼前，拉着我的手流泪了，说我母亲受苦了，我受苦了，让我回金盆镇教书。

　　不久，县里派人专程来找我，安排我到金盆镇中学教书，我就一直待在金盆镇中学，成了地地道道的金盆镇人了。就在这年年底，我终于结婚了，妻子就在当地卫生院上班。我俩节衣缩食过日子，略有节余后，就在金盆镇镇边上建起了一栋平房。

　　吴妈一直随我生活，帮衬着我带大了一儿一女，到1985年她八十五岁时无疾而终，我给她办了场热热闹闹的丧事。

　　当我再三读过台湾翠喜的来信后，一连几天都沉默不语，时不时就坐在书桌边发呆。这可吓坏了妻子，她不知道我已陷入父母当年抗日的回忆里……

于是，我作为第九战区唯一没有小老婆的团长，这次的任
务便是护送全战区三百多名姨太太，迅速转移到南岳去，办好
交接后，再迅速赶去衡阳城外围阻击敌人！上级还美其名曰
"玉蝴蝶行动"！

父亲骑了一天马才到家

1941 年的冬天特别寒冷。这一年 12 月 24 日，盘踞武汉的日本第十一军在司令阿南惟几将军的指挥下，强渡新墙河，第三次向长沙城实施进攻。

我父亲郑天挺，国民党第九战区薛岳将军麾下的一名上校团长，正是在这天一大早策马驰出长沙城，带着他的干儿子兼卫兵小柱子，两人两骑，一青一赤，一前一后，沿着曲折的浏阳河岸，向围山脚下飞奔，寒风迎面嗖嗖而来。

还在头年秋天，天气刚刚转凉，父亲趁短暂的休整时机，赶紧护送即将临盆的母亲回到她的老家金盆镇，在靠近镇街的尾巴上买了栋小院子，让她在围山脚下安顿下来。

外婆家的亲人早死光了，死于第二次国内革命战争的那场十年战火。请来照顾母亲的女佣吴妈，是父亲为数不多的一个远房亲戚，是他的表姊还是表姑，连母亲都不太清楚。

吴妈约四十岁的样子，个子不高，瘦瘦的，套了件深蓝色大褂，头发梳得很整齐，就连大褂上的几块补丁都很整齐，一副精明干练的模样。

母亲看到吴妈眼里的善良，很是中意。再后来，母亲发觉吴妈虽不喜多言，但干起活来又快又好又贴心，竟然孤身一人多年了，更是又怜惜又喜欢。

眼见母亲与吴妈相处很好，父亲悬着的心才略微放松，终于狠下心来决定离开，毕竟前方又要开战了。

吴妈头天晚上就准备好了干粮，第二天天还没亮，就早早地起来生火做饭。

当吴妈在厨房里忙碌的声音隐隐传来，母亲就醒了，听着父亲沉稳的呼吸，躺着没动，泪却悄悄地流了下来。

父亲很快就醒了。他忍不住抱了抱母亲，温柔地摸了摸母亲的大肚子。许是觉察到了母亲的异常，父亲忙欠起身来点亮了床头小桌上的油灯，反过身来探究地看了看母亲："红姑，你怎么了？是不是不舒服？"

母亲已悄悄地抹干了眼泪，强装欢颜地说道："没什么，你不用担心，赶紧起床去准备吧，今天你和柱子还得赶一天的路，也不知何时才能赶回驻地！

吃饱点，我就不起来了！"

父亲紧紧地抱着母亲，什么也没说，母亲也抱着父亲的头，世界仿佛已然静止。良久，父亲长叹一声，松开了母亲，猛地跳下床，边急急地穿衣服边对母亲说："红姑，你不要起来了！你在家多保重！我得走了！"

母亲真的没起床，父亲走了仿佛把她的心也带走了。她一直在侧耳倾听。她听得见父亲在房门前站了一会，然后走进厨房急急吃了些东西；她听得见父亲在絮絮地交代吴妈千万要用心照顾好太太；她听得见父亲与小柱子走出屋外，跨上马急驰而去。

母亲的泪大颗大颗地滚落而下……

这天天差不多黑了，父亲才踏进金盆镇，镇子里已少有行人，家家户户大门紧闭。父亲压抑住激动的心跳，向小柱子摆摆手，俩人放慢了速度，缓缓朝街尾走去。

远远地，一眼瞧见家里窗内昏黄的灯光，父亲赶紧翻身下马，将马绳丢给了小柱子，自己则疾步向前，在大门前立住了脚。他深深地吸了口气，敲了敲门，轻声地唤道："红姑，红姑，我回来了。"

父亲声声呼唤里溢满了急切与思念。母亲原本坐在火房里喂我吃奶，惊讶地听到父亲熟悉的声音，赶紧抱起我朝堂屋里奔。

当母亲打开大门时，父亲顾不上脱下披风，就猛地抱起母亲，而母亲怀里则抱着我。

父亲的臂膀那么强劲有力，父亲的眼光更是炽热，母亲的脸发烧了，母亲在父亲的怀抱里不禁微微颤抖，而我则在母亲的怀里大哭起来。父亲赶紧放下了母亲，抢着将我笨拙地抱在怀里，随母亲一道走进了温暖的火房。

小崽子是不是认得我

"我有儿子了！我有崽了！"借着昏黄的灯光，父亲凝视着我，情不自禁地傻笑起来，用他那满是胡茬的脸庞，轻轻地靠在我稚嫩的面颊上。

我竟然不再哭了，倒睁大双眼好奇地看着他。父亲惊喜地抬起头来，对母亲说："红姑，你看，你看，小崽子是不是认得我？"

母亲依然红着脸，笑了笑，深情地看着父亲和我："给你生了个小抗日，

等你取名哩，天挺！"

"不，不是小抗日。"父亲连连反驳母亲，"儿子长大了还要抗日，那我们这些人还有什么用？老子抗日，打败了小日本，儿子就来建国，建设强大的中国。对，小崽子就叫建国吧！"

母亲凝神想了想，笑了："就是你会说，依你吧。"

母亲怜爱地抱过我，转过头看着依然沉浸在兴奋里的父亲，眼里满是痛惜："你一进屋，我就闻到了火药味，天太冷了，你也跑了那么远的路，还是坐下来歇歇！先吃些东西，烤烤火，等缓过劲来，再说你们要打的仗吧。"

父亲笑了笑，忙脱下披风，偷偷地亲了亲母亲的脸，才在火炉前的椅子上坐下来。阵阵温暖袭来，又连喝了几口吴妈递过来的热茶，父亲脸上满是惬意，凑过来深情地瞧着母亲怀里的我。

父亲将自己的椅子移近母亲，牵起母亲的手："红姑，都过去一年多了，让你独自一人拉扯崽！你真是吃苦了！吃大苦了！实在是战事紧，我抽不开身，崽都这么大了，我才回来！不过我的心一直就在你和崽的身旁，天天想着你们母子俩呢！那次接到你的信说生了个儿子，我高兴地和兄弟喝了一通酒！"

母亲瞧了瞧门口，抽回了自己的手，不好意思地说："都老夫老妻了，叫人看见多不好，真是傻样！我还能不知道吗？只要你在外平安，我就安心了！"

父亲不管不顾地又牵起母亲的手，母亲只得任他了。父亲温暖的手，令母亲所有的孤寂与辛劳不翼而飞，内心一片柔软而踏实，抱着我静静地依偎在父亲怀里。父亲顺势抱着我们母子，亲了亲我，又亲了亲母亲，开心地笑了。

父亲好似很享受环抱我们母子的味道，微微眯着眼，偶尔拍拍母亲的后背。旺旺的炉火，暖暖的气息围裹而来，令人惬意极了。

父亲忽然想起了什么，忙松开我们母子，右手伸进大衣口袋里，掏出了两只红花缎子包，笑笑地看看母亲。

母亲当然知道父亲的小把戏，看了看父亲，娇嗔道："你呀，回来就好，还买什么东西呀？"

父亲不作声，小心翼翼地打开一只红花缎子包，掏出一对亮闪闪的银圈子，伴着动听的细脆的铃声。

母亲眼睛一亮，忙接过去一瞧，欣喜地赞道："哦，崽崽的银手圈，真精致！真亏你这个当爹的想得周到！"

受到鼓舞的父亲，早已一脸灿烂，又从另一只红花缎子包里，掏出了一只精巧的碧玉镯子，深情地对母亲说："红姑，这是我托人特意给你买的，你看这玉绿得多好，你戴了肯定好看！"说完，父亲就拉过母亲的左手，动作轻柔地给母亲戴上。

碧玉镯子戴在母亲细嫩的手腕处，在昏黄的灯光下，泛着碧绿的晶莹的光泽，真是美极了。母亲眼睛亮闪闪的，脸上满是幸福的满足的笑，抱着我重新倚在父亲怀里。

父亲轻轻地拍了拍母亲，下巴轻轻地摩挲着母亲的头，长叹一声，缓缓说道："红姑，我巴不得战事快快结束，我们一家就可天天在一起了！都怪我不能好好照顾你，害得你产后贫血！那次看过你的信，我真是恨自己啊！这次我特地给你买了些阿胶糕，老中医说此物补血最好呢！"

母亲忙安慰道："天挺，你上战场打鬼子是大事！我产后贫血不是什么大毛病，没什么事呀，你不要太在意！"

此刻唯有安静与温馨，悄然弥漫在周遭。父亲的眼睛湿润了，不由又紧紧地抱了抱母亲。

末了，我在母亲怀里动了动，惊醒了父亲与母亲。父亲只得松开双手，叹了叹气对母亲说："红姑，我真想天天和你们母子在一起呢！这次回来我都费尽了心思！明天一大早就得走！实在是无奈呀！日军第十一军强渡新墙河，向长沙城猛扑过来，还有南昌方面的第三十四师团、第十四混成旅团从侧翼策应，形势严峻着呢。"

母亲愣了愣，问："那么，你们的薛长官准备如何应战？"

父亲的眼睛亮了亮，随后又暗淡了："薛长官的作战计划代号叫'天炉'，就是要把以长沙为中心的湘东北丘陵地带，变成一座熔炼仙丹的巨大天炉，让闯进来的日军一个个被烧化、被熔解。重庆老头子很重视这个计划，多次指示此仗只能打好，不能打坏，要打出个样子给美国盟邦看看。"

母亲冷笑一声道："嘀，看来长沙要变成第二个台儿庄，薛岳要做李宗仁第二了。"

父亲满脸懊恼："可惜，这次我没有捞到什么仗打。"

母亲看了看满脸沮丧的父亲，有些难以相信："作为一个主力团长，哪次你不是冲锋在前，这次你会没有仗打？是当预备队吗？"

父亲苦着脸说："当预备队倒好，连预备队也不是，是婆婆妈妈队！唉，只怪美国将军史迪威的一句话，害得老子坐了冷板凳！"

母亲面露惊异之色："难道远在天边的美国将军，会知道你郑天挺，中国军队一个小小的团长吗？"

父亲苦笑道："作为即将赴任中国战区统帅部的参谋长，他当然不会知道我，可是这个曾任驻华武官的美国将军知道中国军队很多内幕。比如，他知道中国军队的长官们有一个很普遍的嗜好，那就是养小老婆……"

"不，不！"母亲截住父亲的话头，声音高了起来，"美国将军讲得不全对，共产党领导的八路军、新四军，就没有小老婆！"

父亲看了看母亲，脸色缓和多了："莫急性，精明的美国佬怎么会不知道此事？可史迪威偏偏强调，美国纳税人贡献的武器装备，只能交给那些不养小老婆、能打胜仗的中国抗日军队。重庆的老头子就下了一道严令，各战区军队务必在美国顾问到达之前清理随军眷属，凡非正室的军人配偶，即刻遣散，妥善处置。"

"于是，我作为第九战区唯一没有小老婆的团长，这次的任务便是护送全战区三百多名姨太太，迅速转移到南岳，办好交接后，再迅速赶去衡阳城外围阻击敌人！上级还美其名曰'玉蝴蝶行动'！"

母亲有些来气了："你们国民党军队的事就是怪，从哪里娶来的姨太太，就送回到哪里去，大不了发几个路费，派几个勤务兵送一程，这不就了结？要说妥善安置也行，可大敌当前，怎么能派一个主力团护送？"

此时，我早已躺在母亲温暖的怀里睡着了，父亲轻柔地摸了摸我红扑扑的脸，看了母亲一眼："红姑，你当了那么多年的国民党团长太太，怎么还是开口闭口你们国民党军队？"

母亲盯了父亲一眼，声音高了起来："我嫁的是你郑天挺这个人，我没有嫁给国民党军队，下辈子我也不会把国民党军队称作'我们'的！"

父亲看了看母亲美丽的眼睛。他太熟悉母亲眼里的凌厉了，却仍如此爱恋这美丽的眼睛。

睡梦中的我被惊吓得抖了几下，母亲赶紧朝父亲摇摇手，示意父亲不要再说话。母亲轻轻拍拍我的背，轻声地哼唱着儿歌，我又渐渐地睡着了。

父亲暗暗地松了一口气，火房里一时安静下来。吴妈与柱子在厨房里忙碌的声音便嘈嘈杂杂传了过来。刚才趁父亲抱着我亲热时，母亲就吩咐吴妈赶紧做饭，说父亲差不多跑了一天路，肯定饿坏了，特别交代要蒸一碗父亲爱吃的腊肉呢。

此刻，父亲瞧了瞧昏黄的灯光下母亲美丽的侧影，这个令他无比爱恋与心疼的女人，仿佛很远又很近，他的思绪不知不觉游离到了往昔。

母亲曾是红军特务营营长

父亲还是国民党部队的一名营长时，他所在的部队时常奉命前去对湘鄂赣苏区进行"围剿"。父亲那时就知道了他的对手——母亲的名字，大号"郝红梅"，小名"红姑"，红军独立师特务营营长。

湖南省"剿共"指挥部悬赏捉拿的"共匪要犯"名单中，对湘鄂赣苏区红军独立师女师长傅蓉的开价是三千大洋，对傅蓉手下的心腹爱将郝红梅的开价是大洋一千。

从当时流传的民间传说中，父亲了解到傅蓉与郝红梅的特殊关系。

傅蓉是平江县一个李姓大地主家的儿媳，而郝红梅则是她家买来服侍她的丫鬟。在"打土豪、分田地"的土地革命高潮中，早已是中共地下党员的傅蓉，带头烧了自家的田契债券，把自家的田地分给了贫苦农民。她身边的使唤丫鬟郝红梅，也追随她走上了革命道路。

父亲并不相信那些红军将领撒豆成兵、腾云驾雾的神话故事，不过凭着与红军交战的经验，他不得不佩服红军将士战略战术的高超，作战精神的勇猛顽强。他认为，红军部队是一支有理想、有信念的队伍。

父亲曾经从望远镜里看到过郝红梅指挥士兵们行进的背影，她骑在马上的飒飒英姿甚是动人，只是看不清她真实的颜容。

不久后，父亲的队伍奉命换防了，直到1934年秋天，才再次调返湘东，驻扎在浏阳县城外三元宫附近，担负起守卫县城的任务。

正是湘鄂赣苏区凄风苦雨的秋天，在国民党重兵的穷追猛打下，还有当时红军内部执行王明"左"倾路线错误，赫赫有名的傅蓉被打成了反革命，母亲也被隔离了起来。根据地发展处于低潮时期。红军突围远去，为数不多的伤病员留在深山老林里打游击。

母亲在后来担任新四军一支队副司令员傅秋涛的保护下，才转入围山游击队，又打起了游击战。游击队风餐露宿的生活使得原本身体虚弱的她患上了疟疾，根本无法行军打仗。战友们把她掩藏在一个山洞里，由于叛徒的出卖，使得她在高烧昏迷中落入搜山的国民党清乡队之手。

庆幸的是，母亲当时病重，国民党倒没怎么为难她，将她丢进浏阳县城的大牢，就没怎么理她。无法言说母亲被捕后的痛苦与耻辱，她只求早早死去，是同监的战友悄悄地照顾她，利用国民党还想从她嘴里打探红军情报的情况，想尽办法让国民党为她请来了一名老中医。

老中医是善心人，寻了些偏方草药煎给母亲服用。母亲一天天好了起来，直至痊愈，只是身体由此受到损伤，体力一时还未能完全复原。

父亲第一次见到母亲郝红梅，就是在浏阳县城太平街财神庙的戏台上。那是一次"共匪婆"的拍卖会。被抓来的苏区共产党员，男的统统杀了，女的就标价拍卖。这是那些迫于士兵闹饷压力的军官们想出来的主意。士兵们可怜的薪饷积欠得太久了，眼看就是冬天了，连过冬的棉衣都没有着落。

国民党县党部出面阻止拍卖会，被军官们一顿痛斥骂了回去："这些是我们弟兄们流血流汗得来的战利品，谁出钱就卖给谁。你县党部要人也得拿钱来；不拿钱，先把两年来弟兄们的欠饷发了，再来说话！"

拍卖会那天，父亲一身便装，早早地赶往财神庙。早听说这次拍卖还会拍卖女"共匪"郝红梅，他将信将疑，决计去看个究竟。

那天是个难得的好天气，财神庙前人山人海，吵吵嚷嚷。大多数附近的老百姓都是来看热闹、看稀奇的，特别是要看一看那个大名鼎鼎的女"共匪"郝红梅。听说她是个能腾云驾雾、撒豆成兵的天兵天将，又听说她是个青面獠牙、杀人不眨眼的母夜叉。到底是个什么模样，今日就可看个分明了。人们的窃窃私语里涌动着异样的兴奋。

看着人们满脸的轻松好奇，父亲不由暗暗替共产党抱屈："共产党平日里打出了为穷苦人翻身得解放而奋斗的口号，可大多数老百姓如何懂得此番苦心呢？"

拍卖会开始了。首先被拖上台的是几十只破麻袋。每个麻袋装着一个昔日的"共匪婆"，论斤计价，先交钱，后看"货"，是好是坏全看买主的运气。这些麻袋全被那些积下几个钱准备讨老婆的升斗小民买走了。

打开麻袋，有的开口笑，有的破口骂。笑的是十多块大洋没白花，买到了可以做老婆的女人。骂的是花了十多块大洋，买到的是一个五六十岁的婆婆子，反而是捡个包袱背在肩上。

接下来，一个个押上台的是按年龄和长相标价的"共匪婆"，起价大洋几十到一百元不等。竞价虽不踊跃，但也不乏买主，有个别的女人甚至被抬价到五百元以上。那些"共匪婆"大多蓬着一头乱发，衣衫不整，苍白着脸，但神情平静或漠然，并没有哭哭啼啼。

父亲耐心地等着郝红梅的出场，暗暗赞叹红军女战士的镇定与淡然。

终于，到最后了，郝红梅即将被押出台来，她的起价是大洋两千元。原本喧闹的庙场霎时安静了下来，人们都直直地盯着戏台，等待着最后一场大戏的到来。

父亲第一眼看到被反绑着双手押上台来的郝红梅时，浑身一震，雄性的热血一下子躁动起来。他倒吸了口冷气，简直不敢相信自己的眼睛："这个眉目清秀如同松间明月一样年轻美丽的女子，就是同自己对阵达两年之久的强硬对手郝红梅吗？"

郝红梅看上去身体虚弱，但仍然高高昂着头，被紧绷的绳索勾勒出全身美妙的曲线。但美丽的她，不同于市井世俗的美女，更不同于上流社会搔首弄姿的美女，而是一朵绽放在山间荷塘里的清水芙蓉，抑或是一朵绿草丛里亭亭玉立的野百合，浑身洋溢着柔和清新的自然之美。

人们议论纷纷，现场嘤嘤嗡嗡，有些混乱："想不到共产党里面也出美女！想不到这样美的女子也会去造反！真是可惜，可惜！不知谁有福气享用得起如此美丽的女子？"

这个郝红梅一定得卖给我

竞价开始了。

父亲奔至台前，按捺不住地高喊："两千块，我要了！"

父亲话音未落，近台正中一个戴礼帽墨镜的中年汉子也大叫道："两千一百块，归我了！"

父亲立即加到两千二，汉子不甘示弱，紧接着报了两千三。两人较上了劲，一百一百往上加，直加到三千、四千、五千，还没有打住的意思。

场上早就安静了下来。周围的人全都屏住了呼吸，一会儿看看墨镜，一会儿看看父亲，脸上洋溢着看到了好戏的满足，但谁也不敢轻易吱声，只是悄悄地窃窃私语。

父亲心里便明白，戴礼帽墨镜的家伙是县党部派来的，横竖就是要人，要将"女共匪郝红梅"捉拿归案，然后杀头示众。至于钱，那家伙肯定是一个

子儿也不会掏的，他无非是采用拖延策略，先把人控制住再说。

于是，父亲纵身跳上台，凑近主持拍卖的麻脸军官，小声地对他说："兄弟，帮个忙，借个地方说话。"

麻脸军官狠狠地扫了父亲一眼，面露骄横："先生，对不起，老子只认钱不认人，谁出的钱多货就给谁！"

父亲立即悄悄地塞给他一个金戒指："小意思，请长官行个方便。"

麻脸军官暗暗地掂了掂金戒指，说声"请"，将父亲请进了后台。

戴礼帽墨镜的汉子见状也跳上台，要跟着进来，被台旁端枪的卫兵喝退了。

到了后台，父亲掏出军官证递给麻脸军官。

麻脸军官看了看，满脸堆笑说："原来是友军长官，失敬失敬。"

父亲说："请看在行伍袍泽的份上，这个郝红梅一定得卖给我！"

麻脸军官满脸困惑："郑营长，天下女人有的是，郝红梅可是个赫赫有名的女'共匪'，你要这种女人不是自找麻烦吗？"

父亲不动声色地说："兄长有所不知，这女人过去是我娘的贴身丫头，我奉慈母之命要救她一命。"

麻脸军官连连点头，笑道："看来郑营长是旧情未断喽，好好，兄弟理解！兄弟成人之美！郝红梅就卖给你老兄了。只不过，郑营长肯出什么价钱？"

父亲叉开五指，伸到麻脸军官跟前："不瞒老兄，我只有这个数！"

麻脸军官笑得双眼都眯了："五千？行，行！"

父亲说："不，不是五千，是五百！"

麻脸军官愣了，面呈难色："对不起，郑营长，不是兄弟不给你面子，实在是为难啦。手下的弟兄们，都欠了两三年的薪饷了。眼看着冷天就来了，军心早已不稳，迟早要出乱子。拍卖女'共匪'，也是以解燃眉之急，实在是出于无奈。这个郝红梅，刚刚二十出头，姿色最佳。上峰严令，少于五千大洋，谁敢出手，一律军法从事！"

父亲想了想说："那么，外加十箱大烟，行吗？"

麻脸军官眼珠骨碌一转，盘算着，按当时市价，十箱大烟少说也值一万元以上。国民党军队里，私下贩卖鸦片几乎是公开的秘密。麻脸军官当然知道，自己完全可趁机从中捞一笔，于是与父亲击掌为定："成交！"接着，他又对父亲说："不过场面上还得应付一下，免得县党部说三道四。"

接下来的一幕极富戏剧性。

麻脸军官重新站到前台，大声宣布："价钱开到五千块，不加了。两位先生谁能抱住郝红梅亲一个嘴，人就归他了！"这明摆着是想趁机演一场好戏。人们沸腾起来了，全都踮起脚准备看好戏。

戴礼帽墨镜的汉子抢先一步，再次跳上台高叫："看我的，我先来！"他盯着母亲，微微一笑，满怀信心地迅疾跨步向前，伸出双手去抱母亲。只见母亲飞快地退后半步，以闪电般的速度飞起右脚，狠狠地踢向汉子。汉子"哎哟"一声惨叫，双手捂着下腹倒在台上。台下人们立即发出阵阵哄笑声。

被哄笑声激怒得扭脸歪鼻的汉子摇摇晃晃爬起来，还要再试一次。麻脸军官冷笑一声："回去告诉你的老板，就这点功夫，连一个捆了双手的女'共匪'都对付不了！真是饭桶！"说罢，他将汉子轰下台去。

轮到父亲了。

父亲沉着地走向母亲，双手抱拳施礼道："得罪了！"母亲双目喷火，运足气力，朝父亲飞起右腿，踢了一下，又一下，一连四五下。父亲左右躲闪，都敏捷地躲闪过去了，之后，稳稳地站立在台上，面色平静地盯着母亲。

母亲的身体毕竟还在恢复中，等到母亲累了，出腿动作稍缓，父亲趁机冲上前去，闪电般地伸出有力的臂膀，将母亲拦腰夹住，紧紧夹在了胁下。母亲此时已无力挣扎，竟一口狠狠地咬住父亲的后背。这一口，母亲用足了全身的力气。钻心的刺痛袭来，父亲怔了一下，随即装作若无其事，快速地挟着母亲绕场一周，获得满堂喝彩。

麻脸军官大叫一声"好"，手起锤落，一锤定音，宣布买卖成交。

就这样，父亲用五百块大洋的积蓄和截获来的十箱大烟，将母亲买到手了。

后来，县党部的党棍们侦知了买走女"共匪"郝红梅的人，原来是国军营长郑天挺，就向父亲所在的师部告了一状。

师长把父亲召到师部，脸色一沉，劈头一句："郑天挺，你好大胆，竟敢窝藏'女共党分子'！"

父亲回道："报告师座，卑职是从拍卖场上花钱买来的，光明正大，合理合法！"

师长脸上有了怒气，问道："你买来干什么？"

父亲回答："报告师座，卑职要娶她为妻！"

师长瞪圆了双眼，不相信地看了父亲一眼："郑营长，你与军长情同父子，前程远大得很。那么多淑女小姐你看不上，竟然让一个'女共党分子'勾了魂

去，你莫非头脑发昏？"

父亲从容镇静地回答道："报告师座，卑职并非贪恋她的美色。卑职曾与她交战两年之久，可谓是将遇良才，棋逢对手。卑职要娶她为妻，不过是英雄惜英雄，好汉惜好汉。"

师长摇了摇头，一副不可理喻的神情："郑天挺，你怕是看多了那些侠义小说，满脑袋英雄美女，阵前招亲。要知道这事弄不好要掉脑袋的，你不怕那个漂亮的'女共党分子'把你赤化了？我看你还是三思而行！"

父亲忙立正站好，朗朗答道："放心吧，师长，我保证能降服她，决不连累长官！"

师长双手一摊说："好吧，本师长就担待你一回。不过，如果这个'女共党分子'不肯降服，那你就应当赶紧送交地方，不得有误！"

父亲又是一个立正："卑职遵命！"

师部这一关算是过去了，然而令父亲万万没有料到，且不说母亲咬他的伤口治了一个多月才好，单降服母亲这个娇小的"女共党分子"却千倍万倍地难过师部、县党部这些关卡。

父亲和母亲在战场上交手只有两年，在"情场"上交手却达三年之久，才有了我这个国共合作的儿子。

第二章
母亲随父亲上战场

母亲腰间插着一支勃朗宁手枪，始终跑在前头。她似乎想让冷冷的寒风吹走她的万般不舍，她内心的担忧和不舍。她不敢回头，生怕自己一回头，就再也没有离开我的勇气。

难道比上战场与日本鬼子厮杀还危险

父亲心头有一种不祥的预感，对这次护送行动忧心忡忡。这与他往日雷厉风行的性格真是相差太远了。

在父亲看来，护送三百多名姨太太，比与三千名日本兵作战还要艰难险恶。虽说军、师级军官们的姨太太不在此列，她们大都早已被送到后方了，早在大后方的城里安了家，剩下的大多是团、营级中层军官的姨太太。但众怒难犯，万一此次护送行动有什么闪失，肯定得上军事法庭。

将姨太太交给一个洁身自好、不近女色、不娶姨太太的团长护送，这是所有拥有姨太太的军官们最放心的。于是众口一词，护送随军眷属安全转移的任务非我父亲莫属，父亲再三坚辞不就。

父亲一心想着在抗日战场上大战一场，马革裹尸，实在不愿将自己的生命与时间耗在这些可恼的姨太太身上。可他再三推脱这个避之犹恐不及的任务，都未能推脱掉。这令他万分恼火。

最后还是军长出面做思想工作。军长也没多说，只是劝父亲说："勉为其难，快去快回，待返回时正好赶上对日作战。也或许就在衡阳待命，衡阳城也是一道重要的防线！万一长沙城不保，日本兵自然会直奔衡阳城而去，你们就在衡阳打阻击战！"既然如此，父亲只得勉为其难了。

父亲心头不祥的预感似乎被次日清晨的乌鸦叫声证实了。

天刚蒙蒙亮，一夜似睡未睡的父亲刚刚眯了会儿，就听到众多乌鸦在屋后的大樟树上接连不断地哇哇大叫。父亲被惊醒了，蓦地坐了起来，侧耳听了听乌鸦阵阵令人毛骨悚然的叫声，英俊的国字脸顿时苍白了。

父亲信命，他认为冥冥之中，人的一切都由命运决定，而那些异常的征兆，比如今天早晨群鸦齐鸣，肯定是命运的某种暗示。

父亲认为自己从一个叫花子当上团长，又与自己曾经的对手共产党女将结为夫妻，这都归结于命，命中该如此就如此。甚至他之所以能一次又一次地从枪林弹雨中死里逃生，也都是命运的垂青。

乌鸦的叫声也将母亲和我吵醒了。我正要张嘴大哭，母亲赶紧披衣坐起来给我喂奶，我欢欣地享受着母亲甘甜的乳汁，满足的笑意在脸上绽放。

母亲扯了扯父亲的衣袖，温柔地劝道："天挺，还早呢，再睡会儿吧！"

父亲回过身来，黯然地对母亲说："红姑，这次执行任务恐怕凶多吉少。万一我出了意外，你可要坚强，尽心带好我们的崽。"

见父亲如此伤感，母亲关切地问道："天挺，我从来没见你如此情绪低落！这次不就是护送一群姨太太转移吗？难道比上战场与日本鬼子厮杀还危险？"

父亲苦笑了："女人跟女人不一样。这群姨太太有的是妓女，有的是戏子，还有的是大学生，都大有来头，都是娇惯了的千金玉体。我们这些丘八、粮子，玩命可以，要伺候这些姑奶奶，难哪！"

"局势又如此恶劣，日本鬼子随时都会跟上来，万一有什么闪失，真是不好交差！"

让我跟你去吧

哦，母亲听罢，看了看我吃饱后满足的笑脸，又看了看父亲的满面愁容，陷入了沉思。最后，她好似做出了个重大的决定，脸上满是坚毅，抬起头对父亲说："天挺，让我跟你去吧！管男人我不如你，管女人你不如我。"

父亲急了，白了母亲一眼："这怎么行？崽还不到一岁，还得吃奶，离不开娘！你又患有产后贫血症，身体还没好利索！现在可是大冬天呢，你怎能在风里雨里穿行？"

母亲宽慰父亲说："把孩子交给吴妈吧，吴妈是自家人，贴心呢！再说孩子都快十个月了，该断奶了！"顿了顿，母亲坚决地说："这事就这样定了。"

父亲不敢多看母亲，怕触到她锐利而决绝的眼光，忙俯过身来瞧瞧我的小脸。我牵起嘴角笑了笑，父亲大为感动："红姑，你看，崽崽笑了，崽崽朝我笑了，崽崽的笑真是好看！"父亲一脸怜惜，忙将我抱到怀里。

父亲的怀抱真是温暖呀！我吃饱了奶，母亲还没替我穿上棉衣棉裤，我的手脚得以惬意地晃动着。我不仅咿呀咿呀地说着笑着，还时不时地将手放到嘴里有滋有味地吮吸着。

母亲正呆呆地坐着，愣愣地想心事呢。

说实在的，母亲怎么舍得丢下只有几个月大的我？但她太想念战场了，她要上战场去打小日本！何况现在父亲遇到了困难，在这非常时期她应该帮父亲渡过难关！可想到得将我丢在家里，不由得心跳跳地刺痛起来，不禁泪

流满面，她赶紧转过脸去。

好在父亲正全神贯注地逗我，我咯咯的笑声令他刚才的忧心一扫而光，乃至没有察觉到母亲内心的翻江倒海。

可父亲太懂母亲了，太懂母亲的倔强了！他痛惜母亲的身体，更担忧我的安宁，心底里不愿母亲随他上前线，可想起那烫手山芋似的狗屁使命，又有些犹豫起来。

父亲吃过早饭就得出发，母亲不再与他争执，赶紧穿衣服起床，让父亲带着我再躺会儿。

父亲扯住母亲的衣袖说："红姑，这样吧，让小柱子留下来吧！兵荒马乱的日子让吴妈一个人带着崽崽怎么让人放心？"

母亲看了看父亲，揪着的心有了清凉与安慰，不由暗暗叹服，这真是个心思缜密的男人，值得托付终身的男人！

母亲担心自己又会泪流满面，只是点点头，一边匆匆走出了房间，一边连连唤道"小柱子！小柱子！"随后，她吩咐应声而来的小柱子，赶紧去集镇街上多买些鸡蛋，到中药铺抓些常用药回来！接着，母亲又翻箱倒柜地忙碌，与吴妈嘀咕个不停，也许是在交代一些事情吧。

父亲更明确地知道，如往常一样，母亲此番决定的事情看来阻也阻不住了，心想：就那么几天，让她去好了！家里有小柱子照应，应该没多大问题！

父亲眼里满是怜爱，笨拙地拍了拍我的后背，想让我再睡会儿，可我哪里肯？我在他的怀抱里扭来扭去，父亲亲了亲我，怜惜地说："崽崽，要起床了吧？你先躺会儿，等爹先穿好再来帮你穿呀！"

父亲轻轻地将我放在床上，自己穿好了衣服，再手忙脚乱地为我穿衣。他拿起一件就给我穿，却觉得不对，再拿一件依然不对，只得大声唤道："红姑，红姑，崽崽要起床了，你快来呀！"

母亲闻声进来了，见父亲和我的狼狈模样，笑了："你呀，打仗就行，替崽穿衣却不会！服了你！"

过了不久，小柱子提了满满一竹篮东西回来了，身后还跟着娟子阿姨。母亲一见娟子阿姨忙亲热地拉了拉她，就和她嘀嘀咕咕说个不停，娟子阿姨不停地点头。也许是眼见母亲脸色不对，只听见娟子阿姨连连说道："大姐，你放心吧，我会尽力帮着照应好小崽崽！"

太阳出来了，时候既是不早了，不得不出发了，一行人随着父亲和母亲来到屋外。母亲背着她简单的行囊，依然紧紧地抱着我，眼泪簌簌而下。

刚才母亲喂了我奶，我吃得饱饱的，正是我最高兴的时候。可母亲没有往日的笑脸，我仿佛知道母亲即将远行，突然大哭起来，哭得惊天动地。吴妈赶紧接过我，抱着我往屋里走，我凄厉的哭声令母亲迈不开脚步，她呆呆地站着没动。

终于，母亲一咬牙，朝小柱子、娟子阿姨挥挥手，一脚跨上那匹高头白马，犹豫了一会，不再顾及我的哭声，猛地一鞭，马撒开腿就跑了起来，迅速冲到了屋前的大路上。

父亲也很难受，真想劝母亲不要去了，见母亲已然跨上了马，也赶紧驱马紧跟上去。两匹马快如流星，很快就将金盆镇抛到了身后。

母亲腰间插着一支勃朗宁手枪，始终跑在前头。她似乎想让冷冷的寒风吹走她的万般不舍，她内心的担忧和不舍。她不敢回头，生怕自己一回头，就再也没有离开我的勇气。

马和枪都是父亲留给母亲的。

就在去年秋天，父亲将待产的母亲送回了金盆镇，这里相距省城长沙甚远，战火一时还烧不到这里。可红军苏维埃政府时期，母亲曾在这一带打土豪分田地，结下了不少仇人。父亲要留下一两个卫兵给母亲，母亲拒绝了。母亲说："给我一支枪、一匹马！"

父亲给母亲留下了匹高头白马和勃朗宁手枪，还是不放心，就在临走前一两天，还是瞒着母亲，在镇上和合酒家摆了几桌酒席，遍请当地的头面人物。

喝得热闹之时，父亲站起来，朝在座各位抱拳施礼，不卑不亢，侃侃而言："诸位乡贤父老，内人郝红梅借贵方一块宝地安家，为我郑天挺生儿育女，有劳大家多多关照。过去国共交战，内人在贵地多有打扰之处，我这里代为向诸位赔礼了。"

"现在国共合作，共同抗日，往日恩怨应一笔勾销。内人现在是堂堂的国军家属，早已不再参与政治不问世事了！我在前方为国效命，谁要是欺侮我的家属，我手下的一千多弟兄决不答应！"

一席话说得那些地方头面人物点头哈腰："郑团长为党国效力，劳苦功高。郑团长的宝眷，我们地方理应关怀照顾。请团长放心，放心！"

事后，母亲生父亲的气，怪他不该在这些地方豪强面前低三下四。父亲搂着母亲，轻言细语劝慰了很久，母亲才松开眉结。

父亲说："红姑，我这是为你好，为我们即将出世的孩子好。要是没有了你，我会活不下去的。我并没有向他们低三下四，我这是先礼后兵。要是他们日后敢伤害你，我就要带领我的弟兄们踏平金盆镇！"

也许正因为父亲的那一番话，令当地那些原本怨恨母亲的人，谁都不敢轻举妄动，谁也不敢来打扰我们母子安宁的生活。

眼前的一切都有些恍惚起来

今非昔比，之前母亲作为国民党团长太太重新回到金盆镇，重新回到自己曾经战斗过的地方，感慨很多，伤感也很多。

就在不久前，这里还是红旗飘飘的苏区，她，郝红梅正满腔热情地奔赴战场与国民党军队激战，还满腔热情地打土豪、分田地，欣喜地看到贫苦老百姓终于翻身得解放，拥有了自己的田地。转眼间风流云散，物是人非，怎不令母亲黯然伤神呢！

就在父亲走后没几天，母亲趁天气晴好，一大早就和吴妈专程去了趟曾经的湖南省政府苏维埃驻地锦绶堂大屋。

临出门时，母亲好好地装扮了一番，头上特意包了条大围巾，只露出亮闪闪的眼睛来。之后，她挺着大肚子，让吴妈紧跟其后，缓缓走向锦绶堂。一路上都没人认出母亲来。那一刻，母亲心里真不是滋味，眼前的一切都有些恍惚起来。

锦绶堂大门敞开，却一片冷清。母亲不甘心，领着吴妈再往前走，又去了楚东山大屋，曾经的中共湘鄂赣第一次党代会旧址。楚东山大屋大门紧闭。

不看还好，看过已然沉寂下来的两处大屋，地主又重新搬了回来，一切和苏区建立起来之前没有什么区别。母亲难过得悄悄流泪了，只觉得浑身无力，走走就得歇息，万般艰难地和吴妈回到了镇上。回到家里就倒在床上，晚饭也不肯吃，仿佛已然耗尽了全身的力气。

之后几天，母亲都不怎么说话，只是呆呆地坐着，在吴妈看来都有些神思恍惚了。吴妈就不时无话找话与母亲聊天。母亲只是被动地回答，竟然有时还前言不搭后语。吴妈哪里知道母亲已然沉浸在对往事的回忆里，哪里知道母亲内心的痛苦与焦虑。

省苏维埃政府设在此地虽只有短短的几个月，母亲只是偶尔来开开会，但当时洋溢在人们脸上的自信与豪情依然历历在目。可红军发展得好好的，为什么要走王明"左"倾路线呢？不然她郝红梅怎么会成为国民党团长的老婆呢？这都是自己为难自己，让国民党钻了空子。

想起这些，母亲就心痛，心就跳得急。我在她肚子自然不安生，拳打腿踢闹个不停。

母亲吓坏了，赶紧让自己平静下来，从此她再也不去那些她时时怀念的地方了。一应采购之事都让吴妈去，她只管守在家里，为我的降临准备些小衣服、小被子、小鞋子之类。到我出生后，她更是一心一意地养育我，成了一个单纯而快乐的母亲。

我半岁的那天，已是凉爽的夏天，母亲兴致很高，吃过早饭，抱着我随吴妈一起去金盆镇街上买菜。有个卖鸡蛋的年轻女子本来跟吴妈讨价还价了半天，但看到母亲，脸色就变了，竟提起篮子就走，头也不回。待年轻女子走远了，母亲才意识到，她竟是曾经的红军战友娟子，昔日同甘共苦，今日竟形同陌路。难道就因为自己成了国民党太太，娟子就仇恨她么？母亲心里一凉，也不管吴妈了，抱着我匆匆朝家里走。

就在那天晚上，母亲刚刚将我哄睡了，正准备吹灯上床睡觉。突然，窗户上传来轻轻的敲击声，母亲警惕地侧耳听了听，便明白是怎么回事了！她连忙端着灯，悄悄地将大门打开了条缝，白天见她就躲的娟子阿姨闪了进来。

母亲迅速将门关上，引着娟子阿姨来到了后面厨房里。借着微黄的灯光，母亲看到娟子阿姨已泪流满面。

娟子阿姨扑到了母亲怀里，紧紧地抱住了母亲，边哭边说："营长，你什么时候回来的？听说你当了国民党团长太太！你就不记得当年的誓言么？"

母亲也禁不住流泪了，忙让娟子阿姨坐了下来，略略和她讲了这些年的经历。

娟子阿姨哭得更厉害了，她哽咽着说："营长，你受的苦太多了，我错怪你了。"

接着，娟子阿姨絮絮地讲起她的经历。她虽没被抓去拍卖，是家里人花钱将她赎了回去的，但她不得已嫁了人，男人家就在金盆镇边上。

她说："毕竟来自农村，多干活都没关系，但就是想念昔日热火朝天的革命生活，想念昔日情同手足的姐妹们。"

说到这里，想起已经死去的傅蓉大姐，想起昔日并肩作战的姐妹们大多

下落不明，母亲与娟子阿姨哭成了一团。

最后还是母亲让娟子阿姨早些回家，家里还有孩子等她呢。母亲劝慰娟子阿姨说："现在情势如此，还是尽量养育好孩子，一旦有机会上战场，决不会比男人差！"

这之后，母亲与娟子阿姨时常悄悄地会面，打听着地下党的消息，只是所获甚少。倒是日本鬼子的消息甚多，一讲起日本鬼子轰炸浏阳城，两人都满腔愤怒，渴望能再上战场打鬼子。

但组织在哪里？战友们在哪里？当时，红军大部队早已在遥远的延安扎下了根，延安在母亲与娟子阿姨心里便成了圣地。每当与娟子阿姨相聚时，母亲不再觉得孤单，脸上渐渐有了美丽的笑容。

自从与父亲结婚后，母亲还是在许多地方主动迎合父亲的意愿，她留起了长发，盘起了高高的发髻，还经常穿漂亮的旗袍。在母亲看来，作为一个女人，既为人妻，就应该遵从一些风俗习惯。而在父亲看来，这意味着母亲彻底走出了短发齐耳的红军时代，而心甘情愿当好国民党团长太太，他郑天挺的太太。

事实上，母亲心中的红军情结永远没有也不会消融，这在以后的日子里将得到证实。

母亲盘着高髻，白皙的面容有如冰雕玉琢，眉宇间透着一股英气。她骑在高头白马上，红色的披风迎风招展，暗红碎花的紧身棉袄，黑色的棉裤，既英姿飒爽，又不失俏丽妩媚。

父亲看得呆了，动情地说："红姑，你真行，真美，能够娶你为妻，是我郑天挺前世积了阴功，今生得到回报！"

母亲笑了笑，没有搭腔，将穿着高统马靴的双腿夹紧马腹，手中的缰绳一抖，高头白马如离弦的利箭，"嗖"的一声越过父亲的雪青马，向前方的山路疾驰而去。父亲也在马屁股上抽了一鞭子，他的雪青马也紧随母亲飞奔。

呼呼寒风里，马蹄声声里，一会儿父亲超越了母亲，一会儿母亲又超越了父亲……

第三章
父亲的团队

事实上，赵营长、孙营长等人追随父亲多年，都是父亲出生入死的患难之交。

一天只走了三十多华里

黄昏的时候，在离长沙城往南约三十华里的一条乡间小道旁，父亲和母亲追上了队伍。伫立在冬天苍白的斜阳下，但见他们的队伍在嗖嗖的寒风里缓慢地行进，一副意志消沉的模样。

母亲仔细数了数，一共有二百八顶布轿、二十九匹马，载着三百零九名姨太太。每个姨太太带有一名勤务兵，一共是三百零九个士兵，够编一个野战营了。此外，还有超过六百人的由轿夫、挑夫、马夫组成的民夫队伍。这些数目合计起来，已经大大超过护送的战斗人员了。

副官李毅闻讯赶到了父亲跟前，"啪地"行了军礼，报告团长："队伍清早从长沙南门口出发时，一营临时奉命赶赴捞刀河前线，去加强那里的防务，团部韩参谋长也奉命随营指挥。"

父亲的眉头皱了起来，气冲冲地说："真是岂有此理！"

父亲的团队原本有一千三百多名兵力，一营是加强营，有四个连的兵力，五百多号人，全团的重火力几乎全配备给了一营。去掉了这样一个主力营，剩下二营、三营，加上团部及直属的侦察排，原本配备就不足，现在可好，全团剩下不到八百人，战斗力大打折扣。

李副官还报告说："集团军总部作战处白处长指示，独立团务必于12月30日前完成护送任务，然后返回长沙待命。"

父亲计算了一下，照这样每天三十多华里的行军速度，十天半月也难到达目的地南岳衡山，而眼下离12月30日只剩五天时间！

父亲看了一眼慢腾腾的队伍，脸拉下来了："不行，必须提高行军速度，每天至少得走八十华里。"父亲转过头，板着脸问李副官："为什么走得这样慢？"

李副官无奈地回答："一路上，抬轿的轿夫每走七八里就要歇一次肩，姨太太们也时常要下轿来拉屎拉尿。中午打尖，士兵们一律啃干粮，而姨太太们非要弄饭吃不可。吃完饭有的还要抽一袋烟，有的还要散散步，一两个时辰还不想动身。所以队伍走走停停，就像在游山玩水逛风景，无法提高行军速度。"

父亲脸黑了，忍无可忍地骂道："妈的，真是不知死活，这可是逃命呢！老子恨不得毙她们几个！"

父亲正想和母亲商量商量，却发现母亲早已弃马步行，走到姨太太们的队伍里去了，正和那些在轿子旁护驾的勤务兵、抬轿的民夫攀谈呢。再看，母亲又赶上前头骑马的姨太太们，同她们谈得甚是火热。

父亲一动不动地站立于路旁，双手抱在胸前，久久地思考着，李副官和卫兵们都不敢打扰他。直到一长串宿营号声传来，父亲才从思索中惊醒过来。

这时，后卫队伍都已过尽，李副官忙向父亲介绍走在最后面的新调来的政训处魏浩远处长。

魏处长身材高挑，瘦瘦的，白净的脸上架一副金边眼镜，一副读书人温文尔雅的派头，倘再胖些应该是很英俊的。

魏处长向父亲行了一个军礼，又取下白手套与父亲握手："敝人姓魏名浩远，字云甫，往后还得承蒙团座多加栽培！"

父亲也很客气地点点头："欢迎魏处长来我团主持政训工作。"

父亲发现魏处长的身后，竟然还站立着八名穿着军官服的大汉，他们都不是本团的人。父亲扬起眉毛问李副官："他们又是干什么的？"

魏处长忙抢着介绍说："他们都是赴衡山参加政干训练班学习的学员，奉命与我团同行，路上协助团政训处工作。"

魏处长介绍完毕，八名军官"啪"的一声立正，向父亲敬了个像模像样的军礼。

这时，母亲骑着马迅疾驰来，稳稳地在父亲身旁停住，敏捷地跳了下来。她见父亲跟前站着一排军官，不明何故，关切地问道："天挺，你怎么还在这里呀？你们在商量事情么？"

父亲不无担心地说："红姑，你跑到哪里去了？也不带个卫兵？哦，给你介绍介绍吧，这是新来的政训处处长魏浩远，还有几位顺路去参加南岳政干训练班学习的年轻才俊！"

魏浩远忙朝前走几步，客气地朝母亲点了点头："久仰，久仰，嫂夫人身手不凡，果真女中豪杰，艳压群芳！今日得以一睹芳容，真是三生有幸！"

笑容却早已凝固在母亲的脸上。母亲狠狠地盯了魏浩远一眼，呼吸猛然急促起来，双手竟紧紧地握起了拳头，仿佛就要冲上前去甩他魏浩远几个耳光，牙齿缝里却挤出了一句话："魏处长不必客气，我家天挺还得仰仗您的支持！"

一丝恐慌从魏浩远眼里一晃而过。他惊愕地止住了走向母亲的脚步，直直地看着母亲，一时竟忘了作答。

父亲瞧瞧魏浩远奇怪的神情，又转头看了看母亲，发现母亲胸脯急促起伏，嘴唇白得失去了血色，眼看着站立不稳，着急地叫道："李副官，李副官，太太可能是一路受了风寒，赶紧去叫周军医来！"李副官应答着，转身就跑开了。父亲朝魏浩远点了点头，扶着母亲慢慢地朝前边的宿营地走去。

宿营地就在前边一所乡村小学内。此刻，这座标准的小四合院内一片喧闹，那些姨太太正乱纷纷地闹成一团。团部临时指挥室就设在东部一字排开的教室中间，墙上早已按父亲的吩咐挂上了一张大地图。

父亲锁着眉头，脸上满是担忧，让刚刚挑来代替小柱子的卫兵铁锁在前面带路，扶着母亲直直地走向团部临时指挥室。一进指挥室，父亲就让母亲坐下，看着她喝过一杯铁锁递过来的热开水，焦急地问道："红姑，你好些了么？肯定是一路太奔波了！"

血色渐渐回到了母亲的脸上，母亲挣扎着坐直，抱歉地对父亲说："天挺，刚才我头痛得好像要爆炸了，现在好多了！你看，外面天都快黑了，你不是要巡察驻地么，你赶紧去吧，不要管我，我没事！"

说话间，周军医来了，父亲简单交代周军医几句，就带着铁锁朝外急匆匆地走了。当前形势紧急，他真得用心去巡察驻地，等会还得召开紧急会议！

母亲看父亲走远了，才收回了视线，她的头依然在跳跳地痛。也不言语，她被动地任由周军医检查，思绪却走得远远的。

魏浩远是母亲的初恋情人

要讲我母亲的故事，首先得从傅蓉大姐讲起。正如军长是父亲的恩人一样，傅蓉大姐是我母亲的恩人，母亲的亲人，母亲革命的引路人。

在湘鄂赣苏区，没有人不知道傅蓉的名字，有首童谣如此唱道："上打咚咚鼓，下打鼓咚咚，两边同打鼓，中间接傅蓉。"可见傅蓉的影响之大。平江暴动时，傅蓉是游击队长，连彭德怀都夸她是难得的女将。

可是，一般人只知道傅蓉大姐是个比男人还厉害的女英雄，并不知道她还是个女人味很浓的女人。

说起来，傅蓉大姐是一个小商人的女儿，十六岁就嫁给了平江虹桥大地主李家的大少爷。自八九岁起，母亲就成了傅蓉大姐的贴身丫鬟，一直生活在她身边。

有幸生活在傅蓉大姐的身边是母亲的造化，她待母亲如同亲妹妹，好东西让母亲吃，好衣服拿给母亲穿，还手把手教母亲读书识字。母亲见过她绣的花，比后来湘绣店里卖的还精致。她也会编织缝纫，栽花种草，甚至还会弹琴，但凡是当时太太小姐们应该会的手艺，她都会。

可是，傅蓉大姐更喜欢看书，看了书后就说："女人不能做弱者，男人统治女人不合理。"

于是，傅蓉大姐公开跟她的公爹闹，提出一不再缠脚，二不涂脂抹粉，三要出外念书。公爹被她闹得没办法，只好答应她。之后，她就进了平江启明女子学校，还把母亲带去进了县立高小。

假期里，傅蓉大姐花钱请武当山来的一个游方道人教她武艺，她学得很认真。她学会了，又来教我母亲。她说女人有一套防身的功夫，就不怕男人的欺负了。母亲亲眼看见过，八九个壮汉齐上也打不过她。母亲当然也会功夫，身体好的时候三五个男人围攻，母亲马马虎虎就能对付得了。

我母亲受傅蓉大姐的影响太深了，不讲清她就讲不清母亲。傅蓉大姐先是带着我母亲烧洋货；后来是办农会、斗劣绅，闹得不亦乐乎；再后来是夺白军的枪，组织红军游击队。

我母亲一直跟着傅蓉大姐，大家都说母亲是她的影子，她在哪里母亲也在哪里。直到平江暴动后，建立湘鄂赣苏区，她当上了红军独立师师长，母亲则是特务营营长，特务营直属师部，还是与她形影不离。

后来，傅蓉大姐一手提拔了四名女将，母亲名列其首。四名女将都漂亮，打仗都非常勇敢，被称为"四朵金花"，这在苏区传为佳话。当然，"四朵金花"的入党介绍人都是她，她是母亲她们共同的革命引路人。

母亲她们带的都是男兵，成天生活在男人堆里，渐渐适应了男人的目光及偶尔粗俗的玩笑话，乃至见怪不怪。

嫁给父亲之后，父亲总担心母亲适应不了他弟兄们的粗话，怕因此疏远他和部属的关系。其实父亲多虑了，母亲早就得到了足够多的锻炼。

不过后来，情况得到了改观，游击队由上到下进行了整顿，母亲特地招了十来个女兵，编了一个女兵班。女兵的人数一多，男兵也就不敢太放肆了。

当然，我母亲带兵打仗不比男人差，可还是承认打仗确实更适合男人。

女人当兵打仗，的确是勉为其难。平时行军时，女兵想方便，还得瞅准机会，偷偷摸摸像做贼一样。宿营了，男兵们嘴巴一抹倒头便睡，可女兵不能，总得找点热水偷偷地抹抹身子。好不容易弄来了水，刚刚开始动作，冷不丁闯进一个男兵，连报告也不喊，弄得人措手不及，狼狈极了。

最糟糕的是来了月事，照样要行军打仗，泥里水里滚，风里雨里爬，真是受尽了活罪。有几次母亲来月事了，经血沿着裤角往下滴，将穿的草鞋都染红了。偏有不明底细的小男兵，大惊小怪地呼叫道营长受伤了，且跑上来就要帮着包扎，弄得母亲哭笑不得。

时间一长，母亲落下了妇女病，月事来了下腹就痛得厉害，身上还老不干净。母亲重任在肩，时常得风餐露宿，也不好意思声张，总是忍着挺着。

直到那个细雨绵绵的春天，月事又来了，母亲流了一摊血，竟在营地昏迷了过去。傅蓉大姐知道了，急急地跑来看望母亲，追问之下才知道了实情，骂了母亲一通，坚持将母亲送进了医院。

那时苏区的医疗条件很差，虽然医师尽力治疗，血还是没止住。傅蓉大姐干脆将母亲接到她的住处，让民间郎中寻些草药偏方，亲自熬制草药汤给母亲喝。几副草药下来，母亲的身体终于好转了，人清爽多了。

也就是在这段休养的日子，傅蓉大姐找机会与母亲长谈了一次。

那天晚饭后，傅蓉大姐破天荒没有去开会，让母亲喝过药后，就着昏黄的灯光，坐在母亲对面，柔声地问道："红姑，你觉得世上做什么最难？"

母亲不假思索，脱口而出："做女人最难！"

傅蓉大姐说："我与你有同感。就拿你的病来说，男人绝对没有这种痛苦。傻丫头，你知道吗？要是不根治，你将来会没有孩子生的。"

母亲一听急了，作为女人，谁会愿意自己不能生孩子？

傅蓉大姐见母亲一脸焦急，好言劝说母亲："还是转到地方来工作吧！再留在队伍上，恐怕不是生不生孩子的问题，总有一天会为此送命的。再说转到地方也是革命的需要，也是为党工作。"

母亲却不同意了："我要为妇女翻身贡献毕生的力量，扛枪要扛到底，死也要死在部队上。"

傅蓉大姐笑了笑，柔声地批评母亲："红姑，你的理解太片面了，女人也确实能上阵打仗，但当兵打仗确实不能算女人的专长，我看你还是赶紧找个对象，干革命也不能耽误终身大事！"

母亲羞涩地捂着耳朵，抗议道："我不听，我不听。我发过誓的，革命不胜利决不嫁人！"

傅蓉大姐又好气又好笑："傻丫头，等到全中国革命胜利，你都成了老太婆，还嫁什么人？共产党闹革命又不是要人做和尚尼姑！男大当婚女大当嫁，女人总得结婚生孩子，共产党员也不例外呀。"

母亲飞红了脸："大姐，我从来没想过要找对象，也不知道恋爱是怎么回事。那么多男人，我也不知道哪一个好。"

这时，傅蓉大姐干脆开诚布公地说："你没想过不要紧，大姐我可替你想了。过几天我就给你介绍个对象，好不好？"

母亲捂着发烧的脸，低下头，久久不作声。

傅蓉大姐说："红姑，你不答话，就表示你同意了。你在我身边长大，如同我的亲妹妹，我不会随便帮你找，你要相信大姐的眼力。"

此时，母亲抬起头，紧张地瞧了瞧大姐，犹豫了一会，才吞吞吐吐问道："大姐……你……能不能讲讲……他是谁？"

傅蓉大姐笑了："哦，这么急性，还说你不想找男人，跟大姐也不讲实话。不过，暂时保密，明天把人领来，你就知道了。"

现在母亲一想到这个人，就恶心，就恨。可那时候，她为了猜这个人，整整一夜没有合眼。母亲在床上翻来覆去，一个劲地猜来猜去，大姐给我介绍的这个人会是谁呢？她把自己认识的未婚男同志，包括给她写过情书的，像过筛子一样筛了一遍，总觉得这个不是，那个不可能，最后只得放弃猜测了。

第二天吃过午饭后没多久，傅蓉大姐把人领来了。母亲一看，顿时胸口扑扑乱跳，咚咚地响。但见他穿着整洁的军装，高挑的身材，白皙的面孔，潇洒的小分头，戴着黑框眼镜，面露淡淡的微笑，自是英气逼人。

这不是军区政治部主任魏浩远吗？他是来自武汉的大学生，从鄂东南游击区调过来的，二十三岁就当上了高级首长，是整个湘鄂赣苏区最高级的知识分子干部！他人长得帅气，理论水平高，工作能力强，有多少女同志仰慕他，追求他，他却与谁也没有接近。

母亲多次听他作过报告，他确实能说会道，鼓动性很强。他时常下基层，也到过母亲她们营里，母亲与他有过几次接触，应该算是老熟人了。可昨晚

母亲过筛子时为什么偏偏漏掉了他？这不是疏忽，而是实在不敢想，也不敢高攀呀。

大姐介绍他俩认识后，找了个借口说："我有事先走，你们好好谈吧。"然后将魏浩远与母亲丢在房间里，匆匆走开了，临走时还朝两人送上了鼓励性的微笑。

母亲不好意思先开口，就低着头，眼睛只管盯着地下。

魏浩远倒是很大方，他先开口问："红梅同志，你身体好些了吗？"

母亲只得低声回答："多谢魏主任关心，好些了。"

魏浩远用批评的口吻说："不要叫什么主任，革命队伍里，同志之间一律平等。你就叫我小魏，或者叫浩远也行。"

母亲一时面红语塞，期期艾艾地说："以前说惯了，一时改不过来。"

魏浩远笑了笑："以后自然会改过来的。你看，红梅同志，我给你带来一盒药丸。"

魏浩远递过来一盒药丸，母亲瞟了一眼，见盒盖上写的是定坤丹，知道这是专治妇女月经不调的药丸。母亲的脸更红了，心想：大姐哟，你真是太热心了，这样的事也能告诉他么？这多不好意思。

魏浩远见母亲不答话也不接药盒，就自顾自地说："这是我特意嘱托交通员从白区好不容易弄来送给你的，我想这药对你身体有好处！听傅蓉大姐说你很要强，舍不得离开部队。你看这样行不行，今后调你来军区工作，部门由你挑。这样既到了后方，又没离开部队，岂不是两全其美？"

母亲一听，有些为他的体贴而感动，可仍不吭声。她想她不能一见面就答应他什么，虽然魏浩远条件那么好，可她还得爱惜自己的脸面。母亲依然低着头，满脸通红，不安地坐在那里，年轻女子羞怯的模样是如此动人。

魏浩远见了，暗暗地笑了笑，换了个话题说："红梅同志，其实我早就敬佩你，你真是军中的奇女子！我在《红星报》上发表的那篇写你的《红军中的花木兰》文章，你觉得如何？"

母亲这时鼓足了勇气，抬起头，看了看他，直通通地说："写得不好！"

魏浩远始料未及，有些尴尬，愣了会儿才说："哪个地方不好？"

母亲大胆地说道："标题就不好！花木兰是女扮男装替父从军，我既没有女扮男装，也没有替父从军，我是自觉参加革命的。"

魏浩远连连点头说："对对对，是我欠推敲。那么应改成《红军中的穆桂英》

才合适。"

没想到母亲又直截了当地说:"更不好了,穆桂英是个寡妇,我连对象都还没找。"

魏浩远听了又一愣,推推眼镜说:"哦,想不到红梅同志的水平还不低,真要刮目相看!"

母亲却继续刁难他:"文章的内容也不好,说什么人长得漂亮,仗也打得好。这打仗打得好跟人长得好有什么关系?难道我长得丑就打不好仗?"

魏浩远这才意识到母亲是故意这么说的,就停下来盯住她的眼睛,然后拖长音调说:"想不到红梅同志还很顽皮!"说着,他一把拉住母亲的双手,紧紧握住母亲的手,把母亲拉到他胸前,激动地说:"红梅,你是那么美丽,那么能干,我是多么喜欢你,我喜欢你很久了!"

看着魏浩远炽热的目光,母亲心里甜蜜蜜的,胸口仿佛有头调皮的小鹿在冲撞。她很想就此偎依在他的怀里,可是拼命忍住了。在她看来,第一次见面就让男人抱在怀里,这样的女人到头来会被男人瞧不起的。可是母亲又不好意思挣脱他的手,怎么办呢?母亲不由面红耳赤!母亲忙"哎哟"一声:"痛,我的手真痛。看,你把我的手都捏青了!"

魏浩远赶紧捧住母亲的手轻轻地、轻轻地揉了又揉,嘴里连声说:"对不起,对不起!看来我还是个粗人!"

母亲任由他揉着,偷偷地笑了,这正是母亲想要达到的效果……

事后,母亲将头次会面的经过说给傅蓉大姐听。傅蓉大姐笑话她道:"你这个鬼丫头,还讲不会谈恋爱,原来恋爱水平还蛮高嘛!"

几天后,魏浩远亲自送母亲回部队,母亲一脸的羞涩,这就等于公开宣布了他俩的恋爱关系。

1930年春到1932年春,是湘鄂赣苏区的黄金时代。那时前方常打胜仗,根据地不断扩展,苏区形势很稳定。魏浩远常常抽空到部队上来看母亲,母亲也常常到军区机关去看他,同志们都用羡慕的眼光看着这对幸福的恋人。

1932年三八妇女节,母亲出席苏区的妇女群英会。

那天晚上,在省苏维埃政府驻地小源的小河边上,依依垂柳下,春月融融的光影里,母亲和魏浩远偎依着聊到深夜。他温柔地搂着母亲,给母亲讲马克思和燕妮,讲罗密欧与朱丽叶,讲古今中外的爱情故事。母亲听得入了

迷，她想她与魏浩远的爱情也可以如此美好。

也就在那天夜里，如梦如幻的月光下，母亲第一次让魏浩远吻了她，母亲在他温暖的怀里陶醉了，任凭他紧紧地拥抱。此时此刻，在母亲看来，做女人是如此美好和幸福，要是没有战争该多好，他俩就可以永远这样相依相偎。

母亲由衷地感叹道："浩远，要是没有革命，你这个城里大学生能跟我这个乡下丫头在一起吗？"

魏浩远没有回答，呼吸却急促起来，喘着粗气。突然，他狠狠地将母亲压在地上，颤抖着双手去解她的衣扣，很快就解开了她的上衣。

母亲明白过来他要干什么，焦急地捉住他的手，对他说："浩远，你不能，你不能这样啊！"

魏浩远不理会，将手伸进了她的内衣，竟然一把握住了她圆润的乳房。

母亲急得满脸发烧，低低地央求道："浩远，我迟早是你的人，等结婚吧。我求求你，好不好？"

魏浩远好似有些生气了，呼吸更为急促，动作也粗鲁起来："红梅，我们的感情都这么好了，我们迟早都要结婚！今晚就把你给我吧。"

母亲其实很容易推开他，可她不想那样做，怕那样会伤了他的心。见魏浩远丝毫不为所动，母亲吓坏了，无奈地哭起来，索性松开了手，抽抽咽咽地说："你真想要就拿去吧。不过，你这样会伤我的心！"

魏浩远蓦地停住了动作，狠狠地盯了她一眼，反身坐在旁边的地上，无言地抽了一支烟，然后甩掉烟蒂，一言不发，站了起来，头也不回地走了……

一场爱恋就这么结束了么？母亲依然躺在地上，心里痛苦万分，直至夜已深，风已凉。她并不是不爱魏浩远，她甚至为之迷醉，只是不想结婚之前就随便地在一起。她得等到新婚之夜，将最好的自己献给他！好了这么久，他怎么就一点也不懂得她的心？

母亲只想一枪毙了魏浩远

"太太，您的身体没什么大碍，可能一路奔波太劳累了！现在是非常时期，我这里也没有什么好药，只能找到几粒止痛片，您先吃了，回头我要铁锁用红糖给您煮几个荷包蛋！"周军医的话打断了母亲的回忆，母亲从神思恍惚里醒过来，赶紧站起来致谢。

见周军医走了，母亲不由暗暗责备自己，都什么时候了，还理什么魏浩远！母亲晃了晃脑袋，让自己彻底地回到形势危急的现实，随即走出临时指挥室。她得去察看中间那排教室里姨太太们的情况。她得帮助天挺顺利挺过这关，好赶紧去打可恶的日本鬼子。

母亲没想到，就在她刚走出临时指挥室，在往中间教室的拐角上，竟迎面碰上魏浩远。魏浩远竟然还有脸朝她笑，笑着走近她，朝她伸出了右手。

母亲赶紧立住了脚，右手悄悄地握住了扎在腰间的手枪，狠狠地瞪着他："你这个可耻的叛徒，别靠近我，否则我给你好看！"

魏浩远愣了一下，脸色霎时变了，原本帅气的脸扭曲了，显得有些狰狞："我是叛徒，你又是什么好货，你不也成了国民党团长太太？听说还生了个小杂种！看不出当初在我跟前假正经、假清高，原来也会投怀送抱！"

母亲气坏了，举起手枪直直地对准了他的额头！

魏浩远早已掏出了枪，对准了妈妈的眉心，威胁母亲道："你开枪呀，今天你再是神枪手，也只怕逃不出我的手心！你死了可太划不来了，团长太太，你家小杂种该怎么办？不成了没娘的孩子么？"他无耻地冷笑起来。

两人正互不相让，谁也没有先放下枪的意思。母亲当时就想，今天就与这个可恶的叛徒同归于尽，为当年那些苏区的兄弟姐妹报仇！

他们谁也没想到，这一幕让巡查回来的父亲看到了，他当即悄悄地靠近他俩，冲上前将魏浩远的手一推，喝道："你们这是干什么？红姑，你赶紧躲开！千万不要开枪！"

母亲赶紧朝旁边一跳，枪依然对准了魏浩远。

好个魏浩远，顺势放下了枪，立马换了副笑脸，趁势说道："团长，您来得正好，您家太太真是女中豪杰呀！她可能认错了人，竟要一枪毙了我！我可真吓坏了！"

父亲这才如释重负，赶紧对母亲说："红姑，你怎么会认识魏处长呢？咱们赶紧去吃些东西，现在形势紧急，等下还得开会呢！"

母亲只得恨恨地放下枪，不甘心地盯了魏浩远一眼，转身朝临时指挥室走去！

魏浩远见此趁机说道："团长，那我去准备准备，一定按时到会！"未等

父亲说什么，他就头也不回地走了。

父亲站在原地呆愣了会儿，然后摇摇头，也朝临时指挥室走去。他想：红姑是个清醒人，他们之间肯定有过什么过节，等行动方案出来后，再好好问问吧。

到底是冬天，回到临时指挥室，天就全黑了。父亲叫李副官赶紧点起了煤油灯，然后时而凑在地图前指指点点，时而站在原地皱着眉头沉思。实在是冷，父亲不时地跺跺脚。铁锁将饭菜端来，摆在角落里一张课桌上，轻声地招呼父亲母亲吃饭。父亲摆摆手，头也不回地说："让太太先吃吧，我这里先忙着。"

而母亲回到指挥室后，就坐在窗前的桌子前，看着夜色越来越深沉，一声不吭。她心中的怒气依然在熊熊燃烧，她真恨不得再次冲出去一枪解决可耻的叛徒魏浩远，当初自己真是瞎了眼呀！

铁锁来叫母亲吃饭时，她的双脚已经冻麻了，当她抬头一眼看到地图前急得团团转的父亲时，她猛然间清醒了："红姑呀红姑，你怎么这么糊涂，都什么时候了！天挺得将这三百多名姨太太安全地护送到南岳，还得重返战场打小日本，你作为他的老婆，怎么就犯昏了，得想方设法帮他渡过难关呀。"

紧急军事会议

母亲朝铁锁摆摆手，示意铁锁赶紧去让人烧些开水，那些副团长、营长们吃过饭、巡查防卫区后，就会赶来开会！天气冷，至少让大家喝杯热开水吧。她揉了揉太阳穴，让自己振作起来，然后快速地赶往姨太太住的中间大教室。

当母亲赶回临时指挥室时，父亲此刻坐在首位，依然紧皱着眉头。团部的几个头头和两个营的正副营长，差不多到齐了，按平时规矩团团围坐在课桌摆成的长台旁边，也沉默无语。

母亲悄悄地坐在靠近后门进门处的位子，摇摇手，让旁边几位别出声。

这时，父亲扬声问李副官："还有谁没到会？"

李副官应声答道："还差田处长。"

父亲正待发作，军需处田处长骂骂咧咧地从前门走了进来，坐到靠近母亲身边的空位子上："他妈的，这班小娘们真难待候！"

李副官随即走出指挥室，照惯例该由他去巡查岗哨，这是他长期以来养成的习惯。他是个十分谨慎敬业的优秀副官。

人们的视线随着田处长，一眼瞧见静静坐着的母亲，全都露出了欣喜之色。一群粗犷的男人中间，坐着一位美丽的女性，沉闷的气氛为之一变，灯光昏暗的会议室也好似亮堂多了。

军官们纷纷站了起来，七嘴八舌与母亲打招呼："嫂子，一年不见，越长越好看了，想死我们了！""嫂子生了孩子，倒出落得人见人爱了！"

母亲没有像往常一样和他们亲热地笑闹，只是微微笑着。魏浩远则忙扭过脸去，装着看墙上的军用地图。父亲一时看不出什么异样。

父亲重重地咳了一声，所有声响霎时停了下来，全都转头望向父亲。父亲环视了大家一眼，严肃地说："诸位，当前局势危急，我们得在五天内赶到衡阳，将太太们送到南岳山下指定地点。但若按今天的速度走下去，只怕我们还没到南岳，就被小日本打个落花流水，落到全军覆灭的下场！"

"大家抓紧时间讨论如何解决提高行军速度，如期赶到南岳，拿出个方案来，然后早些回去休息，明天天一亮就得出发！"

全场陷入了一片沉闷，虽有几位发表了自己的看法，但也只是讲讲现实困难。可能是找到了共鸣者，田处长干脆站起来大发牢骚，抱怨姨太太们吵吵闹闹，要这要那，比公公婆婆还难待候。

见父亲脸色难看，大家都不敢接腔。没想到魏浩远接过田处长的话头，说了起来："本人初来乍到，恨无良策为团座分忧，十分惭愧。不过，据我看来此事不难解决……"与会者竖起耳朵听他的下文，他却慢条斯理地取下眼镜擦了起来。

父亲用征询的目光瞧着他，见他卖关子，直截了当地问道："魏处长有何高见，只管说来。"

魏浩远这才扫了大家一眼，干咳一声道："我愿为团座向总部要十辆卡车来……"

二营孙营长冷笑道："我还以为处长大人真有什么锦囊妙计，原来是这么个馊主意！处长大人难道不知道日本人的飞机十天前就把长沙周围的公路、铁路都炸掉了么？"

与会者不约而同地脸露嘲讽的笑，他们都是行伍出身，最看不惯军中那

些作战无能、专靠嘴皮吃饭的政工人员，对那些身兼军统特工、专门告密陷害者尤为痛恨。

魏浩远被笑得十分恼火，嘴角一撇一撇地说："报上不是讲军民奋力抢修，长沙四周道路畅通，民众不必恐慌么？"

父亲做了个肃静的手势道："报纸是用来安抚民心的。要是交通恢复了，护送随军眷属的任务也就不用劳驾我们了。魏处长还有什么高见？"

魏浩远回话道："既然如此，在下倒想听听团座的高见！"

父亲道："我谈不上高见。内人郝红梅曾经也是带兵打仗的人，此次特意随军助我，她有一个解决问题的设想，诸位是否想听听？"

大家的视线又集中到母亲身上。他们已经很熟悉母亲的传奇经历了，都满怀期待地看着母亲。

母亲淡淡地笑了笑，从容地将她的设想一一道来："遣散所有轿夫、马夫和部分挑夫，清理所有行李，丢弃不必要的东西，轻装上路；将309名姨太太按军事编制改编成'第九战区随军家属战地服务队'，下设若干小队；所有带来的勤务兵，合编成一个临时警卫营，由李副官兼任营长；警卫营走在战地服务队前头，二、三营分列两翼，团直属侦察排为前卫，团部警卫班、通讯班为后卫……"

母亲一讲完，大家眼前一亮。父亲让大家一一发表对此的看法，这下气氛活跃起来，军官们纷纷就此发表自己的看法。

会议接着开了约一刻钟，父亲就敲定了具体行动方案，对大家的职责进行了具体分工，并同意由母亲担任服务队队长，全权指挥姨太太们的活动。魏浩远也不甘寂寞，自告奋勇地要求兼任服务队的政治指导员，也得以通过了。

随后，父亲令田处长散会后赶紧与总部取得联系，趁离长沙城还不远，今晚火速送来309套军棉服。眼见田处长得令而去，父亲让母亲先去休息，说兄弟们还得商量些事情。母亲笑了笑，一闪就出去了。

正式散会时，军官们打着呵欠，骂骂咧咧道："团长，你下令就是，谁敢不听你大哥的？还讨论什么！"

父亲说："你们懂个屁，老子这叫军事民主！"

孙营长说："大哥，你这叫什么民主，我们真是憋屈，不能上战场打鬼子，还得护送这些什么娘们，偏偏这些娘们一个个不知死活！"

军官们纷纷附和："这算什么鬼任务，这些娘们还以为自己是什么好货，磨磨蹭蹭，等鬼子追上来就是哭爹叫娘都来不及了！"

父亲脸色有些不好看了："你们吵什么，你们哪个没老婆？我怎么不知道大家的委屈？可她们毕竟是中国人，是我们的姐妹，还是国军的家属呢！国难当前，军人的职责就是保护每个中国人不受小日本欺侮！今后谁也不许瞎说！"

三营赵营长道："这三百多名姨太太，个个水灵灵、香喷喷，脸是脸、腰是腰。唉，守着一筐鲜桃，只准看不准吃，真他妈的不是滋味！"

父亲虎着脸喝道："开开玩笑不打紧，只不准当真，谁要是敢动真的，老子的军法不留情！"

孙营长酸溜溜地说："大哥，你是躺着说话不腰疼！有嫂子那样漂亮的女英雄做老婆，你当然不会想其他女人了！"

父亲不接他的话茬，狠狠地扫了在座各位一眼，大家脸上的嬉笑立即消失。父亲意味深长地说："各位赶紧去巡视自己的防卫区，然后抓紧时间休息，接下来五天只怕比上战场还难！"说完，他站了起来，带着铁锁就往外走。

赵营长、孙营长也随之匆匆地出了门，各自赶往自己的防卫区。

事实上，赵营长、孙营长等人追随父亲多年，都是父亲出生入死的患难之交。别看他们都是穷人出身，没上过军校，可都是战场上的狠角色，不光脑子转得快，面对再残酷的战争场面都面无惧色，只管带头冲锋陷阵。他们能当上营长，那都是战功赢来的，都是身上的伤痕赢来的。他们都是父亲手里的王牌。

赵营长身材高大魁梧，标准的国字脸，自是相貌堂堂，军人气息浓郁，远远地看去与父亲有几分相似呢。

孙营长则不同，他个子不高且壮硕，大脑袋，厚嘴唇，铜铃眼。如果他穿着便衣在路上走，遇见他的人十有八九会觉得他是个杀猪的屠夫。但一到战场上，他行动敏捷灵活，指挥果敢有度，作风勇猛顽强，是个能打硬仗的角色，常让人们赞叹不已。

正是有了这些坦诚相待的兄弟，父亲才是如虎添翼，父亲带的队伍因赫赫战功成了军长手里的一支王牌军呢。

平日里都让他们去打硬仗，可这次却接到如此任务，大伙心里都有些憋屈呢。但军人的天职是服从，他们也就一心想快快送姨太太们到达目的地。之后，他们要么回长沙，要么就在衡阳，说什么也要再上战场打日本鬼子。

眼见着众人都走了，父亲还站在临时指挥室军事地图前，独自待了一会，然后才吩咐铁锁收拾好东西打好包，就赶紧去睡觉。

当父亲刚刚跨出教室门时，发现三营赵敬岳赵营长正站在门口不远处等他。父亲知道他肯定有什么事要和他说，赵营长果真有事要向父亲汇报，他俩悄悄聊了会才各自回房休息。

赵营长是父亲从小患难与共、生死相依的异姓兄弟，两人无话不谈，彼此心相连、习相近、性相似，连外貌也有几分相像。他俩的名字也是两家父母商量好取的，敬岳就是敬仰大忠臣岳飞，天挺就是上天保佑人间忠良！公开场合他叫我父亲郑团长，私下里便称他大哥。

赵营长找我父亲私下要谈的是欠饷的问题。

赵营长说道："大哥，我们团的军饷已拖欠快三个月了，军心已出现不稳的迹象，我很担忧。眼下正是第三次长沙会战的节骨眼上，要是士兵们闹起饷来，那可不得了！你该不会忘记1928年7月彭德怀搞的平江暴动吧？就是借士兵闹饷发动的！"

父亲笑道："不打紧，你只管把心放回肚子里去，我敢保证在国难当头的时期，我的独立团全体抗日将士，决不会有一个人闹饷，就是军饷再拖欠一年半载也不会！"

赵营长摇摇头："你拿什么保证？毕竟兄弟们是指望将军饷寄回去养家糊口的！老百姓不是管我们当兵的叫'粮子'吗？粮子，粮子，就是当兵挣饭吃的意思！"

父亲继续笑着说："早在三个月前，我就命令侯排长和于连长，查抄了几个地方政府查有实据的贩卖鸦片的奸商家，抄没的鸦片统统变成了现大洋，都由田处长保存着，足够全团发三四个月的军饷了。不过这事你千万不能外泄，严格保密！"

赵营长拍一下父亲肩膀，大笑了几声，赞道："还是大哥有办法，这下我可放心了！赶紧发吧！"

父亲挥手制止道："小点声！我已叫田处长造好了册，原计划明天就发，但此次行动太紧，等完成此次任务后再一次性补发欠饷吧，还会预发一个月军饷，保证弟兄们都喜笑颜开！你们几个都回去做好工作，让大家心里有底！"

赵营长自是连声答应，兴冲冲地朝父亲扬扬手就走了。

父亲待他隐入浓郁的夜色之中，笑笑地朝自己的临时住处走去，眼见着窗户透出淡黄的灯光,便知道母亲还在等他。

父亲进房的时候,母亲正靠在床头坐着,正等着他呢。

见父亲进了屋子,母亲忙递过去一个小本本,说:"这是明天改编的具体安排,你看行吗?"

父亲顺手把本子朝桌上一放:"都照办,还看什么?你头还痛吗?周军医给你拿了药吗?"

母亲说:"吃了几粒药片,头不痛了。"

父亲说:"不痛了就好。快睡吧,明天还有做不完的麻烦事。"

母亲看了看父亲,见父亲一副心事重重的样子,催他赶紧睡:"天挺,今天一天你也累坏了,你得休息好,担子都在你肩上呢!大家都看着你!"

他的脑海里总是翻腾着 "粮子" 两个字

话说赵营长还去巡查了一圈,才回到房里。他刚才当着父亲的面表态一万个放心,但还是睡不着。不知为何,他脑海里总是翻腾着 "粮子" 两个字。

"粮子"的关键是粮,没有粮,何来子?

从这个意义上来讲,日本侵略军也是粮子。他们搞什么"以战养战",不就是要到湖南这个中国的大粮仓来抢粮吗?他们一而再,再而三地进攻长沙,除了打通粤汉路这个战略目的外,主要原因之一不就是利用湖南这个大粮仓,来养他们的兵,养他们的侵略战争吗?有道是"湖广熟,天下足",狡猾的日本鬼子怎会不知道呢!

从"粮子"两字,赵营长又联想到由一营何营长带去捞刀河前线的五百多名弟兄。那支劲旅可是清一色的爱国学生,绝不是传统意义吃粮当兵的粮子,更不是抓来捆来的壮丁。他们是出于爱国报国之心来当兵的热血青年,有理想、有觉悟、有冲劲。更何况他们是清一色的美式装备,二营、三营两个营的武器跟他们相比,简直是叫花子跟龙王爷比宝!

还有,率领一营的何营长是黄埔六期生,正规正统的当红军官,郑天挺这个叫花子出身、有"叫花团团座"外号的团长,在外人眼里简直不是当军官的料!

赵营长早就得到了一条秘密消息,一营只是暂时作为过渡寄放在独立团,只待第三次长沙会战结束,立马就会拉出去组建一个新团!

赵营长的思绪还随着"粮子"的"粮"字上溯到三十一年前的1910年，他和郑天挺两人的父母亲人就是死在与粮有关的"长沙抢米风潮"之中……

1910年还在清朝，是清宣统二年。这年春季，湖南很多地方都发生了特大洪灾，稻谷绝收或歉收，奸商趁机囤积谷米，助长粮价疯涨，普通人家就遭殃了。

长沙城里以卖水为生的贫民黄贵荪一家因无法买到救命的口粮而全家自杀，激起民愤，引发三万多贫苦市民抢光了市内八百多家粮店，还有外国洋教堂的囤米。湖南巡抚岑春蓂下令开枪镇压，打死两百多人，打伤一千多人。

这被中外媒体称之为"长沙抢米风潮"。

后来，清廷为了防止民变演变为1907年那样的"萍浏醴起义"，不得已罢免了岑春蓂，并出示平粜令，许诺抚恤死难者家属，才暂时平息了事态。一年后，清王朝便亡了，"长沙抢米风潮"成了它临终前的丧钟。

那时的长沙城还没有自来水，市民们的吃水用水都靠挑水工。当时郑、赵两家比邻而居，都住在碧湘街，两家的父母亲都是长沙城里的挑水工，和黄贵荪一样靠卖水为生。也实在是穷得揭不开锅，两家父母都卷入了抢米风潮，连带几个儿女都一同被打死在街头。

当郑、赵两家的大人曝尸街头的时候，他们穿开裆裤的小儿子郑天挺和赵敬岳在死人堆里爬来爬去，哭喊着要爹爹要妈妈要哥哥姐姐，令收殓尸体的街坊邻居也忍不住陪哭一场。

后来，同一条街上卖香烟瓜子的甘老伯收留了这两个苦命的孤儿。甘老伯把他们带到市郊坪塘镇他的老家，托他的一个寡婶照看他们，后来还送他们上了两年族上的私塾。

等他们长到十岁，甘老伯对他俩说："我的香烟瓜子摊让人抢了砸了，我再也无力抚养你们哥俩了，你们自己去闯天下吧！"就这样，为了寻求一条活路，他俩不得不到外面闯荡。

首先是到处流浪，当叫花子讨人家的剩饭剩菜吃。为了引起人家的怜悯心，他们先是装瞎子、瘸子，后来就到处赶到办酒席的人家去蹭饭吃，有时也帮着下厨的做做下手，赚一升半升米当工钱。

直到有一天，他们发现了一条稳定可靠的糊口的路子，便丢掉打狗棍走上了这条后来决定他们一生的人生正道。这条路就是跟着打仗的队伍走。他们选定一支对他们还算客气的国军部队，紧跟不舍，即便奔赴战火纷飞的战场也不离开。

部队做饭时，他们帮炊事班捡柴火搭行军灶外带洗菜淘米；行军时，他们帮随军脚夫挑担子，还帮掉队的士兵背枪；打仗时，他们帮着在枪林弹雨里送弹药抬伤员。

这支部队上上下下都喜欢这两个不怕苦、不怕死，又机灵、又听话的孩子，将他俩作为编外的小兵，尽量让他俩吃饱吃好，偶尔还发点零用钱给他俩。

直到有一天，当时的师长，即后来的军长，发现了他俩，便正式招他俩入伍当兵。郑天挺当了师长的贴身勤务兵，赵敬岳则当了师部的传令兵。

后来的事难以一一叙述，反正他们都依靠自己的努力把握住了机会，一步一步地凭大小百余次的战功当上了团长、营长。

由一个"粮"字，赵营长还联想到，前年夏天，一支由爱国青年学生组成的文艺宣传队到独立团来慰问演出。有个舞蹈节目叫《喜送抗日军粮》，一个漂亮的女演员向他借了一件军服做道具。演出后，女演员找他送还军服。闲聊中，他知道了女演员名叫金蕴玉，是个满族姑娘，原是张学良开办的东北大学的学生，"九一八"后流浪到了内地。

问起金蕴玉的身世，她起先不肯讲，后来才噙着泪花说："我老家在抚顺，父亲和两个哥哥都参加了东北抗日联军，父亲在赵尚志部队里，两个哥哥在杨靖宇部队里。后来两个哥哥和父亲先后负伤，被日军俘虏了，现在音信全无，生死不明……"

话未说完，金蕴玉早已泣不成声，说不下去了。

赵营长手足无措，不知该如何去安慰她，这是他头一次倾听这样的真情叙述，也是他头一次与一个年轻的女子促膝长谈。他递上一块手帕让金蕴玉擦泪，慌忙转移话题道："我知道你们演出队是抗日爱国志愿团体，我深深敬佩你们！我这里有私人积蓄三百块大洋，捐献给你们聊表寸心，请你务必收下！"

金蕴玉擦干眼泪，惊喜道："想不到赵营长如此大义爱国，我们演出队正缺经费，我代表全体演职员谢谢你！"

临别时，两人还互换了通讯地址，彼此承诺日后常常联系。

不想两人鸿雁传书，一页页信纸牵起了两颗年轻的心灵。一个刚毅英勇，一个美丽多才，一来二去，两人惊喜地发现，对方就是自己寻找已久的梦中

情人，爱慕之情日益浓郁，直至彼此日夜思念。

这次独立团受命护送随军家属之际，金蕴玉的信又到了。赵营长给蕴玉写了封情意绵绵的回信，承诺战斗结束后就和她成亲，还托人给她带去了一只碧玉手镯，作为定情礼物呢。他想象着蕴玉收到碧玉镯子时喜滋滋的模样，不禁笑了。

想到这里，赵营长不由将这封已经看过十几遍的信又拿出来，小心地展开，再一次屏声静气地读起来。他默默念诵着信上那天下最美好、最温馨、最贴心的话语。

敬岳：

我最亲爱的，你近来还好吗？

眼下第三次长沙会战在即，你可要万分注意安全呀，你若有个万一，我也就活不下去了。

你托人捎来的卤菜、腊肉、臭豆腐和豆豉辣椒火焙鱼，都收到了，谢谢哥哥总是记挂着我，伙伴们爱吃得不得了。

目前演出队正在排练一台新节目，准备排好后到湘西去演出，慰问那里修机场的民工和当地驻军。

你马上就要上战场了，我们很久没见面了，我很想你！昨晚还梦见我俩在一起呢……

你写给我的信被几个要好的姐妹偷看了，她们取笑我不知羞啦。我才不管呢，我承认我爱你，非你不嫁！这回仗打完，我们赶快把事办了吧，我要做你最美丽的新娘！……

念着念着，赵营长脸上绽放了幸福的微笑，久久地，久久地，他不知不觉沉入了甜蜜的梦乡，再一次梦见了他的蕴玉穿着红红的新嫁衣笑着朝他跑来……

第四章
母亲的劫难

母亲更恨魏浩远竟然叛变革命，他偏只是保全自己的性命还可以理解，可他还带着白军来杀红军，这可真是十恶不赦的叛徒！自己当初怎么就没看出他丑恶的一面？

今晚看来你我都没法睡了

夜已深了，当母亲脱下棉衣，不由"咦"的一声，呆呆地坐在床边不动了。

父亲已经躺进了被窝，忙凑过去一看，昏暗的灯光下，母亲正痴痴地看着手里的白布条。父亲不知所措地问道："红姑，红姑，你怎么啦？"

母亲伤感地叹息道："天挺，你看，今天早上垫在内衣里用来隔奶水的布条都湿透了，我的奶子也胀得好痛！我们的崽一天都没吃奶了，也不知他在家好不好？有没有吵着要妈妈、要吃奶？"说完，她嘤嘤地啜泣起来，如无助的新媳妇。

父亲也黯然，忙抱紧母亲，拍拍母亲的背，劝慰道："来，红姑，快点躺在被子里来吧，别冻着了！儿子有吴妈、小柱子呢，你就放心吧！我们赶紧完成任务，你就回去带儿子，再也不要跟着我在外奔波了！快别哭了，会伤身子呢！让人听见了也不好！"

母亲只得止住了哭，默默地躺进了被子，依偎在父亲温暖的怀抱里，依然泪流不止。但母亲实在无法入睡，她的脑海里闹得不可开交，一时是我大声哭喊妈妈的模样，一时是魏浩远阴险的笑脸，她悄悄移出父亲的怀抱。

父亲也没睡着，能否安全地护送三百多名姨太太撤离，他原本心里没底，今天一天的经历更让他忧心忡忡，接下来到底会怎么样呢？感觉到母亲在辗转反侧，父亲又拍了拍母亲的背，轻轻地说："睡吧，红姑，好好睡！别多想。"

母亲依然背对着父亲，幽幽地叹道："天挺，你难道没发现我与魏浩远之间有什么不正常吗？"

父亲刚才是想起了魏浩远，只是思绪很快跑到明天的行动安排上去了，此时意识到母亲另有心思，就实话实说："红姑，我所有的精力都在接下来的行动上，我当时估计你和魏浩远是老相识。"

母亲竟"呼"的一下坐了起来，直直地说："岂止是相识，这个人曾经是我的未婚夫！"

父亲大吃一惊，忙坐了起来，给母亲也给自己披好棉衣，恍然大悟地说道："哦，原来这样！他曾经也是'共党分子'！不过，我看这个人绝不是什么好货，老子明天就打发他走！"

母亲咬牙切齿地说："你只是想打发他走，我可是想一枪毙了他！因为他是个卑鄙的叛徒，他双手沾满了革命者的鲜血！"

父亲为之一愣，不由紧紧地搂住了母亲，他不想母亲情绪太激动。

母亲紧紧地靠住了父亲，忧伤地说道："天挺，今晚看来你我都没法睡了，我还是给你讲讲我与魏浩远的往事，好让你知道他是怎么一个人，以后也就知道怎么对付他了。"

话说1934年秋天，父亲从拍卖会上买下母亲，救了母亲一命。事后，母亲心存感激，但一直到1937年秋天才下决心嫁给父亲。

整整三年里，父亲半点也没勉强母亲，晚上一有时间就给母亲讲自己的故事。父亲那么真诚，那么执着，让母亲看到了他的苦难、他的良心、他的正义感。

母亲由此真切地知道，父亲不是十恶不赦的反革命，而是国民党军队里有正义感的爱国军官。父亲也是苦命人出身，虽说父亲也"围剿"过红军，但这是他当时的职责所在，也是身不由己！母亲转而理解了父亲，心想要是他参加了红军，一定是个坚定的革命者！

特别是国共合作后，母亲看到父亲坚决反对内战，积极抗日，出生入死，奔赴战场打日本鬼子。她被深深地感动了，终于答应嫁给父亲。

之前，他们俩各自带兵在战场上你死我活厮杀了两年，好几次他们只隔一条山沟，不过二三十米远。母亲相当清楚地看见过父亲，还向父亲开过枪，不过让父亲躲过了。要是那时有人预言，母亲将成为这个白军军官的老婆，为他生儿育女，打死她她也不会相信。

母亲暗地里将父亲和魏浩远作了比较。当初父亲冒了那么大的风险，花了那么多钱救了她的命。长达三年的时间里，父亲完全可以任意摆布母亲。可是父亲没有那样做，而是将母亲放在平等的地位上，尊重母亲的意愿，苦苦地等待她逐渐理解他接纳他。

父亲曾动情地对母亲说过，他要娶她为妻，她是他苦苦等待已久的女人。父亲嘴里不说爱字，连指头也没动母亲一下。可是母亲从他的行动里体会到爱意，认识到这才是真正的男子汉大丈夫。

人总是当事后诸葛亮，当初母亲就识不破魏浩远的软弱、自私和虚伪。不过要是没有魏浩远做反衬，母亲也就理解不透父亲，也就不会从一个红军

女营长变成一个国民党团长太太。她知道这不仅仅是命中注定，更是因为父亲的光明磊落感染了她，是父亲真切的爱恋感动了她！

且说当初母亲与魏浩远闹翻了，并没有一刀两断，事情还长着呢，真是一波三折……

魏浩远跑到国民党"围剿"部队驻地自首投诚

那天晚上，母亲找傅蓉大姐哭诉了一通。

傅蓉大姐柔声地安慰母亲："也许小魏是真心爱你，他毕竟是年轻男人，血气方刚，难免有些控制不了自己，你冷静下来再看看吧，千万别着急。"

没想到第二天一大早，魏浩远一脸憔悴，急急地找到母亲住处，主动作了检讨，请求母亲原谅！他说他也是因为太爱她了，乃至情不自禁，他后悔得一夜都没睡好！

眼见他痛苦与懊悔的模样，母亲当然原谅了他，真诚地对他说："是你的到时候总会归你，我只是希望你尊重我。"

临到母亲回部队时，傅蓉大姐找到母亲，当着魏浩远的面，笑着劝道："现在苏区形势很好，仗也打得少，连我也到后方来工作了！你们俩赶紧趁这个宝贵时机把婚事办了，老拖着影响不好。"

魏浩远连连称是，母亲则笑而不语，傅蓉大姐就替他俩将婚期定在五一劳动节。

五一节前，母亲特地请了两天婚假，赶到省军区机关。同志们欢天喜地地为他俩筹备简朴的婚礼，母亲怀着即将做新娘的喜悦，乐滋滋地整理房间，为魏浩远拆洗被子。

可就在母亲拆枕套时，一张年轻妖艳的女子照片从枕头里掉了出来。她惊讶地捡起来一看，照片上的女子留着披肩长发，一副楚楚动人的模样，照片背面上则写着：吻你，最亲爱的浩远。

母亲当时头轰的一声，眼泪奔涌而出，难道自己的未婚夫早已有了意中人，那怎么又要和她结婚呢？实在想不通，母亲丢下手中的活，拿着照片找到魏浩远办公室。

魏浩然正埋头写着什么，闻声抬头见母亲满脸通红地站在跟前，有些愕然，忙站了起来问道："红梅，你怎么上办公室来了？"

母亲实在忍不住情绪，流着泪，气愤地问魏浩远："她是你什么人？我们都要结婚了，你怎么还留着她的照片？"

其实，母亲只是需要魏浩远的一个解释，没想到他闻言脸色难看极了，快速将照片抢了过去，大声吼了起来："你怎么乱翻我的东西？还是红军营长呢！"

母亲愣了，这还是那个温文尔雅的魏浩远吗？

俩人为此大闹一场。母亲一赌气就回部队了，五一节的婚礼自然泡汤了。

后来，魏浩远又托傅蓉大姐来做转弯，三番五次赌咒发誓说："照片上的女子只是我表妹，以前在大学里相好过一阵，我参加革命后就再也没联系了。"

当然，母亲最后还是原谅了他，不过婚礼只好推迟到十月革命节了。

不料这一耽搁，到下半年形势就发生了谁也没料到的变化。

这年7月，新来的省委书记林瑞笙受党内"左"倾错误思想影响，导致肃反运动也弥漫到了湘鄂赣苏区，大批创建湘鄂赣苏区的干部受到了冲击，被打成了反革命。

傅蓉大姐首当其冲，因为她曾经是大地主家的"少奶奶"，所以成了混进革命队伍的"反革命分子"。她被以莫须有的罪名秘密关押在省保卫局的牢房里，受到百般审讯，乃至严刑拷打。母亲一帮姐妹们眼见着傅蓉大姐受到冤屈，急得团团转，却又束手无策。

由于和傅蓉大姐的特殊关系，母亲很快受到牵连。省保卫局的调查员见母亲不肯揭发大姐的"反革命活动"，便说母亲是"傅蓉死党"，当即将母亲从部队上撤下来，弄到省苏妇女部当了一个挂名的干事。

母亲白天工作，晚上得挨批斗，受审讯，写交代。实际上，母亲已被软禁起来了。

后来，肃反在苏区不但没得到有效遏制，反而不断扩大化。这弄得人心惶惶，人人自危。

眼见着与魏浩远约定的结婚时间快到了，母亲知道形势如此，一切都不可能了，她都有很长一段时间没见过魏浩远了。

事实上，魏浩远的日子也不好过。他出身不好，父亲是湖北的大资本家，本人是大学生，从大城市而来，理所当然受到保卫局的怀疑。不过他毕竟身居高位，一时还没有动他。

这天一大早，魏浩远想方设法找到母亲，一见面就紧紧拥住了母亲。他

满脸胡子拉碴，忧心忡忡地对母亲说："梅，大事不好了，连傅蓉大姐那样的有功之臣都成了反革命，我们这些人还不是小菜一碟？只怕下一步肃反就肃到我们头上了，到时就会有口难言，得趁现在赶紧想个办法。"

母亲正要去机关上班，见魏浩远不顾受牵连的危险来看她，心里满是欣慰，忙安慰他说："现在局势如此，有什么办法呢？只有相信党组织，眼前的困难很快就会过去，总有一天会实事求是的。"

魏浩远摇了摇头，苦着脸说："只怕等到实事求是那一天，我们的脑袋早掉了，实事求是又有什么意义？"然后，他松开母亲，急切地拉起母亲的手，满脸焦虑，恳求道："梅，我爱你，我舍不得你！走吧，跟我一起走。"

母亲一听，急了，反问道："走？走到哪儿去？"

魏浩远释然道："这好办，跟我回湖北老家去，我家里有钱，生活不用愁。趁我还没有撤职，还有走的权力，快点走吧，不然来不及了！"

母亲不同意，摇摇头说："浩远，困难是暂时的，一切很快就会过去！我们千万不能当逃兵！脱离了革命队伍，我们还有什么前途？"

魏浩远怔了一下，马上换了副笑脸，说："梅，你放心，我怎会当逃兵？我是怕你政治上幼稚，特意来试探你的，提醒你小心在意。"

母亲这才放心了，主动地握着魏浩远的手，温柔地说："那就好！浩远，等这股风一过去，我们立即结婚，也不要举行婚礼，搬到一起住就是。"

魏浩远的脸亮了，霎时又暗了。他点点头，连连说："好好好，都听你的！"说罢，他凄然地抱了抱母亲，恋恋不舍地离开了。

母亲久久地倚着门框，黯然地看着他的背影越来越远，只觉满心伤悲，浑身无力。

谁知就在苏联十月革命节那天，原是魏浩远与母亲约定结婚的大喜日子，魏浩远竟一大早就独自骑着一匹马，借口去前线视察工事，急急跑出了苏区，跑到边境上国民党驻地自首投诚了。

更没想到的是，第二天魏浩远就带着白军进攻苏区，将苏区红军的医院、兵工厂、被服厂都破坏了，还大肆杀人放火，苏区情势危急。

还没想到的是，魏浩远竟然还在边界上，用大喇叭不停喊话："郝红梅，过来吧！我是你丈夫魏浩远！只要你过来，国民政府既往不咎，还可立功受奖！"

魏浩远这一喊，母亲就立即被保卫局逮捕了。除了"傅蓉死党"的罪名，再加上一条"叛徒老婆"，母亲成了双料的"反革命分子"。

审讯时，母亲咬紧牙关，就是不认罪，不承认自己是反革命。

审讯者一脸正义凛然，斥责母亲顽固不化，还狠心地对母亲用刑！

几天下来，母亲的身体很快就垮了。母亲真恨不得一死了之，但她想她得努力活下来，等待事实大白于天下的那一天："她郝红梅忠于革命，是忠心耿耿的红军战士！"

但每每夜深人静时，身上的痛、心里的痛搅得母亲无法入睡，她担忧傅蓉大姐的安危，猜想傅蓉大姐肯定也受刑了，不由痛彻心扉，她真是不明白形势怎么会如此发展！

母亲更恨魏浩远竟然叛变革命，他倘只是保全自己的性命还可以理解，可他还带着白军来杀红军，这可真是十恶不赦的叛徒！自己当初怎么就没看出他丑恶的一面？

母亲也为自己抱屈，想她为了革命多年来冲锋陷阵出生入死，却闹到被捕入狱，蒙受不白之冤，让自己的同志来审讯自己拷打自己，真不知何时才是尽头？还不如死了算了，一了百了，可再想想又不甘心，她说什么都得努力活到真相大白的那一天！

傅蓉大姐死了

那时苏区越打越小，肃反让革命受到了打击，陷入了低潮。后来，连苏区各机关也无处安家，只得天天钻山沟，转移潜伏。

正是冬天，母亲她们这些犯人，没日没夜地被押着东奔西转。犯人们都得戴一个只露出双眼的头罩，为的是怕被战士们认出过去的首长，引起不满而动摇军心。

身体虚弱走不动的犯人，被悄悄地处理了，用刀砍死，甚至用梭镖捅死。傅蓉大姐就是在转移路上，在大山深处一个叫冷水窝的地方，被杀的。

眼睁睁地看着敬爱的傅蓉大姐被梭镖捅死，母亲痛不欲生，泪如雨下，只恨不能代傅蓉大姐受死。她当即扑倒在地，呼天抢地地哭道："大姐啊，你是我的亲人呀，你死得好惨啊！你不在了，我活着还有什么指望？还有什么意思？"

在空旷的寒风里，母亲的哭声如此凄厉，但四周的人却只是无言地看着她，眼神复杂，谁也不敢上前扶起她，就任她躺在地上。

当一行犯人被吆喝着往前赶路时，母亲已无半点力气，根本无法站立起来，还是押送她的人将她扯了起来。

目睹了大姐的惨死，母亲已万念俱灰，决意追随大姐而去，不知不觉地落在了队伍后面。她强打精神，时不时故意和押解她的两个肃反队员对抗，激怒他们，好让他们早早地一梭镖捅死自己。

两人自然明白她的用意，小声嘀咕开来。一个说："她既然想找死，把她杀掉算了，省得这么辛苦押来押去。"另一个说："还没有上级命令，就随便杀掉怕是不好交差。"……两个人越讲声音越小。

母亲真不敢相信，他们竟想找个僻静处，一梭镖捅死她，将她抛尸野外，然后他们就逃离苏区。母亲心想，即使要死也要带个清清白白的身子见阎王，至少不能曝尸野外。

可是谁能救她？

母亲四下张望，天哪，救星来了！只见省苏代理主席余启坤正朝她这边走过来。母亲知道，他作为傅蓉大姐的老战友，也受到了怀疑和批判，随时可能被捕。她不能向他喊冤，那样只会连累他。

情急之中，母亲想好了主意。于是，等余启坤走近自己身边时，母亲突然大喊："报告余主席，有人不经批准就要杀我！"

余启坤停下脚步，仿佛不认识母亲似的，严厉地问道："是谁？在革命队伍谁敢这么随便对待战友？你可不能诬蔑革命战士！"

母亲说："就是押解我的这两个人，刚才他们小声商量，说要找个偏僻处捅死我！"

余启坤转过头问他俩："有这回事吗？"

他俩倒害怕了，连连否认："我们只讲她既然想死，就成全她，没讲要真的杀她。"

余启坤释然道："没有就好，我相信你们，不相信犯人。不过，男同志押解女犯人倒是路上不方便，我找你们队长反映一下情况，换两个女同志来押解。"说完，他看都没看母亲一眼，就急急地走了。

果真，很快地就换了两个女战士来押解母亲，生命之忧暂时没了，母亲松了口气。

余启坤做得很聪明，母亲很感激他。可是，后来平江惨案中，他被国民党兵捕获，被残酷地杀害了。母亲伤心了很久，极为痛恨叛徒孔荷宠，是他带领敌人杀害了余启坤，他以前还是红军军长呢！

前有魏浩远，后有孔荷宠。母亲由此明白了，共产党里也隐藏着坏人。

母亲落入了国民党清乡队之手

后来，形势渐渐好转了，省军区代司令员傅秋涛解救了母亲。是他说服保卫局的人，以开除党籍、留队监督为条件，将母亲释放了。接着，傅秋涛将母亲调到围山游击队，母亲恢复了自由身，但身体元气大伤。再后来，正患疟疾的母亲，于昏迷中落入搜山的国民党清乡队之手。

母亲被丢在一间偏僻的厢房里，只等押送到县城大牢里。不想几个国民党兵将母亲全身衣服剥光了，也不管母亲是否被冻着，正想趁人不留意时轮奸她。

那时，母亲只剩一口气，想自杀保身也做不到了。那几个国民党兵围在一起，像看西洋镜一样看母亲一丝不挂的身子，这真是奇耻大辱！母亲心如刀割，在心里痛苦万分地呼喊："爹娘啊，为什么要将我生成一个女儿身？"

眼看一场不堪忍受的侮辱就要降临，母亲闭上眼睛，只得任凭那些畜生们蹂躏。这时，来了个中年军医，眼见当时情景，急忙将自己身上的军大衣盖在母亲身上，对那些兵们吼道："谁没有娘亲妻女，谁不是人生父母养的？亏得你们披了张人皮！这么冷的天让人光着身子！"

那几个兵不服气，吵吵嚷嚷地骂道："滚开！少管闲事！你竟然胆敢保护女'共匪'！弟兄们'剿共'辛苦了，也该尝尝女'共匪'是什么味道！"

军医毫不退让，也大声嚷道："好吧，你们要上就上吧。告诉你们，我一看就知道，她患有三级梅毒，你们想死的，想断子绝孙的，只管上，上啊，怎么不上？"

也有兵不相信，军医火了，拖住其中一个的手说："你不相信？走走走，带你去见师长，他的梅毒就是我治好的！"

这一下，那些兵们才一个个溜走了。

接下来几天，军医每天偷偷地给母亲喂汤喂药。母亲紧闭着嘴，不肯喝。他就劝她："闺女，喝吧，要知道有些兵原本就是混混，到了国民党部队也不干好事！那天，我不得已口出狂言骗他们，才将他们赶走！你不要在意，你要死也死得精神些，像个共产党人的样子！"

母亲听了，才流着泪喝了下去。

军医又讲："囝女，不瞒你说，我之前被红军俘虏过。红军真仁义，不但没为难我，放我走，还发给我路费。"他还问："囝女，你家里还有什么亲人？有什么话让我转告？"

母亲强抑着内心的痛苦，平静地说："我在世上没有一个亲人了。"

军医流泪了，宽慰母亲说："那我就来做你的亲人，我为你收尸，为你安葬，每年清明为你上坟，为你烧纸钱！"

几天后，母亲有了些精神，但身体并没有得到彻底恢复，就被转到了县城监狱……

母亲的故事讲完了，父亲流下了眼泪，紧紧地拥抱着母亲！他是多么怜惜怀里这个女人，她受了那么多苦，遭了那么多罪。

说到最后，母亲也累了，长长地叹了口气，说道："天挺，你也是苦出身，当叫花子比我当丫鬟还苦。我有傅蓉大姐疼我，你可是没人看重的孤儿呀！

"哦，天挺，你曾说过，你也曾想过投奔红军，可听到红军搞肃反，连自己人也容不下，你才打了退堂鼓。

"结婚后，你问过我：'还想不想当红军、闹革命？'这叫我如何回答是好？想起傅蓉大姐对我的教诲，我依然忠于革命，忠于共产党，要为劳苦大众谋利益。可一想到她的惨死，我就心里难受。共产党开除了我的党籍，现在，我又当了国民党的团长太太，共产党还会要我吗？

"天挺呀，天挺，我不是一个坚强的革命者，我只是一个软弱的女人。是你救了我一命，给了我一个家，这后半辈子，我只能守着你，做一个贤妻良母了。

"天挺，只要你坚决抗日，不打内战，做一个堂堂正正的中国人，我就知足了。我会好好服侍你，为你生儿育女，为你操持家务。我想，只要我们没做亏心事，将来就是共产党得了天下，也会有我们的一碗饭，一块落脚谋生之地……"

整整一夜，父亲与母亲相拥而坐，眼见着天色渐亮，新的一天又来了！他们的心比以往任何时候都靠得更近，贴得更近，他们知道他俩得拧成一股绳，去迎接迎面而来的种种考验与磨难……

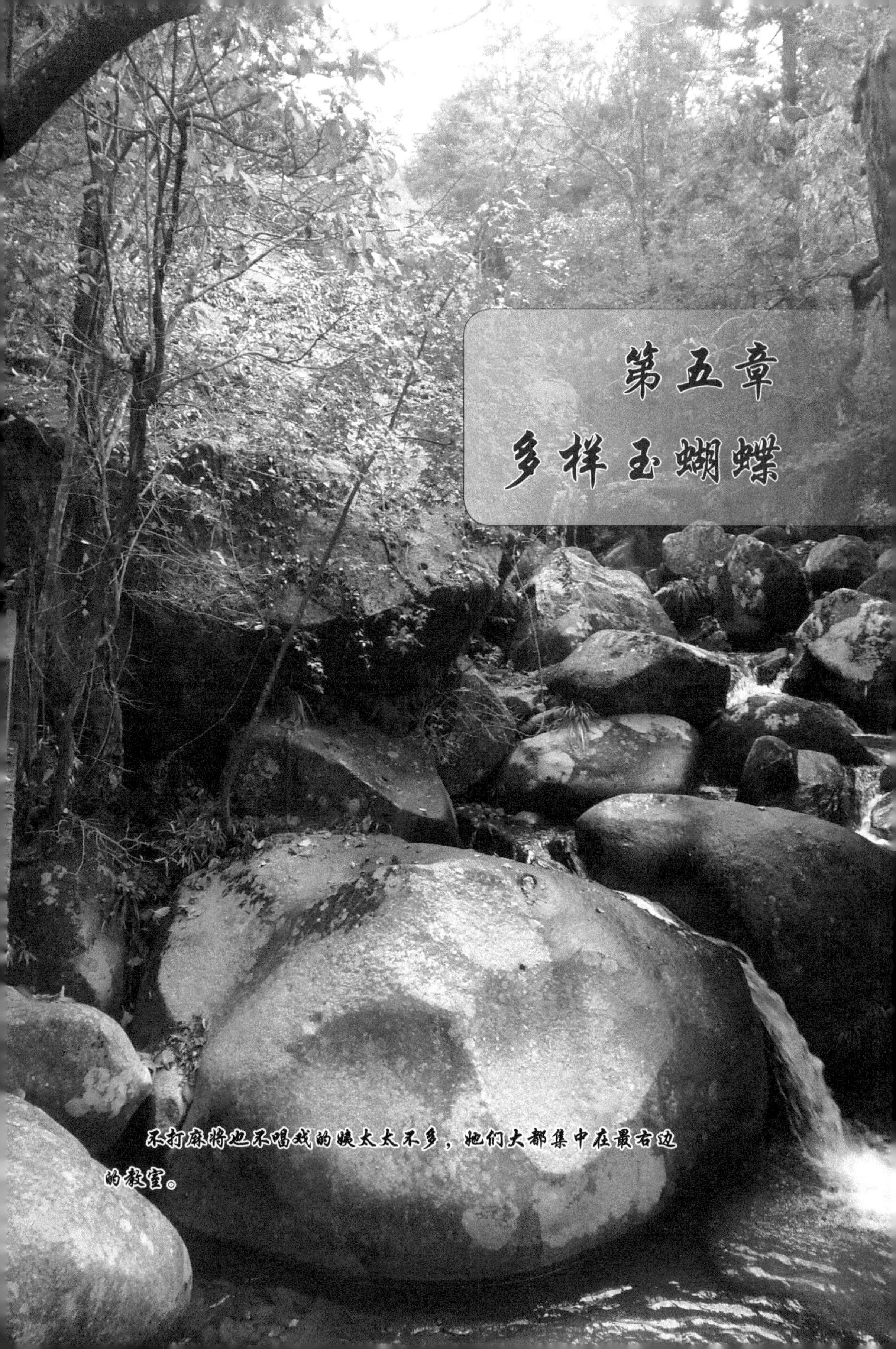

第五章 多样玉蝴蝶

不打麻将也不唱戏的姨太太不多，她们大都集中在最右边的教室。

小锁子挨了一巴掌

三百零九名姨太太也几乎一晚没睡。

平日里她们过夜生活过惯了。尽管她们百般挑剔，团军需处尽了最大的努力，也只能安排她们在这所乡间小学的教室里打地铺，五六十人睡一间教室。她们也只能将就着受些委屈，毕竟是国难当头，逃命途中，发牢骚也没用。

天实在冷得很，连麻将桌也找不到一张，只能用破课桌将就将就。

既然是姨太太，夜生活的主要内容就是打麻将，即使是行军途中也不例外。平时是陪男人和男人的上司、同僚打，现在是难得姐妹们聚到一堆，麻将就打得更痛快，更放肆。

晚上睡眠不足打什么紧，明天坐在轿子里美美地睡一觉就是！

姨太太夜生活的另一个内容就是享受勤务兵的服侍，勤务兵是她们不可或缺的，出门在外更是如此。

随身的勤务兵，大都是十七八岁的娃娃兵，间或有十五六岁的孩子。为了随喊随到，勤务兵只能夜宿在走廊上，外面竖几块竹晒簟作屏障挡些风雨。

那个挨了一巴掌，红着半边脸，蹲在地上吹炭火盆的勤务兵，叫小锁子。他服侍的主人叫翠喜，是二十军佟团长的姨太太。

翠喜原是个童养媳，可还没等到圆房，比她小一截的丈夫就得痨病死了。夫家在小镇上开了家小豆腐店，之前就让她在店里帮忙，日子也还过得太平。小男人一死，她就成了克夫的丧门星，夫家将她转卖给了县城的妓院。

翠喜虽是小户人家出身，倒也懂得廉耻，寻死觅活了好多回，还是让佟团长给她破了瓜。因太太多年没有生育，佟团长不光图她年轻貌美，更图她身体好能生育，就干脆花了些钱将她带回了家，做了自己的姨太太。

谁知，翠喜的好日子没过多久，欢天喜地生了一个女娃，而太太倒枯木逢春生了个儿子。母因子贵，原本一声不吭的太太这下神气了，时不时想着法子找她的岔子，为难她。佟团长也不再护着她，如此一来，她只得委屈地认命，既受太太的气，又受佟团长的气。

翠喜受了气，当然得拿勤务兵出气，于是跟她的勤务兵就成了她的出气筒。她已经换了三根出气筒了，小锁子是第四根。

小嫦娥原是一名当红妓女

站在小锁子对面，正在帮主人出牌当军师的勤务兵，叫小雪，长得白净高大，两只大眼睛机灵有神。

小雪的女主人外号"小嫦娥"，真名叫常玉娥，原是浏阳县城梅花巷留春院的一名当红妓女。她容貌美丽，宛若传说里的嫦娥，特别是她那双漂亮的丹凤眼，水汪汪的，左顾右盼，更添妩媚。

小嫦娥经常穿一身紫花旗袍，扭着水蛇般柔软的腰，声音又软又嗲，风骚盖过浏阳城，声名远播长沙、湘潭、株洲，甚至衡阳城。

当年二十军所部的刘团长驻扎在浏阳城时，他立即慕名而去，只一眼就被小嫦娥的风采所倾倒，一把抱住了她的水蛇腰。

小嫦娥凭她多年接客的经验，就知道眼前的刘团长是个风月老手。刘团长那双色迷迷的小眼睛，令她多了一个心眼：自己从小被拐卖到妓院，受尽了磨难，被迫操这下贱皮肉生意，供这些臭男人们玩乐。虽说天天吃香的喝辣的，可毕竟不是她最后的归宿。人老珠黄之后，谁还记得她小嫦娥？

妓女最好的归宿无非是从良。可小嫦娥从不相信什么"多情公子"，她认为那只有在戏台上才能看到，现实世界的男人没一个好东西。平日里她从不与男人另有交情，她只认钱，谁给足了钱就跟谁，她还用尽心计与老鸨争钱，将钱都存了起来。

眼见着年龄越来越大，小嫦娥不免有些忧心，她想这乱世年头，有钱的不如有权的，有权的又不如带兵的。倘要挑人帮她脱离妓院，刘团长不正是合适的人选么？

于是，小嫦娥就想办法讨好他，好酒好菜款待他，还给他唱小曲，给他弹古琴，给他跳舞，在床上更是百般柔情地逢迎他。真是使尽了她小嫦娥的浑身本事，连院里的鸨母都笑话她太用力了。她一笑付之，该怎么做还怎么做，有时还偷偷地朝他酒里撒些药粉。

这药粉是前辈妓女秘传下来的媚药，百试不爽，果真惹得刘团长兴致高涨。这时，小嫦娥故意羞羞答答，欲拒却迎，娇声呻吟，推波助澜地让刘团长大喊过瘾，得意扬扬。

不到一个月工夫，刘团长就觉得离不开小嫦娥了，想想不知哪一天部队

就得开拔，不如将小嫦娥娶回来省心。

于是，那天吃过午饭，刘团长装扮一新，带着勤务兵，携着一大包礼物来到留春院，直奔小嫦娥房间。一进门，刘团长就一把搂住她，一反平日猴急的做派，用少有的认真口吻问她："嫦娥，我要娶你做太太，你愿不愿意？"

小嫦娥心里一喜，却忙将头低下，装出一副又惊喜又害羞的模样，一声不吭。刘团长急了，再三追问，她才说："跟团长您走，我哪有不乐意的？只是我有仇未报，暂时还不甘心走呢！"

刘团长松了一口气，说道："这还不好办？你只管说还有什么仇，我来替你报！"

小嫦娥将参与拐卖她的皮条，克扣过她钱物的妓院老板，欺侮过她的嫖客，统统列入仇人名单。

不几天，这些人都先后被一群身穿便装的丘八揍得半死，小嫦娥这才搬到刘团长事先租好的小院里，当上了刘团长的姨太太。

眼看刘团长的身体江河日下，一天弱于一天，日本兵却打来了，她随刘团长驻扎在长沙城边上，干脆将家安在部队的驻地。

可刘团长时不时地不在家，小嫦娥只觉寂寞难耐。军营里军官不少，可她觉得这些男人千篇一律，毫无新奇之处。她不由将目光投向身边的勤务员小雪，这个十八岁的白白净净的机灵小伙子，勾起了她对少女时代的回忆。

于是，小嫦娥趁刘团长外出，精心地制造了一次机会，用手枪逼着小雪上了她的床，一把扯下他的裤子，强迫他干了事。

事毕，看着小雪满脸潮红，两眼惶惑的样子，小嫦娥内心满是苦涩，倒是暗地里骂自己臭不要脸。但她依然欲罢不能，不时找机会与小雪快活一番。

原以为神不知鬼不觉，直至某天晚上团参谋长趁刘团长外出开会不在团部，悄悄地来敲小嫦娥的门。

小嫦娥那晚破天荒没外出，小雪当时也不知跑到什么地方去了，她闻声开门一见是参谋长，她早已感觉到团参谋长对她不怀好意，正想反身关门。

团参谋长却闪身进了门，还趁势将门关了，一把抱住了她小嫦娥。

自从当上了团长的姨太太，小嫦娥何曾受过如此侵犯，忙狠狠地将参谋长往外一推，喝道："你什么意思？竟敢如此放肆！"

团参谋长倒很为意外，悻悻地说："装什么正经？谁不知道你从窑子里出来！就稀罕勤务兵那样的新鲜货色么？"

小嫦娥是何等聪明之人，当即面红耳赤，厉声叫嚷道："你给我滚！不然别怪我不客气！"

团参谋长自然知道她是个狠角色，说得到也做得到，只得气急败坏地走了。

小嫦娥却大受刺激，再也打不起精神与小雪胡闹，不想小雪倒对她忠心耿耿，她心想就当自己多了个亲人。

这次姨太太集中转移，刘团长说打完这一仗就接她小嫦娥回来。她装出一副依依不舍的样子，心里却在说："对不起，这回到了南岳衡山，我就要带着小雪远走高飞了！"

素玲是湘剧坤旦的头牌角色

当然，也有不打麻将的姨太太。住在中间教室和最右边那间的就不打。

虽说都是姨太太，可出身经历各有不同，教室中间住的都是戏子出身的姨太太。她们原来都活跃在各路戏班子里，唱戏给众人听，被戏迷军官弄去当姨太太之后，就只唱给家里男人听了。平时姐妹们难得聚会，这次集中转移，真是个难得的机会，她们岂肯轻易放过？

于是，这间临时的住所就成了堂会的演出场子。好在乐器都由勤务兵带来了，只是行头不齐，又严禁大声喧哗，她们不得已就来几段清唱。她们的勤务兵也大都跟着主人学了几句，这时也过来帮腔凑趣。

一时间，她们恍惚回到了莺歌燕舞的舞台，倒也忘记了逃亡的现实，人人脸上有了迷醉的笑容。

这帮舞台姐妹中为头的是素玲。她原是湘潭城里湘剧坤旦的头牌角色，戏路广，扮相俊美，嗓音圆润，戏迷一大堆。

驻在湘潭城里的二十四师皮参谋长，是素玲的铁杆戏迷，凡有她唱戏的场次，皮参谋长总是打扮整齐地来捧场。

皮参谋长黄埔军校出身，长相儒雅俊朗，很有军人的气势，但他已有妻室儿女，素玲早已知道。因此当皮参谋长向她求婚时，她断然拒绝，她决不做姨太太。

皮参谋长不久就拿出一纸法院的离婚证书，证明他已与太太正式离婚，素玲还是不答应。

皮参谋长又是礼物，又是甜言蜜语，还给戏班班头施压相逼，素玲扛不

住了，才答应嫁给他。

嫁过去后不久，素玲才发现离婚文书是假的。皮参谋长他根本没有与太太离婚，她的身份只能是姨太太。她哭，她闹，她寻死觅活，逼着皮参谋长要么与太太离婚，要么和她离婚。

皮参谋长好脾气地任素玲吵闹，就是不答应离婚，倒派人将她盯得紧紧的，连出门会会朋友都不行。

后来，太太的一双儿女跪在她面前，喊她"二娘"，可怜巴巴地求素玲不要逼他们的父亲离婚。见孩子们一脸惊惶，她心一软，也就不再闹了。

素玲虽说不闹了，皮参谋长也宠她，可离婚的心仍在，暗暗盘算着如何逃离皮参谋长。

这次姨太太集中转移到南岳衡山，素玲觉得是个逃走的好机会。逃的计划都想好了。路上不好逃，路上兵荒马乱不安全，且这么多兵护送，其实是押送，万一自己被捉住就完了。不如等到了衡山后，自己以组织抗敌剧社慰问前线将士的名义，取得到地方演出的自由，到时确定好路线再逃走。

素玲把组织剧社的想法，与几个要好的舞台姐妹透露了，姐妹们欣然同意，还公推她为筹备组长和今后的剧社社长。

此刻，素玲正在教她的勤务兵小三子唱戏。她知道小三子是皮参谋长的心腹，名为一路服侍她，实则一路监视她。

所以，素玲知道不能得罪他，只能笼络他，以减少日后出逃的阻力。好在笼络他并不难，他喜欢唱戏，尤其爱扮小旦。于是，素玲就手把手地教小三子如何甩水袖、走台步、丢媚眼、弹兰花指之类，令小三子大喜过望。

小三子学起东西也相当快，练习几遍就有点味道了。姐妹们都鼓掌叫好，都说小三子值得好好调教，将来准是个走红的男旦。

文绣上过省城女子师范大学

不打麻将也不唱戏的姨太太不多，她们大都集中在最右边的教室。

她们都是普通人家出身，正正经经的女人，觉得那些妖里妖气的婊子、戏子，哪里像个国军家属的样子？简直是群"狐狸精"！当然被称为"狐狸精"的姨太太们也瞧不起她们："都是当姨太太，端着什么良家妇女的架子，还不是跟我们一样供男人玩乐！"

此刻，坐在昏黄的马灯下奋笔疾书的那位姨太太，是在写篇什么文章呢？那样专注，以至旁边姨太太问她"长庚"的"庚"字怎么写，她全然没有听进去。

她叫文绣，正在给进步报纸写一篇题为《中国妇女的耻辱》，反映国民党军队姨太太内幕的长篇文章。自己是个姨太太，掌握的材料也多，写起来字字是血，声声是泪，她写着写着竟然泪流满面，眼泪将稿纸都打湿了。

文绣是三百多名姨太太中最特别的一位。她不是娶来的、买来的姨太太，而是一件奖品。主母担心少爷在外拈花惹草，就把她自己的小丫鬟赏给少爷作偏房。

人家都是先有太太，再有姨太太，而文绣是当了几年少爷的丫鬟兼偏房，等太太进门后才被正式接纳为姨太太的。

文绣还是个大学生，不光长得清秀端庄，还写得一手好文章，比所有姨太太的文化水平都高。

当初少爷投军后，文绣跟着做了随军家属，她的聪慧恬静受到军长太太的赏识，叫她陪伴自己女儿上中学。后来军长的女儿升大学了，她也跟着考取了省城女子师范大学。少爷不让文绣读大学，她以自杀相威胁，又搬出军长太太求情，才换取了两年的大学生活。

抗日战争爆发后，文绣积极投入了抗日救国的爱国宣传活动。当了团长的少爷知道了，怕她赤化，又怕她萌生离异之心，就强迫她退学，将她圈禁在军营内，甚至连进步报刊都不准她看。

当时，文绣坚决不要勤务兵，但少爷团长哪里肯答应，硬是给她安排了个名叫李海的勤务兵。

李海才16岁，普通农家出身，壮实的模样，倒是忠厚老实，对文绣很忠诚。文绣时不时地教他识字，渐渐地他能看书读报了。他眼见着文绣委屈的处境，很为她抱不平，更贴心地照顾她。

文绣那些当了记者的女同学了解她的遭遇后，很同情她，偷偷地与她通了信，鼓励她将自己的遭遇写出来。她们帮她发表，发动社会舆论支持她，将她解放出来。

文绣深受鼓舞，觉得光写自己太单薄无力，就下决心将自己掌握的材料统统写出来，写一篇揭露国民党军队姨太太内幕的大文章。

在少爷团长的眼皮下写作，很不方便。然而机会来了，这次转移到衡山，少爷不在身边，没人监视了，正好大写特写。文绣要在行军途中写好初稿，

到衡山后再修改定稿。

文绣写得那样专注，旁边问字的姨太太叫了她几声，她才回过神来。她抬头看了看，一眼看到对方那双明亮友好的大眼睛，笑着说："对不起，我刚刚在写文章，没听清你问什么？哦，你叫什么名字！"

"我叫荷花，姓陈。没事，我知道你在忙！"

眼见荷花如此坦诚，文绣倒不好意思了，忙自我介绍说："我叫文绣，荷花，你是写家信吧？我帮你写好吗？"

荷花摇摇头，说："还是我自己来写，不会写的字就来问你。"

文绣笑了笑，轻轻地在荷花手心上写下她问的"庚"字。

荷花被卖了五百块大洋

捧着手心里这个沉甸甸的"庚"字，荷花泪花晶莹，这信真难写呀……

荷花原是宁乡县乡下的一位农家女子，全家十几口人就靠着三亩水田过活，日子过得苦巴巴的。半年糠菜半年粮，天天都是半饥半饱。

自打记事起，荷花就从没穿过不打补丁的衣服，从没吃过一顿纯粹的白米饭。她是家中老大，洗衣浆衫，种菜喂猪，插秧扮禾，推车挑担，样样她都得做。

奇怪的是，低劣的饭食、繁重的农活并没有使荷花瘦弱委顿，她倒出落成一个健壮红润、体态端庄的漂亮姑娘。在方圆十几里人见人夸，被誉为一朵出水芙蓉。

不幸的是19岁那年，一场重病缠得荷花爹卧床不起。

荷花爹是家里的顶梁柱。为了给荷花爹治病，荷花娘千方百计筹钱，先是将与人合伙的一头牛折价卖了，几间栖身的房子也抵押了，后来就到处借钱，利滚利的高利贷也忍痛借了些。

荷花爹的病未见好转，讨债的凶神恶煞却上门了。

眼见得只有将家里三亩水田卖了还债，那可是全家的命根子呀！

荷花娘思量来思量去，最后一咬牙："把荷花嫁出去！"她也只有这条路了。

说是嫁，其实是卖，谁聘金多就卖给谁。一时间，附近的媒婆在家里进进出出，然而结果令人失望，许诺的聘金最多也只有一百块大洋，这点钱还不够还债呢。

后来，乡里著名的王媒婆领来一个身穿长袍马褂的半老头子，看样子比荷花爹年龄还大。

长袍马褂用锐利的目光将荷花上上下下看了个够，看得她浑身冷飕飕地起鸡皮子。长袍马褂看后，连茶也没喝一口，急匆匆走了。

王媒婆送他出门后，随即返转来传话："这位郭先生愿出五百块大洋的聘金娶荷花，你们自己速速拿个主意！"

五百块大洋，这可不是个小数目，实在太诱人了。荷花娘盘算了一下，扣除还债的钱，还可买回那半头牛，赎回栖身的瓦房，剩下二百块大洋继续为荷花爹治病。

婚事就这样定了。荷花哭得像泪人。

荷花娘强打精神安慰她："女人迟早要嫁人的，男人年纪大一点更疼老婆……"可是荷花哭得更凶了。荷花娘知道她是在为长庚哭。

荷花跟同村的后生长庚青梅竹马，患难相助，早已心心相印，终身相许了。可是，这又有什么办法呢？谁叫长庚家也穷得叮当响？

荷花哭呀哭呀，哭了整整一个下午。到晚上，她不再哭了，她悄悄地约好长庚到了村后的茶树林里。

已是春深时节，温暖的风里飘荡着醉人的花香。但所有的美景对两位年轻的恋人来说，都仿佛不存在，乃至视而不见。

长庚已知荷花很快就要嫁人了，他长吁短叹，泪流满面，呆呆地站在荷花跟前，心里纵有万般苦痛，却不知从何说起。

荷花反而平静下来，微微的月光下，她慢慢地将衣服一件一件脱下来，平平整整摊在地上。最后，她轻轻地躺在衣服上，一具冰清玉洁的胴体美妙地呈现在长庚面前。

长庚急了，喊道："荷花，你这是怎么了？你急疯了吗？"

荷花平静地回答："长庚哥，我现在最清醒。我的身体原本就是属于你的，你才是我的男人，我为你保存了十九年。现在眼看保不住了，可五百块大洋休想买我的第一次，我只能将第一次献给你！"

长庚有些胆怯了："可是荷花，这样对你不好！你以后的男人不会放过你的！"

荷花却温柔地催促道:"来吧,该你得的东西,还犹豫什么?明天就来不及了!今后也只怕没机会了!"

于是,两个即将被拆散的情人流着泪,紧紧地拥抱在一起……

果真几天后,一顶小轿将荷花抬进军营。她才知道她嫁的那个半老头子是师长,而她是他的第三房姨太太。

新婚之夜尽情狂欢后,师长小心地查看荷花身下的床单,并没有看见他所希望的红色。他真是气得脸色都变了,顺手抓起荷花的头发吼道:"小×子,你让谁×了?"

荷花咬住牙不作声。

师长跳下床,摸起手枪往桌子上一拍:"说不说,不说老子毙了你!"

荷花这才慢条斯理回答:"让我喜欢的人×了。"

师长喊道:"好呀,你让老子白花了五百块大洋!"说着,他凶猛地向荷花扑过去。

荷花灵巧地躲过,一闪身跳下床,飞快地抓起桌上的手枪。

师长气急败坏地叫道:"你,你,你想干什么?"

荷花冷笑一声:"不要怕,我还你的五百块大洋!"说着,她把手枪顶住自己的额头,用力扣动了扳机。"叭"的一声,奇怪,她并没有倒下,也没有血流下来。

师长迅速奔过去,夺下荷花手中的枪,狠狠地盯着她。半晌,他才摇了摇头,叹口气说:"幸亏没有打开保险。"接着,师长抱住她,又换一副脸色,不停地用胡茬亲她的脸,喃喃地说:"荷花,别胡闹,过去的事就算了。你又健壮又漂亮,跟大姨太、二姨太不一样,我还是喜欢你……"

荷花不会交际应酬,连麻将牌也学不会,基本上待在家里不出门,也无法出门,就待在屋子里绣鞋垫做布鞋之类。师长倒是看着喜欢,还让她给自己做布鞋。别看师长白天文绉绉的,一到晚上就发疯似的对待荷花,亲她、掐她、折磨她,她身上总是被师长弄得青一块紫一块。

这一切荷花都咬牙忍受了,为的是趁师长高兴时不停地抠他的钱。

荷花抠钱不是为自己,而是为她可怜的长庚哥。

荷花想起过去与长庚哥一起干农活的日子,长庚哥是那么聪明,那么舍得用力气,长庚哥对她是那么照顾与体贴,而现在却无缘相见,她就止不住地悄悄流泪。

此刻，荷花在这间小学教室里，点着一支蜡烛给长庚哥写信，她要把钱托小贵一到衡阳城就寄给长庚哥。小贵是她的勤务兵，平日里她待小贵如同亲弟弟般爱护，她完全相信小贵的忠实可靠。

荷花要将自己这么多日子以来苦苦的思念与担忧都对长庚哥说，可她识字不多，总也写不出来。写了大半夜，才写下几行字。

长庚哥：

你好吗？我在这里还好。

寄上三百块大洋、一只金戒指、一对耳环，你拿去讨房亲，成家立业。我身子脏了，配不上你，你忘了我吧。

我家里请你多照看，谢谢你。

荷花

民国三十（1940）年十二月二十五日夜

荷花的信写完了，而三百零九名姨太太的故事才开头。

她们不知道，明天早上，她们将面对一场重大的变革；她们也不知道，进攻长沙的日本兵和投靠日本人的土匪，将一齐向她们猛扑过来；她们更不知道，她们根本到不了南岳衡山，还被逼到了湘赣边界的围山上……

隔着几间屋子，母亲清清楚楚地听见太太们的声音：打的打麻将，弹的弹琵琶，唱的唱戏，乃至打情骂俏，真是热闹呀！

母亲无奈地叹了口气，陷入了沉思……

第六章
改编姨太太队伍

诸位，为了力保大家安全转移，经电示总部批准，本团长决定：将全体随军眷属，按军事编制，改编成"第九战区随军家属战地服务队"，由郝红梅女士担任队长。

"第九战区随军家属战地服务队"成立

天刚麻麻亮，一连串粗鲁的高声叫嚷突然而至，惊醒了还在梦乡里的姨太太们。

之后，她们只听见走廊上大兵们脚踢勤务兵的吼声："起来，起来，去喊醒你们的太太，十分钟内在操坪集合，不得有误！"

一时间，满院喧哗起来，姨太太们呵欠连天地骂着娘，胡乱地梳洗了一把，就被那些催命鬼似的大兵粗暴地赶出了屋子。一夜几乎没睡，她们大都疲惫不堪，有些干脆由勤务兵扶着走。

可是，一到操场，一股紧张的气氛席卷而来，那些蛮不讲理的大兵上前强行将她们与勤务兵分开了。一个臂缠红袖箍的值班军官吹响了口哨，跑来跑去高喊："太太们请朝左边站，勤务兵统统站在右边！"

她们举眼一望，只见四周站满了荷枪实弹的大兵，团部军官们个个全身戎装，紧绷着脸，站在学校正门的台阶上。

她们虽也见过这种杀气腾腾的场面，可那都是作为旁观者，今天这场面却是冲她们而来，那一支支枪好似正对准着自己，后背不觉凉飕飕的，害怕了起来，只得不情不愿地在指定位置排好队。

值班军官抓住时机，跳上台阶，高声喊道："全体肃静！下面由团长训话！"

可姨太太们大都置若罔闻，一个个怨气冲天，自顾自地发牢骚说怪话，但见花花绿绿一大片，零零散散地站着，根本没有半点队形，还叽叽喳喳地吵个不停。

父亲身披黑色披风，腰佩短枪，炯炯有神的大眼睛扫视全场一圈，见现场略为安静，便大声宣布："诸位，为了力保大家安全转移，经电示总部批准，本团长决定：将全体随军眷属，按军事编制，改编成'第九战区随军家属战地服务队'，由郝红梅女士担任队长。"

说到这里，父亲停顿了一下，补充道："由团政训处魏浩远处长兼任服务队政治指导员。"

这是父亲和母亲反复商量的结果，因为刚上任就赶走他，暂时找不到充足的理由，不宜打草惊蛇，不妨看看他的表演再说。

接着，父亲再次提高了声音，声音里透着威严："所有随行勤务兵，单独编为临时警卫营，由团部副官李毅兼任营长。临时警卫营的任务是保护服务队，并提供后勤保障。"

最后，父亲大声强调道："决定宣读完毕，下面由服务队郝红梅队长讲话！"

"什么？勤务兵单独编为临时警卫营，什么意思？"

"勤务兵都不让人带？还把我们当人么？真是欺人太甚！"

"一个小小的团长胆敢如此怠慢我们，看下次咱师长怎么收拾他！"

……

一时间，操场上就如一锅煮沸的粥。

小嫦娥、翠喜等一干姨太太满面通红，跳起来咒骂，如当街骂阵的泼妇，其尖锐的声浪如暴雨前的滚雷在人群之上滚来滚去。

素玲、文绣、荷花她们脸色也不太好，但静静地站着未动，也未开腔。

全场的眼光一下子发亮了

突然间，一切喧闹猛地停住了。姨太太们惊愕地发现，四周那些大兵竟然端着枪，板着脸，渐渐地逼近她们。

最后，她们全都怒睁着双眼，看着台阶上的父亲，父亲却像什么也没发生似的，满脸严肃地看着她们。

就在这时，母亲从容地从父亲身后走出来，向前跨了一大步，站立到了台阶正中央。她穿着一身经过改制的黄色棉军装，腰佩勃朗宁手枪，却没有戴军帽，她讨厌帽子上的国民党徽章。

母亲正了正风纪扣，压了压头上的发簪，用清脆的嗓音朗声说道："服务队的全体姐妹们，立正！稍息！"

全场的视线一下子绷直了，全场的眼光一下子发亮了，母亲飒爽俏丽的英姿令在场的姨太太们为之惊艳。

小嫦娥赶紧挤到前排，为的是更清楚地看看母亲的模样。她早已听说过母亲传奇般的经历，一些小报当时就将父亲和母亲的结合炒成"英雄美女，阵前招亲"的当代传奇，她早就对母亲怀着一股强烈的神秘感和好奇心。百闻不如一见，现在机会来了，她岂有不看个够、品个够之理？

看第一眼，小嫦娥不得不悲哀地承认：在队伍里所有的女人中，就相貌

而言，她只能坐第二把交椅，第一把交椅非母亲莫属！

看第二眼，小嫦娥发现母亲根本没有化妆，完全是天生丽质。俗话说："三分人才，七分打扮。"她小嫦娥的美丽，离开衣着、首饰、脂粉，还剩下几分呢？

而母亲则不然，她一点也不施脂粉，也没装扮，除了发髻上的一根银钗，浑身上下没有一件女人特别的装饰品。她穿的是男人的军装，却鲜明地凸现着女人玲珑起伏的曲线。

真正美丽的女人，无论穿什么衣服都能透出美妙的女人味。母亲便是这样的女人。小嫦娥不得不甘拜下风，暗暗地轻叹一声，心生凉意。

看第三眼，小嫦娥发现母亲的眉宇之间流淌着一股男儿的英武之气，又不失女人的温柔妩媚。凭她的人生经验，她知道母亲这样的女人不是寻常的女流之辈，是和在场的姐妹们都不同类型的女人。

这种女人在世上实属凤毛麟角，她们根本用不着用美丽去取悦男人，甚至根本不知道自己拥有惊世骇俗的美丽。但这种女人却能令天下男人倾倒，凭着她们的聪明才干，和男人并驾齐驱，甚至能驾驭男人。

人们爱把这种女人比作女英雄花木兰，可小嫦娥对这种比喻嗤之以鼻。她认为这是男人自作聪明的偏见。试想，一个女人女扮男装十年之久还无人觉察，这个女人不是丑八怪才怪呢！而眼前这个女人，无论怎么样高明的化妆师把她化装成男人，怎么看怎么都是女人。小嫦娥不由再次暗暗叹气："做女人能如此，真不枉来到人世间一遭！"

看第四眼，小嫦娥用行家里手的严苛眼光，仔细地审视母亲的五官和身体的各个部位。她不得不得出鉴定结果：母亲每个部位都无可挑剔，且十分和谐，天衣无缝。她不由怨恨造物主的偏心，强烈地感觉到自己身体的某些部位在隐隐作痛："那是嫌短一点的腿，那是嫌长一点的腰，那是嫌大一点的耳朵……"

小嫦娥并不知道古人形容女人"增之一分则过溢，减之一分则过损"的典故，但她对自己的审美眼光无比自信。

男人看女人，带着肉欲、情欲，总是"情人眼里出西施"，瘦弱的痨病鬼可以说成是娇小玲珑，臃肿的肥猪婆可以说成是体态丰满，呆板的木脑壳可以说成是贤淑端庄。

而女人看女人则不然，完全是以艺术家的眼光来品评，绝对公正、真实可靠。

于是，小嫦娥得出最后结论：将眼前这个站在台上的女人放入三百零九个姐妹之中，然后像洗麻将牌一样洗它十遍百遍，人们还是会第一个将这个叫郝红梅的女人从中挑出来。而第二个嘛，对不起，则是她本人小嫦娥……

她小嫦娥第一个不同意

小嫦娥正沉浸在自己的思绪里，冷不防背后有人捅了她一下，将她拉回了现实。她一回头，见是她的牌友翠喜，有些不高兴。

翠喜挑衅地看着她说："嫦娥姐，队长刚刚宣布我们都不准坐轿，一律改步行，你同意吗？"

小嫦娥这才张开耳朵用心听母亲的讲话。母亲清脆悦耳的声音如声声炸雷令她又气又急："轿夫、马夫全部遣散，挑夫保留部分，全体队员一律列队步行……"

小嫦娥扭头四望，见现场早已乱了起来，不少姐妹正三五成群地交头接耳，声音越来越大，已成嘤嘤嗡嗡之声，快要严严实实地盖过母亲的声音。

她小嫦娥就第一个不同意，坚决不同意！以往行军，哪一次姨太太不坐轿？坐轿每天还可以走三十里，步行走十里都会走不了，还逃什么命！都乖乖地让日本兵抓了算了！你们这些丘八粮子，不是奉命护送我们么？只要丢失一个，就请你们上军事法庭！

小嫦娥虽不得不承认母亲比她更美，但强烈的嫉妒心更是折磨着她。她想：妈的，风头都让你出尽了，也该让我这个第二美貌的太太出出风头了！

于是，小嫦娥敞开喉咙，挥舞着手，蹦出了队伍，几乎要冲到母亲跟前，生生地打断母亲的讲话："报告队长，我要提意见！"其尖锐的声音如石破冲天，令所有姨太太为之愕然，全都安静下来，好奇地盯着台阶上下两位美丽的女子。

母亲赶紧打住，循声看去，眼光从小嫦娥脸上扫了过去。那与众不同的丹凤眼，那满不在乎的挑衅神情，母亲便知道："这准是姐妹们嘴里那个最漂亮、最风骚的小嫦娥了。"小嫦娥浑身上下都是媚，可母亲凭直觉就知道那媚里还藏有刁悍。

"你就是常玉娥女士吧？"母亲从容地问道。

"你怎么知道我的名字？"小嫦娥很惊讶。

母亲平静地说："刚才宣布你是第九小队的小队长，你应该站在后排，怎么跑到前面来了？"

小嫦娥一愣，她还不知道自己做了小队长，但旋即黑着脸说："你们太不尊重太太们了，支开我们的勤务兵，还让我们步行！倘出了什么意外，你们吃不了兜着走，得上军事法庭！！"

母亲对她的这种态度好像并不意外："还有什么意见？请到上面来说！"

小嫦娥求之不得，迅速迈上台阶。她模仿母亲讲话的神态，站直身子后，也拉拉领子，摸摸头发，还特意清清嗓子。可是她刚开口讲了一句："各位姐妹……"她搔首弄姿的样子早已惹得下面一阵窃笑。

母亲立即大声插话道："请大家严肃点。我们服务队实行民主，常玉娥女士勇于发表意见的精神值得大家学习！肃静，赶紧肃静！"

可小嫦娥并不领情，她心里说："哼，想用高帽子封我的口，没门！"

于是，小嫦娥定了定神，挑衅地说道："姐妹们，我们都是国军家属。军官们娶得起我们，就应该养得起我们！自古以来，就是女人侍候男人，男人保护女人。这些当兵的奉命来护送我们，却连轿子也不准我们坐，这叫护送吗？我们都是军官太太，都是些有身份的人，怎么能同吃粮当兵的粗男人一样步行呢？以往行军，都有轿子抬着我们走，为什么这一回要步行呢？"

说到这里，小嫦娥转向母亲，没好声气地质问："郝队长，你也是随军家属，理应代表姐妹们的利益。你怎么能跟那些不负责任的男人一个腔调呢？……"

小嫦娥讲完，下面响起一片掌声，还有零零散散的叫好声。她却依然用挑战式的目光直逼母亲，等着母亲的回答。

母亲刚才认真地听小嫦娥讲完，此刻脸色渐渐凝重，她看了看那些姨太太们，朗声说道："刚才，常玉娥女士最后的一条意见我很赞成！我也是随军家属，理应代表姐妹们的利益。

"姐妹们都是女人，女人最大的利益是什么？就是男女平等！男人女人都是人，为什么女人就要男人养着？被人养有好结果吗？猪被人养，养肥了杀肉吃。女人被男人养，结果变成男人的奴隶。姐妹们谁愿意当奴隶呢？

"玉娥女士还说，自古以来就是女人侍候男人，男人保护女人，这话也有一定的道理。可现在日本鬼子在我们国土上横冲直撞，都打到我们家门口来了，男人们在前线出生入死地杀敌去了，我们就应该好好侍候他们！男人应该保护我们女人，可是国难当头，男人最重要的还是保卫国家，不让我们当亡国奴！

"这回坐轿改步行，实为不得已而为之。十几万小日本已兵临长沙城下，形势严峻，上面还派一个主力团来护送我们，应该说是十分重视我们的安全了！事关我们自身的生死，我们为什么不能主动配合，提高行军速度呢？

"要知道迟到一天，被日本鬼子拦住的危险就增加几分！倘让鬼子捉住了，会有什么后果等着我们，想必大家都非常清楚！

"再说，姐妹们看见天上的日本人的飞机吗？日本飞机天天在上搜，坐轿子目标大。

"日本人的飞机总是追着轿子丢炸弹，因为日本人知道坐轿子的准是重要人物。至于说坐轿改步行有失身份，我想在身份和自己的性命之间，姐妹们不难做出正确的选择！"

母亲慷慨激昂的一席话，激起全场长时间热烈的掌声，站在一旁的父亲不禁向她投去赞赏的眼光。

小嫦娥有些站不住了，她知道自己当了母亲借题发挥的靶子，可不得不佩服母亲的口才。她悻悻地想：到底是当过共产党员，三言两语就赢得了人心，真是厉害！

小嫦娥正要灰溜溜地下去，母亲一把拉住她，附耳对她轻轻地说："不知道该叫你姐姐还是妹妹？我看你是姐妹们中最漂亮能干的，真是名不虚传。以后请你多多配合我的工作，好吗？"

小嫦娥一听，受用极了，不由自主地笑眯眯地下去了。

有一股日军正在快速朝我们逼来

母亲讲话时，有两个男人看得一眼不眨，听得一字不漏。这两个男人，一个当然是我父亲，另一个就是魏浩远。

昨晚，母亲认出了魏浩远，差点当场就让他吃了枪子。

魏浩远当然知道母亲恨他。可他认为，母亲之所以恨，应是旧情难忘，他觉得这是很容易化解的恨。想当初母亲多么依恋他，那娇羞美丽的神情至今仍令他心旌摇荡。恨无非是因为他的叛变和喊话，连累她成了肃反对象，差点变成了刀下之鬼而已。

母亲现在是国民党团长太太了。她既肯嫁给国民党的团长，看来也早已变了，自然不再是过去革命的"红梅同志"了。这就大有可乘之机。当然，光凭过去的一段情是不够的，但这段情应该还能起些作用，还得再加上晓之以利，动之以情。

魏浩远他之所以如此盘算，是因为这么多年来，他已经历了不少女人。她们大多是逢场作戏，只有郝红梅曾真心爱过他。回过头来看，那爱恋是多么珍贵呀！

何况，魏浩远发觉母亲出落得更美丽了。这是成熟的女人美，一种经过升华的美，经过这么多的劫难反而更添其美。

魏浩远觉得母亲真是世上的尤物。将这尤物据为己有，然后唤回她过去对他的爱恋，再让她穿上旗袍，戴起项链耳环，挽起她的玉手步入社交界，他们一定会成为绅士淑女们眼红的对象。这对他在国民党官场上的升迁大有好处！蒋介石不是因为有了宋美龄才如虎添翼么？

魏浩远发誓一定要想方设法将母亲再次抓到手。

至于旁边这个郑天挺团长，不过是一介武夫，满肚子军粮而已。他魏浩远以他的翩翩风度、满腹经纶，从郑天挺手中夺过一个女人，应是一件轻而易举的事。何况自己手里还握有一柄秘密的杀人利剑呢？

昨晚的会议上，毛遂自荐担任服务队的政治指导员，正是魏浩远出于接近母亲的考虑。而在今早服务队成立的大会上，他觉得应该主动出击，寻找机会，以博取母亲的好感。

于是，魏浩远主动地朝前跨了一步，以政治指导员的身份讲开了话："各位太太，鄙人此次有幸担任服务队的指导员，能有机会替姐妹们效劳，特别是与队长郝红梅女士合作共事，真是倍感荣幸。"

"鄙人和郝女士一样，主张男女平等，并且是个女权崇拜者。就拿郝女士来说，她称得上是巾帼英雄，女中豪杰……"

讲着讲着，魏浩远发觉已没有人听他讲了，于是只得虎头蛇尾，草草结束了事。

原来，母亲叫田处长取来几大捆军装，正由各小队长唱名，一件件发放给姐妹们。

母亲无意之中做了一回军装模特，天性爱美的女人一看便懂。她们欢呼雀跃，纷纷套上军装，品头论足，热闹异常。

此时，父亲更是紧锣密鼓地行动起来，向勤务兵训过话之后，紧接着便遣散轿夫、马夫和部分挑夫。被遣散的人巴不得早早离开，一个个领了路费转头就走，场面倒是忙而不乱。

突然一声"报告团长"如炸雷响起，只见一名士兵冲到父亲身边，立定，正要开口说话。父亲的脸色早已黑了，仿佛已经知道了报告的内容，示意士兵走近些再说。士兵再走近父亲，急急地附在父亲耳边低声地说了几句。

待士兵说完，眼见父亲脸上的神色焦灼起来，母亲迅速赶到父亲身边，操场上所有的声响全都消失了，姨太太们一个个手捧着军装，愣愣地看着父亲和母亲。

父亲一个跨步朝前，看了看眼前的众位姨太太，果断地命令道："形势紧迫，有一股日军正在快速朝我们逼来，就按刚才的布置，赶紧分头行动，十五分钟后出发！"

母亲的眉头皱了起来，命令姨太太们赶紧回去收拾行李，除了必要的换洗衣服、金银细软外，麻将、天九、棍符、二胡、琵琶等玩乐的东西及镜子、胭脂、香水等都得通通丢弃。

姨太太们慌乱起来，谁也顾不上再发表不满，日本鬼子已经朝这边赶来了，逃命要紧！她们冲进教室，骂骂咧咧地与勤务员一道收捡着行李，也不知道该骂谁，然后又慌慌张张地背着，或携着，或提着行李，跑到操场集合。但还是有人舍不得玩乐的东西，就偷偷塞在行李箱里带上了。

略微排好队列，父亲大手一挥，一支特殊的部队就吵吵嚷嚷地出发了。李副官急了，赶紧骑着马前前后后跑了一圈，压低声音警告姨太太们安静，千万不能暴露行踪，一支日本鬼子中队就在身后二十多公里处。姨太太们一个个脸色发白，只管埋头走路，谁也不敢吭声了，总算安静下来了。

形势紧迫，父亲让先头部队按昨晚确定的路线行进，避开大路与集镇，让早就找来的向导抄山间近路在前带路。待所有人马都上路后，父亲才与铁锁跨上马，与李副官一道谨慎地前后左右巡视了一番。

除了姨太太们行动不尽人意外，其他各部都在各司其职，父亲绷得紧紧的神经稍稍放松了些。随后，他赶紧去找母亲，见母亲正在跑上跑下地鼓励姨太太们，心里一暖，真是好老婆呀，为了他大冬天跑出来受罪！

父亲赶紧下马，叫住了母亲，问了问母亲的情况。之后，他深有感慨地

对母亲说："红姑，好在有你呀！服务队的担子不轻，真是难为你了。我就带着侦察排侯排长，和侦察排的弟兄们一起打前站去！"

母亲美丽的双眼深情了看他一眼，宽慰道："天挺，你放心去吧！这里有我呢！"

永远走在队伍的前头，这是父亲一贯的战斗作风。临走时，父亲把铁锁留给了母亲。

母亲说："我又不是姨太太，我不需要派兵保护！"

父亲说："你产后贫血，不能过度操劳，让铁锁帮你做点事，也让他及时联络各部，相互有照应！"

母亲想了想，无可推脱，也就没多说了。

父亲严肃地对铁锁说："铁锁，好好听你干妈吩咐！"

铁锁"啪"的一声立正："是，干爹你放心！"

铁锁同小柱子一样，也是父亲从死人堆里扒出来的孩子。父亲收他为干儿子，而他却把父亲当亲生父亲。父亲送他上学，只学了几天他就回来了，说读书写字他学不进，他要学打枪。父亲只得安排他进了部队，让他去扛枪，现在他已经是身经数十战、枪法出众、骁勇善战的一员小将。因小柱子留在围山了，父亲特地调他来当贴身卫兵。

都是山间小路，路坎坷不平，一会儿上岭，一会儿下坡，对辗转各地的士兵来说并不困难，对平日里出门坐轿坐车的姨太太来说，可是苦不堪言，在寒风里行走没多久，一个个就气喘吁吁。

而出发时间太紧，姨太太们只来得及换上黄色军棉衣、军棉裤，鞋就五花八门了，有的穿着绣花鞋，有的穿着棉鞋，有的穿着皮鞋，有的穿着胶鞋。小嫦娥竟然穿着靴子，真难为她想得周到！

这时，无论从前方，还是从后方，远远地，不时传来阵阵杂乱的枪炮声。

想想追兵就在后面逼来，男人远在前方战场，姨太太们跌倒了还得爬起来再走。平日里，身边都有勤务兵，现在只能靠自己了，何况还都背着随身行李，不免有些悲观绝望起来，有些平日里娇弱的姨太太竟边走边暗暗垂泪。渐渐地，队伍便有些稀稀拉拉，母亲急了，不时穿行在队伍里，或扶人一把，或鼓鼓劲。

一路上，路过的一两个小村庄，大都留下了满目疮痍的战争痕迹。不少房屋被烧了，有些还在袅袅地冒烟。

天阴沉沉的，四处寂静无声，不见人影，路边却躺着不少老百姓的尸体。尸体周围淌满了鲜血，一看大都是被刺刀刺死的。死的人有三四岁的小孩，也有七八十岁的老人。一些年轻女人竟赤裸着下身而死，实在惨不忍睹。

姨太太们不由自主地打了几个寒战，胆战心惊起来，身上却好像增添了些力气，怎么也得加快走几步。

因为不知什么时候、什么地方可能会遭遇日本军队，父亲在行军过程中对周边的情况非常警惕，在姨太太队伍前后左右安排了士兵队伍。

行走在中间的姨太太队伍虽然速度不快，但谁也不敢大声喧哗，甚至不敢哭爹叫娘。谁都知道日本鬼子的残暴，他们都是些杀人不眨眼的禽兽，对落到手里的女人更是不会轻易放过。

一首《松花江上》让文绣唱得悲怆婉约

天一直阴着，寒风呼呼地吹，整整一个上午，大家都在紧赶急赶地逃命。

到中午时分，有了薄薄的阳光，队伍终于爬上一座高高的山头。一条窄窄的羊肠小道，路边古木参天，这里离村庄已很远了，大家终于可以喘口气了。

这时，前方指示传来，所有人都原地休息，吃过午饭就出发。

今天可没人做饭了，大家都吃干粮，咽不下，就喝几口凉水。士兵们挎有水壶，姨太太也都有一只水壶，当接过几片冷饼子时，抱怨之声嘤嘤响起。

母亲顾不上吃东西，来回在姨太太休息地段巡查。她告诉大家，上午表现不错，走了昨天一整天的路程，现在日本兵落到后面去了！下午再加把油，把可恨的日本兵甩掉。

姨太太们实在累坏了、饿坏了，一个个不再作声了，随地坐在路两边，任薄薄的阳光照着，全都默无声息地吃着饼子，不时喝口凉水，满脸凝重。她们担忧着前方的丈夫、后方的家人，更担忧着自己的处境——千万不能让日本鬼子碰上了，那可没好果子吃。

母亲来到小嫦娥身边。小嫦娥瞄了她一眼，就垂下头，只管吃干粮喝水。

母亲在小嫦娥身边坐了下来，看了看远方的天空，关切地问道："累了吧？都怨可恨的日本鬼子，不然像你这样娇嫩的女人只需好好地让男人宠着。现在，你却得出来受累！"

小嫦娥原本一肚子气，眼见母亲的笑脸，却无从发作，但依然哼了一声，不甘心地说道："我哪里比得上团长太太娇贵？就是受累也是活该！只怪自己命不好，没有自家男人护着！"

母亲深知小嫦娥就是一根刺，倘不争取这根要命的刺，今后的麻烦会更多，依然宽厚地笑着说："要说好命，谁不知道你小嫦娥是天下第一好命，平日里都由男人宠着爱着！放心吧，打跑了日本鬼子，就有你的好日子过呢！"

这时，姨太太们填饱了肚子，看看周围席地而坐的士兵们，脸上的惊恐之色才渐渐退去，却又一个个面露悲哀之色。

此时，文绣见小嫦娥一脸阴阳怪气对待母亲，忙站起来将母亲拉到身边，令母亲暗地里吁了口气。

周围的姐妹们都围了上来，七嘴八舌连珠炮似的向母亲提了一大堆问题。有的问："带兵打仗怕不怕？" "男兵不听你指挥怎么办？"也有的问："红军长官娶不娶姨太太？" "红军里有没有男人打老婆的？"更多的是问母亲："不用化妆，又生了孩子，怎么保养得这么好？" "郑团长有没有大男子主义，是你听他的，还是他听你的？"

母亲回答不过来，微笑着连连讨饶："姐妹们，饶了我吧，我就浑身长满了嘴也答不过来呀！这样吧，我留着路上慢慢讲，给大家解解闷，好不好？"

因生了女儿受夹板气的翠喜挤过来问母亲："听说队长喜得贵子，孩子长得怎么样？"

母亲笑了，说"这个问题最好解答。"随即，她从贴身衣袋里掏出我的百日小照片给了翠喜。

"哎呀，小少爷长得真漂亮，眼睛像娘，嘴像郑团长。"翠喜连连赞叹。我这个"国共杂种"的照片随即被旁边的姐妹抢了过去，照片在姐妹们手中飞来飞去，激起些许欢快，让姨太太们暂时忘记了自己危险的处境。

小嫦娥也好奇地靠过来，端详着我的照片，大发感慨："世界上其实女人最伟大，女人能生孩子，男人只图上床快活，都是些脚猪（四川方言，种猪的意思）！"她的话博得身边姨太太们的嗤嗤笑声。

这时，已退到一旁的文绣，坐在地上轻声地唱起了抗战歌曲：

我的家在东北松花江上，那里有森林煤矿，还有那满山遍野的大豆高粱……

一首《松花江上》让文绣唱得悲怆婉约，唱罢她已满眼是泪。

之前，在行军途中，文绣边埋头赶路边计划好了。她将联合素玲一班舞台姐妹们，自发组织一支抗日歌咏队。她们不能上战场打仗，但日后到了南岳山，就可以为抗日军民演唱，鼓舞士气呢！她会唱不少新歌，到时就由她来担任教唱老师。

母亲正要称赞文绣几句，不想素玲却红着眼睛站了起来，岳飞的《满江红》湘剧高腔慷慨而起，所有的视线都投向她，纷纷轻声附和：

怒发冲冠，凭栏处，潇潇雨歇。抬望眼，仰天长啸，壮怀激烈……

一曲未了，队伍里响起低低的哭泣声，大家的情绪顿时如霜打的茄子，脸上的悲哀更深了，一个个低下了头。母亲不由得想起了昔日红军队伍的活跃情景，昔日那些情绪激昂的脸庞一一浮现在眼前，与眼前姨太太们沮丧的面孔真是天壤之别。

母亲心中暗暗感谢文绣、素玲她们，是她们帮自己做了一件她没有想到的好事。母亲走到小嫦娥身边，在她耳边悄声嘀咕了几句什么，竟说得她频频点头。

但见小嫦娥从队列中站了起来，看了看大家，甩了甩瀑布般的披肩卷发，扬起嗓子唱起了一首浏阳民歌：

夏布帆蓬楠木桨，装船白米下湘江。口喊长沙妹子来看米，她手拿白米眼射郎。不爱浏阳河里好白米，只爱眼前浏阳伢子俊俏郎。郎说卖了白米我要上战场，手执钢枪打东洋，长沙妹子呃，哥哥怕你守空房……

小嫦娥甜润的嗓子如百灵鸟婉转动听，歌声未落，那些原本流泪的姐妹擦干了眼泪赞道："唱得好，唱得妙，再来一首！"

望着因受到大家赞扬而激动得双颊绯红的小嫦娥，母亲想：如此聪明美丽的女子竟然沦落风尘，当了被人瞧不起的姨太太，这世道太不公平了！母亲佩服小嫦娥的甜润嗓音，更佩服她的聪明过人，一首纯粹的情歌，她稍作改动就成了一首抗日歌曲，真是不简单。

荷花是二小队的小队长，有人点名要她唱时，她都满脸通红了。她平时

最怕抛头露面，实在推不掉，她只得磨磨蹭蹭地站起来，亮起嗓子也唱起一首宁乡山歌：

> 小姣莲生得一身香，十里媒婆挤破房。挥起扫帚赶开去，俺不要媒人自选郎。不选高官骑白马，不选秀才好文章，只选爱国好将士，夫妻双双打东洋……

荷花的嗓音不太好，但唱得情真意切，姐妹们脸上的凝重渐渐消散。

这时，大家不约而同地看着母亲，母亲自然知道她们的意思。母亲还是在苏区时唱过歌，都是些红军歌曲，显然不合适眼前这个场合。母亲正思考着唱什么歌好，几个姐妹过来拖她："队长，现在就看你的！你不唱可不行！"

母亲想了一下，将苏区流行的《妇女解放歌》稍作改动，便轻声地唱起来：

> 封建制度太不平，妇女压在最底层。三从四德受奴役，世上最难做女人。多少冤仇多少泪，唤起妇女姐妹们。千年的枷锁要打碎，万年的坎坷要铲平。妇女解放靠自己，抗日救国翻身做主人……

母亲的歌声勾起了姐妹们的辛酸心事。文绣噙着泪花走到母亲跟前："队长，今晚宿营，你一定得让我记下你唱的歌词和曲谱，明天我就教给姐妹们唱！"

母亲爽快地说："很好！"

"不好！"这时背后传来一声冷冷的话语，"郝队长，难道你就不怕有人说你宣传赤化吗？日本鬼子就在身后不远的地方，你还有心情让队员们唱歌？暴露了行踪怎么办？"

母亲回头一看，原来是魏浩远。这个该死的叛徒，真是阴魂不散！她才懒得搭理他，眼见太太们情绪好多了，赶紧站起来招呼大家准备出发！

姨太太们纷纷站了起来，刚刚晒了会儿太阳，又听了那些鼓舞人心的歌，身上有了些微的暖意，眼神有光了，脸上隐约有了几许坚毅，一个个只等母亲一声令下就出发。

话说当文绣唱完，坐在不远处的李副官不由循着她悲凉的歌声看过去，文绣清澈的大眼睛令他不由为之一震。她清纯而又幽深的大黑眼睛，似有无尽的忧伤触动了他，眼睛深处的故事触动了他心底最柔弱的那根弦。

李副官李毅是父亲郑天挺热烈的追随者，可他与赵营长他们不同，他出身于军人世家，是衡阳城里的大户人家子弟，他曾祖父、祖父、伯父都曾经当过兵，后来又转而经商。于他而言，当兵是男人天经地义的事情。他原在武汉城里上大学，眼见日本人在中国国土上横冲直撞，满怀悲愤地报名入伍。

入伍后，李毅一直随部队辗转于江西前线，直到1938年9月薛岳将军指挥的江西万家岭大捷，他所在部队与友军郑天挺独立团一起，全歼日军三千余人。其间，他目睹了郑天挺亲自带领敢死队，光着上身夜袭敌营，用一把把大刀砍杀日军数百人的惊天地泣鬼神的战争场面。之后，他率领连队余下的十多名兄弟投靠了郑团长。

李副官只有中等个子，但看上去便是天生的军人，宽宽的肩膀，矫健的体魄，特别是他警觉的双眼更体现了军人的良好素质。军人不光要有良好的身体、过硬的本领，其实还应有军人的智慧与天分。李副官认为他有当军人的天分。

从南到北，经历过那么多次大大小小的战争，李副官总是冲锋在前，没少杀鬼子，也没让自己受到半点伤害。他就是凭自己的本事赢得了长官看重的。

李副官都快二十八岁了，已经成家多年。他的太太带着孩子一直留在老家。这次护送姨太太们去南岳，他还在琢磨是不是趁机回家看看。他太久没有回去了，真担心那双儿女都忘记了他的模样！

那边姨太太们一直在轻声唱歌。可文绣唱过后，李副官都没认真听，他甚至都不知道我母亲唱了什么歌！

眼见母亲在召集姨太太，李副官赶紧收起了心绪，晃晃脑袋，命令勤务兵准备出发，这些十七八岁的半大孩子每人还帮着背姨太太们的行李呢，真难为他们了！

一时间，队伍又开始朝前移动了。短暂休息之后，队伍竟然焕发了一种新的力量，姨太太们的步伐比早晨刚出发时有劲头多了。

第七章
军中毒瘤魏浩远

后来的事实证明，父亲既高估了魏浩远，又低估了魏浩远。

该死的魏浩远

改编后第一天，紧走急走，走了七十华里。这虽不尽如人意，但毕竟还是将日本鬼子抛开了。母亲松了一口气。

冬天的天说黑就黑了。天黑时分，队伍赶到山脚下的一座小村庄。父亲带人查看了一番，也许听说鬼子要来，村里的人都跑光了，跑得很匆忙，有些人家连大门都忘了锁，任鸡鸭在屋外横冲直撞。

父亲想了想，还是将队伍安排到村外的一座观音庙里，庙坐落在离山脚一二百米远的山窝里。庙不大，很有些年头了，却有前后二进院落。后面是茫茫高山，进可攻退可守，最不济还可撤退到山里。

日本鬼子离得远了，看他们的行动好像不是针对这支队伍。不过鬼子狡诈得很，说不定在放烟幕弹，千万要小心为上。

因此，父亲让姨太太们住在前后进东边厢房里，东厢房外便是一堵峭壁，万一有人偷袭也不可能从东边来。勤务兵、警卫营、挑夫们就在前进正厅驻扎下来，厅里供奉着观音菩萨。而前进西厢房、后进正厅及庙外都依次安排好了兵力。他与母亲的房间安排在后进西厢房。

一切安排妥当，天已漆黑了。庙里的执事们看来也跑得急，竟然还贮藏了些粮食在厨房。

父亲令伙夫们赶紧熬粥，并做好明天早起的干粮。分批吃过粥，父亲便命令各部早早歇息，并严禁点灯。一时间，除了各处流动的哨兵，庙里上上下下都安静下来了。

母亲安排好姨太太们，又向值日小队长文绣交代了一些要办的事，便回到了房间，父亲还没回来。母亲今天实在太累了，乃和衣倒在简易行军床上，却怎么也无法入睡。

母亲被该死的魏浩远整整纠缠了一个下午！要不是父亲让她与魏浩远周旋，从中探明其虚实，母亲真恨不得照他的金丝眼镜一拳砸去，打得这该死的叛徒灵魂出窍！

凭着父亲与军长长期形成的如同父子的恩义之情，父亲深知军长骨子里十分藐视共产党的叛徒，是决不会同意派一个共产党的叛徒，到他赖以起家的主力团当政训处长的。

这只能是迫于某种难以抵挡的压力才做出的让步。那么，这种压力来自何方呢？只能是来自军统这个令人恐惧的阴森罗网。

按父亲的性格，他会一枪毙了魏浩远，但他不敢鲁莽从事，担心由此影响军长。解决一个魏浩远的性命轻而易举，但万万不能给军长添麻烦。

因此，父亲再三叮嘱母亲，非常时刻，不光不能再任性对待魏浩远，还要主动接近魏浩远，但与魏浩远的接触一定要小心谨慎，尽量探明他的底细，必要时可以适当地利用旧情。

母亲不得不佩服父亲心思缜密，也不得不再次感叹做女人难。为了自己的男人，她不得不违心地与魏浩远接近。她暗地里决定，这趟任务一完成，她就立即回家带崽去，下半辈子就做一个不问世事的贤妻良母。

下午，姨太太们行军速度明显慢了下来，母亲特意落在队伍后面。母亲焦急于姨太太们行动的迟缓。也实在难为她们了，这么多年来享受惯了，突然要逃难，实在是苦不堪言。好在她们大多还年轻，不至于完全走不动。

母亲不时地将累得瘫坐在地上的姨太太拉起来，鼓舞她们打起精神走下去。

没想到，魏浩远竟一直不离母亲左右。她真是恨不得魏浩远滚得远远的，可他不但不走，还时不时地来一两句。

"梅，你怎么能唱苏区的歌呢？你这是在国民党军队里，这可是要掉脑袋的事！"

"国民党的'三民主义'也主张男女平等，我唱妇女解放歌有什么不对？"

"梅，你还是那么天真。主义是块招牌，摆摆样子给人看的。你看国民党军队都养了这么多姨太太，这哪里是男女平等！"

"那我的歌就唱对了！"

"梅，别争这些党派、主义的事了，我们还是叙叙旧情吧！"

"过去的事都过去了，我们之间还有什么可谈的旧情？"

"梅，我们完全可以重新开始！"

"真是笑话，我已身为人妻，你只怕也早已娶了你的表妹，怎么可能重新开始？"

"你可以离开郑天挺，我也可以离开我的表妹。"魏浩远不以为然地说道。

"你害了我一次，还想害第二次？"母亲回过头来狠狠地瞪了魏浩远一眼，急着往前赶，不想他又跟了上来。

"梅，我知道我对不起你。你骂我吧，这样你心里会舒服一些。"

"骂？我早就在保卫局的牢房里骂完了，现在没兴趣骂了。"

"梅，你不骂，我心里更愧疚了，我要补偿我对你的过失。"魏浩然看上去倒是一脸诚恳。

"最好的补偿是离我远远的，别打扰我平静的生活。"母亲才不吃魏浩远这一套。

"梅，我离不开你，我对你的爱至死不渝！"魏浩远赶紧表白。

"爱？真是笑话！一个生了孩子容貌衰败的女人，对你还有什么吸引力？你爱的是你自家性命和大好前程！"

"不，梅，你比过去更漂亮了！我对天发誓，我要是有半点假心，不得好死！"

"噢，那我真的漂亮咯？可我现在是个不问政治的家庭妇女，对你有什么用？"

"我要的正是一个漂亮的贤妻良母！"

"你真的还想和我在一起？那你得问问我男人答不答应，他手里可是有枪！"

"梅，别怕，他手里的枪拿不了几天了。"

"什么，什么，你说什么？有人要害我的男人？"母亲急了。

"梅，你听错了，我什么也没说。"魏浩远见母亲一脸焦急，心里很不是滋味。

"不，你说了！告诉你，你就算要我跟你，也不能害我男人。要是你害了我男人，我死也不会跟你！"母亲不甘心。

"梅，现在说话不方便，晚上约个时间吧！"

……

"梅，别犹豫了，错过这次机会，你会后悔的！"魏浩远丢下狠话，就朝前走去。

"别……你别走……就今天晚上，我临时派人告诉你时间和地点……"母亲真恨不得一枪解决魏浩远，但不知他又要什么花招，只得让步。

"梅，我知道你还是爱我的，我俩总归是有缘分。好，一言为定，我静候你吩咐！"魏浩远以为母亲心动了，有了些得意。

他八成是军统派来的

想到这里，母亲心里更为不安。

母亲她知道父亲巡视回来后，就在隔壁厢房里议事。于是，她走进了隔壁厢房，但见房里灯光昏暗，父亲正与孙营长、赵营长还有李副官、田处长在议事，屋里气氛有些沉重。

父亲说："据侦察得来的情报，从江西萍乡开过来的日军，已于昨天攻陷醴陵，前锋逼近姚家坝、雷打石、易俗河一线。我们南下衡山的路线受到威胁，如果继续南下，势必与日军遭遇。"

"一旦遭遇，如何应战？刚才各位都发表了意见，红姑你也说说。"

母亲回头叮嘱铁锁在门外待命，便在一旁坐了下来。

孙营长抬头看了母亲一眼，嚷道："嫂子，你搽了什么香水，香死人了！"

母亲说："我从不搽香水的。"

孙营长故意吸了吸鼻子，大惊小怪地说道："怪事，我怎么闻到了香香的味道，香得我流口水呢？"

母亲说："孙大炮，你又占我的面子，我要揪你的耳朵！"

父亲说："红姑，我给你炖了一罐狗肉补补身子。他是闻着后院那狗肉香，打狗肉主意呢！"

母亲笑了："想吃狗肉不难，你们议事议出结果，我就叫铁锁端上来！"

赵营长则趁机凑热闹，笑微微地说道："嫂子，我们早就议出了结果，到株洲醉仙楼酒家补吃侄儿的满月酒。"

母亲说："赵鬼子，你怎么老不讲句正经话？"

父亲说："没错，先到株洲后再说，株洲有一万多守军，总比我们孤军作战强。"

母亲凝神想了想，说："有道理！我们还有特殊任务，不能冒险。"

这时，父亲问母亲："魏浩远找了你吗？"

母亲说："找了，讲了些不着边际的话，令人烦躁。"当然，母亲没有提及魏浩远纠缠她，要与她重圆旧梦的事情。她对魏浩远除了恨还是恨。

父亲问："那家伙透了点口风吗？"

母亲简要讲了讲魏浩远威胁她的话："他说天挺手里的枪拿不了几天，却不愿意讲明白。"

父亲脸色变了，气呼呼地说："他八成是军统派来的。"

孙营长双眼一瞪，咬着牙狠狠地说道："好办，明天我叫于连长带几个弟兄闹闹事，把他赶走。"

父亲倒平静了："火候未到，狗肉没炖烂。我们还不知道魏浩远手里有几张底牌。"

母亲说："他约了我今晚再跟我讲详情。"

赵营长忙问道："今晚？在什么地点？"

母亲摇摇头说："时间、地点由我定。"

赵营长故意苦着脸，不无担忧地说道："嫂子，你不怕他占你的便宜么？"

母亲说："你也不看你嫂子我是什么人物？他真占我便宜，我就一枪解决他！"

赵营长看了看板着面孔的父亲，连连摇头："不妥，不妥。他要是死皮赖脸说骂是亲来，打是爱，嫂子跟他就扯不清了。"

母亲忙摆出一副虚心请教的模样，问道："那依你看要怎么办？"

赵营长想了想，故意淡淡地说道："妙计倒是有一条，不过我要讨点赏。"

母亲微微笑道："赏你多吃几块狗肉。"

赵营长朝父亲眨了眨眼，说："狗肉我不要，我只要嫂子亲我一口，大哥你答应吗？"

父亲的脸上才有了笑意，说："行，就看你嫂子的了！"

母亲干脆站了起来，禁不住咧开嘴笑道："来来来，赵鬼子，你把脸伸过来，嫂子就亲你一口看看！"

赵营长故作后退状，连连双手作揖说："行行行，有嫂子这句话，胜过亲我十口！"

母亲止住笑，由衷地感叹道："你们几个弟兄，就是嘴巴臭，心里倒是挺干净的。快把你的妙计献出来吧！"

赵营长忽地站了起来，从腰带上的皮套里抽出一把刺刀说："妙计就在这里，请嫂子伸出腿来。"

母亲疑惑了，望着父亲说："天挺，你看，他又胡闹！"

父亲的每一根胡须都溢满了笑意："红姑，你让他胡闹吧，我准了！"

母亲迟疑地伸出腿。

赵营长在母亲右大腿裤子上用刺刀尖轻轻地划开一道小丁字口子，说："成了。他一近身，嫂子就从这口子撕下去，再哭叫几声，其余的包给我们几个弟兄了。"

母亲这才明白，说："赵鬼子，看你相貌堂堂，你还真毒！可我这是棉裤呢，要撕可真得有些力气！"

赵营长得意地说："无毒不丈夫嘛，男人当狠时就得狠！嫂子毕竟是女人！"接着，他抬腕看看表，把铁锁叫进屋命令道："马上去给魏处长传话，今晚九点你干妈在庙东头的坟坪上等他！"铁锁答应着转身就去了。

我可不再是当年的郝红梅

事情按预定计划进行。

母亲先去姨太太们的东厢房看了看，又回到房间，找到一把小刀，悄悄地将棉衣上面那三粒扣子缝线划断。赵营长那招启发了她。然后，她才出门朝东走。

风冷飕飕的，四处悄然无声。母亲毕竟是经过风浪的，她也知道孙营长已派人远远地跟在她身后。

借着微弱的月光，母亲从容地沿着一条杂草丛生的小路，来到了庙东边坟地边上，忙站定四处张望，确定一下方向。刚才部队从这里路过，这里离村子及小庙都远，心想魏浩远会在哪里等她呢？

这时，魏浩远揿亮了手电筒，从不远处一块墓碑后闪了出来，很快就到了母亲跟前。

魏浩远一把握着母亲的双手，牵着母亲往坟地里走了走，边走边说："梅，你真会选地方，这里绝对安全，坟墓里的死人绝对不会开口泄密的。"

来到一块大墓碑旁边，走进一丛芒草里，魏浩远才停住了，随即揿灭了手电筒。

母亲赶紧将魏浩远的手摔掉，魏浩远却干脆将母亲搂到了怀里。

应该说母亲曾真诚地爱过魏浩远，但他为了保命竟然带着国民党部队去反扑红区，多少战友因此牺牲了。他真是罪大恶极，他的手上沾满了战友们

的鲜血。

"我当初真是瞎了眼，竟没看出此人的冷酷与无耻。"想到这里，母亲灵巧地往下一蹲，从魏浩远怀里挣脱了出来，故意责备道："浩远，你总是那么性急，我们分别这么多年了，我一点儿也不知道你的经历，至少得聊聊各自的遭遇呀！"

魏浩远依然不管不顾地握住母亲的双手，急切地说："看来你还是牵挂我！你知道我爱你有多深！梅，不知道怎么的，一见到你我就按捺不住自己。"

母亲只得任由魏浩远握着双手，愤愤地说："当初你还不是丢下我跑了！哪管我的死活？"

"梅，真是对不起！我当初是多么希望你能和我一道离开！你既然不跟我走，我也没办法，我不能不走。但我也受罪了！真是一言难尽！真高兴上天让我在这里遇见你！"魏浩远倒是真诚地道歉了。

"你怎么不待在大后方，反倒到作战部队来了？你哪里会受罪？你现在不是好好的么，还成了国民党的少校军官？前景好得很呢！我想你这次到作战部队来肯定有特殊使命，不然你不会来！"母亲不想太费时间，就干脆直奔主题。

"那好，梅，我给你看样东西！看到了吧，一个蓝皮小本子。这就是我到这支作战部队来的全部理由！"魏浩远狡猾地晃了晃一个小小的蓝本本，就赶紧装进上衣口袋，根本不给母亲看。

"只是一个蓝皮本子，有什么稀奇？"

"梅，你别小看这蓝皮本子，它可比黄金还贵重千百倍，它是军统证件！"

"军统？军统是干什么的？军统有什么好处？"母亲故意问道。

"哈哈，梅，你真变成个家庭妇女了，连军统都不知道。军统就是'军事委员会调查统计局'的简称，由戴笠将军指挥，蒋委员长直接领导的秘密组织。它的任务是……哎，怎么跟你说得清呢？打个比方吧，它好比苏区的保卫局。"

"什么，什么，保卫局？国民党也搞肃反吗？真是太可怕了！"

"对，国民党、共产党都搞肃反！"

"那么，你这次来就是特地搞肃反？"

"可以这么说。"

"肃天挺的反？你说实话，到底谁看天挺不顺眼，要和他过不去？他犯了什么案子？"

"案子不轻哪，现在还不便和你讲实情！"

"呵呵，苏区的肃反把我搞怕了，要是天挺有个三长两短，丢下我们孤儿寡母怎么活？你要救救我们！"母亲情急之下竟然暴露了自己对父亲的真情。

"梅，我答应救你，你答应我什么，我是可以救你的！"好在魏浩远没在意，说着双手又握住了母亲的手。

"只要能保全天挺，我什么都答应你。"母亲只得忍耐着。

"你答应跟我走，和我在一起么？"

"这……我可不再是当年的郝红梅，我都有孩子了……我已配不上你了……"母亲艰难地说道，内心却满是恨。"跟你走？一枪解决你还不解恨呢！"可为了探听他到此的真实目的，母亲只得任由他握着自己的双手。

"梅，你总是那么美，你原本就是我的人！"魏浩远激动了，一把搂住了母亲，将母亲扳倒在草地上，就凑上去亲母亲的嘴，竟然还将手伸进了母亲棉衣里面。

"浩远，你总是那么急！你还没告诉我天挺犯的什么案子呢？"母亲躲开了魏浩远，想挣扎着站起来，却让魏浩远重重地压在了身下。

"等你成了我的人后，再来告诉你吧。"魏浩远喃喃地说道。

"唔，浩远，你什么都不告诉我，你肯定不是真心待我！"母亲只得顺势抱住他，委屈地埋怨道，"这野地里太冷了，又是坟地！咱们改日再挑个地方吧！"

"好好好，告诉你吧，他的拜把兄弟一三五团团长苏子兴私通共产党，已经被捕了，供出郑天挺是他的同谋……"此刻，魏浩远的呼吸粗重了起来，他颤抖的双手一把将母亲的棉衣扯开了，上面的扣子都掉了。

"浩远，我有些害怕，我们还是换个地方吧！这可是坟地呢！冷风吹来吹去，好吓人！"母亲艰难地说道。

"你怎么这么胆小了？红梅，坟地就坟地吧，正好没人来打扰我们！"

魏浩远正要再次动作时，突然几束手电筒光亮横空射来，几条壮汉从附近一座大青砖墓后面跳了出来，将母亲与魏浩远扯了起来。

有人拉着母亲就走，母亲心领神会，故意大声地骂了几句，还争辩了几声，声音渐渐远了小了。

而剩下的几个人将魏浩远团团围住，拳打脚踢如雨点落到他身上，打得

他像只死狗样趴在地上。

最后，这几条汉子将魏浩远扯回了议事厢房，逼着他写了一张服辩书，并签字画押，内容是承认他强奸团长夫人未遂……

最后，孙营长出现了。他冷冷地看了看魏浩远，暗自庆幸刚才未伤及他的脸，语气却咄咄逼人："魏处长，日本兵就在我们屁股后面，你倒有心情去调戏嫂子？今晚的事情我们也没报告团长，你也知道团长的性格，接下来你要是再不安分，就别怪我们不客气！"

魏浩远狠狠地瞪视着孙营长，忍住全身的疼痛，说道："姓孙的，你这蠢屠夫，别太得意了！走着瞧，会有好果子让你吃的！"

孙营长懒得和他多理论，朝身边那几个戴着蒙面的壮汉一挥手："送魏处长回他的房间！"

一群人悄无声息地拥着魏浩远出去了，将他丢到头进西厢房打头那间屋子外面，转身就走了。

屋里闻声出来两个人，见到躺在门前地上的魏浩远，忙将他扶进了房里。随之，屋子里隐约传来了几声呻吟，很快让沉重的寂静给压下去了。

他还不够格做军统特务

母亲回到房间时，父亲坐在黑暗里抽烟。一闪闪的红烟头，看得出父亲的焦虑。

母亲说道："天挺，你担心什么呢？我这不是好好地回来了么？这假戏还真难唱呢！"随之，母亲将之前魏浩远说的一一道来，父亲陷入了沉默，他在寻思："魏浩远果真是军统特务，我今后得多提防他！"

"至于苏子兴，他根本不可能是共产党，也决不会私通共产党。他究竟得罪了哪一个要人？这帮军统特务究竟想在我身上打什么主意？光有一张服辩书是制服不了一个诡计多端的军统特务的，我必须另想计策。"

母亲躺进了被子，扯了扯父亲，让他也躺下。

父亲俯身摸了摸母亲的脸："红姑，让你受惊了！你抓紧睡一会，明天还有一大堆的事呢！我等会就眯眯！"

母亲看着父亲焦虑不安的样子，心疼极了："天挺，是我不好，是我连累了你。"

父亲反问道："别乱说！你连累我什么？"

母亲说："我过去是共产党，又跟魏浩远有过一段旧情，他是个小人。"

父亲轻轻地笑了："你现在什么也不是，只是我郑天挺的老婆，国军家属。"父亲温和地抚了抚母亲的面颊，将散乱的发丝从母亲额头上撩开："红姑，你太天真了！"

母亲既恼火又委屈："魏浩远说我天真，天挺你怎么也说我天真！"

父亲缓缓地说："红姑，你就是天真。你想想，当年苏区被抓的男人统统杀了头，而妇女就标价出卖。你这个著名的共产党员、红军营长，不是比那些普通士兵更出名吗？可他们都被砍了头，甚至连儿童团也不例外，而你却活了下来。这是为什么？就因为他们是男人，而你是女人。"

"你郝红梅要是个男人，十个脑袋也掉了。国民党的统治是由男人主宰的，蒋、宋、孔、陈哪一个不是男的？他们认为威胁他们统治的主要是反对他们的男人。"

"事实确实如此！对他们来说，女人嘛，不过是陪男人睡觉，替男人生儿育女的。即算是跟着男人造反闹得欢，也不过是匹没驯服的烈马，给它安上一副笼头就行了。所以，报纸上鼓吹我俩是英雄美女，阵前招亲，我这个国民党的英雄，征服了你这个共产党的美女营长……"

母亲不高兴了，正要坐起来反驳。

父亲忙将母亲的头揽在怀里，拍拍她的背，说："好了，好了，别跟我争，你好好睡，让我好好想一想对付魏浩远的办法。"

母亲只得安静地躺着，不再出声。

父亲凝视着母亲美丽的脸庞，紧张地思索起来，呼吸却出奇地平静。半晌，他想出了对付魏浩远的三条计谋，每条计谋有上中下三策。凡事动手之前想个透透彻彻，周周全全，动起手来就干脆利落，义无反顾，这也是父亲一贯的作风。

末了，父亲放开了母亲，用手猛击床板，突然吼叫道："他妈的 ×！"

母亲还是第一次听父亲骂粗话，慌忙坐了起来，连连说："天挺，你这是怎么啦？怎么啦？"

父亲粗暴地推开母亲，跳下了床，背着手在房里踱了几步，然后铁青着脸，咬牙咬得腮帮直颤地说："老子一心抗日，这帮狗日的东西老是背后放黑枪！"

后来的事实证明，父亲既高估了魏浩远，又低估了魏浩远。

说高估了魏浩远，是因为他并不是军统特务。作为一个共产党的叛徒，他还不够格做军统特务。那个蓝皮本，不过是衡山政干训练班的结业证，加盖了一个军统湖南工作站的印戳而已。

说低估了魏浩远，是想不到他竟是有名的土匪头子冷森的把兄弟，而冷森的湘东自治联防大队竟一直尾随着父亲部队，距离最近时不过十华里！

他已成了不受待见不受欢迎的人

说来魏浩远叛变以后，倒还有段曲折的故事呢。

1932年十月革命节那天，原是魏浩远与母亲结婚的日子，母亲一整天都在等待魏浩远来接她。谁知正是这一天，一大早魏浩远就独自骑着马，以赴前线视察工事的名义，闯过数道红军哨卡，直奔"围剿"苏区的国民党某部投降自首。

当母亲晚上等来这一消息时，真是又气又恨，心里仿佛搁了一盆旺旺的炭火，后背却冷飕飕的，渐而全身都冷飕飕的。

母亲站也不能，坐也不能，如一只无头苍蝇在房里乱走，到下半夜没有了半点力气，只得倒在床上，头嗡嗡地响，竟发起了高烧。

而魏浩远原以为亮出红军高级首长的身份，自己定能受到国民党相应的礼遇。谁知等待他的是充当走狗的待遇，他必须马不停蹄地带着人马去苏区杀人放火才能保住自己的人头，连国民党一个小小的连长，也敢对他吆三喝四。

说实话，魏浩远并不是无情之辈。每当看到昔日的战友被捕投入国民党大牢时，他也非常难受。所以，他从来不和任何一位之前的战友打照面。

每每夜深人静，魏浩远不由狠狠地谴责自己的软弱与无耻，久久无法入睡。他的手上沾满了战友的鲜血，他无法正视自己的内心，乃至于整晚整晚睡不着觉。

为了麻醉自己，魏浩远只得拼命喝酒，常常喝得烂醉如泥。但他没有退路了，为了保命，为了获取国民党的信任，他不得不随着国民党部队去苏区抓捕红军的游兵散将。万般无奈，他只得借耍酒疯或装病，才摆脱了噩梦般的日子。

湘鄂赣苏区被"围剿"得差不多了，噩梦般的日子终于告一段落，魏浩远被打发到湘鄂边界一个叫葵湘县的小城当保安大队队长，管着百多条破枪。他真是大失所望，别说之前国民党许诺的高官与厚禄都没有了，竟然还承受到来自上司与同僚的猜疑与轻慢。

万分沮丧之时，魏浩远特意回了趟湖北老家，期盼还能找条更好的出路。他多年没回过家，也没与家里通信，也许家人都以为他死了吧！他是多么后悔当初不听父母的劝告，硬要去参加什么共产党、国民党，落到现在里外都不是人！

父母都已是风烛残年了，见魏浩远回到家喜出望外，天天围着他转，生怕他转眼就会飞走。

可魏浩远父亲的几个工厂都不景气，家业已由魏浩远同父异母的弟弟掌管。弟弟和弟媳用防贼一样的眼光防着魏浩远，弟弟的生母二姨太更是对他没有好脸色，恨不得他立马再次滚得远远的。

魏浩远痛心地意识到，家里其实也没有他的容身之地了，倘再待下去只怕父母为难，兄弟之间也会纷争不断。

魏浩远只得又喝酒，天天喝得醉醺醺的。他喝得弟弟、弟媳与二姨太喜形于色，喝得老父亲一副恨铁不成钢的模样，喝得母亲眼泪双流。

魏浩远因此知道，在这个世界上，母亲才是最心痛他的人，母亲好几次抢走他的酒瓶，握着他的手泣不成声。

母亲的泪让魏浩远清醒了，他不能再让苦命的母亲伤心。

母亲虽然是大太太，但她生性温良谦恭，父亲也给够了他大太太的名分，平时都会好好地供着她。但父亲看重的还是二姨太及她所生的弟弟，想当初他之所以离家去投奔共产党，也是为了逃避家庭的纷争，梦想着干一番事业回来为母亲长脸。

母亲老了，再也经不起折腾和忧心，魏浩远不在家，母亲虽然会日夜担忧他，至少还能过清静的日子。

魏浩远挣扎着让自己平静下来，好好地陪了几天母亲。那几天母亲真是高兴呀，给他讲他小时顽皮的故事，让人做他爱吃的菜及点心，还让他陪着回了一趟城里的舅舅家。

但在舅舅家没有待上两天，魏浩远悲哀地发现，几年不见，舅舅、舅妈再也没有昔日的热情，漂亮的表妹早已嫁了个大商人，过上了她曾经热烈向往的阔太太生活。舅妈那些赤裸裸地夸耀她女婿财大气粗的话语，令他浑身

不自在，他不顾舅舅的再三挽留，拉着母亲就往家赶。

那一夜，魏浩远通宵未眠，他强烈地意识到除了母亲之外，他已成了不受待见不受欢迎的人。除了走，他已别无他法。

顾不上快过年了，魏浩远当天就草草地收拾好了行李。鸡叫头遍了，天快亮了，他也得走了！

临行前，魏浩远悄悄地在母亲房间的窗外站了一会，当听到母亲的声声咳嗽时，他的泪流了下来，几乎要动摇自己的决心了。他极力克制自己的情绪，使自己平静下来，朝着母亲的窗户拜了三拜，扭头就朝外走。

魏浩远甚至不敢再回头看母亲的房间，他害怕失去再次离家的勇气。他知道，倘他继续待在家里，这个看似和睦的大家庭只怕会风暴骤起，他已不孝在先，就让他继续不孝下去吧。

魏浩远岂止不孝，他还不仁不义呢，他是罪人！他弃未婚妻郝红梅不顾，他让那么多战友失去了生命。如今，他又任自己的母亲从此孤独失落直至老死！

当魏浩远再次回到葵湘县城时，他清楚地知道他魏浩远从此是孤家寡人一个，保安大队是他最后的救命草。魏浩远唯有好好地抓住这根救命草，顺着这根救命草向上爬，去苦心打拼自己的天下。谁要是和他过不去，挡住他向上的路，他绝对会不客气地扫平阻碍。为了老母亲，为了自己日后能出口恶气，他对谁都绝不会心慈手软。

转眼三年多过去了，魏浩远使尽浑身解数，用心经营着他的保安大队，上上下下的关系都让他打点得很顺溜，保安大队兵强马壮，成了自己蓄势待发的大本营。

当了土匪就当土匪吧

至 1938 年武汉失守时，魏浩远终于时来运转，转折是由一个偶然事件引起的。

那是一个阴冷的傍晚，年关将至，魏浩远的部下抓来了一个来历不明、企图强行闯过哨卡的外地人。在审问中，他发现此人很像被湖北省政府通缉的抢劫银行的首犯冷森，就出其不意地喝道："冷森，你的死期到了！"

那人一惊，随即若无其事地说："什么冷森热森，我不认识，你认错人了！"

魏浩远将通缉令朝桌上重重一掼："你看看，你用心看看这照片上的人是谁？"

那人依然默不作声，但脸呈慌乱之色。

魏浩远见状大喝一声："来人，拿刑具来！"

话音未落，那人却用更大的声音喝道："且慢！"

魏浩远一愣，恼怒了："你还有什么话说？"

不想那人冷冷地说："请问阁下，你抓住我冷森有何好处？"

魏浩远只是指指桌上的通缉令，"你看通缉令吧！"

冷森却掉转话头，满脸笑意："请问大队长尊姓大名？"

魏浩远没好声气，"我行不改名，坐不改姓，大名魏浩远！"

冷森依然满面是笑："我记下了你的名字。魏大队长，我们交个朋友吧！"

魏浩远冷冷地说："跟你交朋友？别忘了你是个逃犯，说不定还是个死囚！"

冷森不以为意地说："只要魏大队长放了我，我就不是个死囚。通缉令我看了，捉住我赏大洋三千。你看我这颗人头才值三千大洋吗？"

魏浩远闻言不由得细细地端详着这个满脸横肉、两眼隐含凶光的精壮汉子，心想：敢在光天化日之下、戒备森严之中，抢劫银行金库，此人必有过人之处，决不能小看这个原国民党部队的排长。在这乱世年头，交个道上的朋友也未必是坏事。

魏浩远再次冷笑，说："我放了你，说得倒简单，知道我得冒多大的风险！我犯得着为你冒险吗？你做梦吧！"

冷森微微一笑，挣扎道："假使你放了我，三个月后，我自会前来奉送金条十根！你放心，江湖上的人最讲义气。不像国民党，上上下下都不讲义气。头一个不讲义气的就是蒋介石，人家张学良讲义气放了他，老蒋却把张学良囚禁起来了！"

魏浩远任由冷森说，始终紧绷着脸，心里不由暗暗赞叹："对呀，我魏浩远提了共产党那么多人头献给国民党，可国民党才给了我一个小小的保安大队长，这是讲义气吗？"

于是，魏浩远决定放走冷森，但他什么也没说，故意板着脸，丢下冷森，头也不无回地走出了审讯室，让手下将他押回了单人牢房了事。

任冷森再胆大包天，回到阴森森的牢房，心里不由忐忑不安。到了半夜，

冷森依然愣愣地坐在床上，他已亮出了自己的底牌，这个魏大队长却毫无反应，到底会怎么处理他呢？

当牢房门"咣当"一声响，一高一矮两位保安队员端着枪走了进来，给他冷森五花大绑之后，就押着他朝外走，一路上，保安队员也不多言。冷森摸不着头脑，心想总不会一枪解决他吧？

当走出保安大队大门，一阵冷风席卷而来，冷森不由连打几个冷战。

后面的保安队员依然一声不吭，只是用枪顶了顶他的后背，示意他朝前走。

冷森早已冷汗直流，好不容易才迈开脚步，高一脚低一脚地在前面走，却恨不得背上也长出两只眼睛，好提防身后不打商量的冷枪。

也不知走了多久，已经顺利走出哨卡，走出葵湘城好远了，终于走到无人之处。两位保安队员喝住了冷森，上前默默地给他松了绑。

高个子保安队员面无表情地对他说："魏大队长令我俩送你出哨卡，这里有十块大洋、一支驳壳枪、二十发子弹给你，你赶紧逃命吧，越远越好！"说完，高个子将大洋、枪及子弹递给了冷森。

冷森倒是干脆，接过就朝路边树林里跑。

而那两位保安队员站在路旁，胡乱地放了几枪，嚷了几句，追了几步，就放弃了。

冷森自然逃得远远的，且一去杳无音信！

有时夜里醒来，魏浩远不由有些后悔，骂自己真是太蠢，竟白白放走了冷森！当初将他送至上级，说不定除了三千大洋，还能让上级重新估量他魏浩远呢，让他从此脱离被忽视的境地。

三个月后的傍晚时分，正是桃花盛开之时，白天阳光暖烘烘的，人们心情莫名地好起来。可天还没暗下来，葵湘城被一股突如其来的土匪攻打，攻势凶猛而又迅疾。保安大队毫无防备，小部被歼，大部被俘。

魏浩远被困在保安大队本部，心想这回必死无疑，心里万分委屈与不甘，天老爷真是瞎眼了，竟然看不到他魏浩远多少也是个人物。

正急得团团转时，魏浩远的勤务兵带着几个土匪走了进来，为首的土匪恭恭敬敬地对他说："魏大队长，我们司令有请！"

魏浩远只得故作镇定地随其来到城里最好的酒家，来到楼上一间大包房，但见里面早已摆好两张桌子，一张桌上摆满了丰盛的酒席，另一张桌上则摆着黄灿灿的十根金条，却空无一人。

正暗自惊奇，身后却传来一串脚步声，魏浩远回头一看，但见冷森满脸堆笑，带着几个手下走了进来，连连向他作揖："魏大队长别来可好？本司令特备薄酒，为恩人压惊！"

魏浩远悬着的心才放了下来，脸上却不露声色，淡淡地说："冷司令真是奇特，竟以这种方式来感谢我，我能好得起来么？"

冷司令并不在意他的脸色，依然满脸堆笑："多有得罪，还望魏大队长海涵，不然魏大队长怎会屈驾见我呀！来来，恩人请上座，今天我们好好喝几杯！"见魏浩远站着不动，冷森便朝身后那些随从使个眼色，只留下两个手下，其他都悄无声息地退了出去。

魏浩远看得呆了，心里暗暗赞叹土匪也有如此威严，乃故作勉强地随冷森落座，且勉勉强强坐在了首位。

冷森时不时地站起来敬魏浩远一杯，口口声声地称他为恩人，且再三申明，大恩大德不敢相忘，定要倾情相报。还未曾有人如此奉承他，如此巴结他，他真是极端受用，不觉喝了一杯又一杯。

酒酣耳热之际，冷森问道："不知魏大队长肯不肯屈尊当我的参谋长？加入土匪？"

魏浩远毕竟当过红军军官，也曾胸怀救国大志，未曾想过自己会沦落为土匪，不由面露难色："我家中尚有双亲年迈，请司令谅解！"

冷森哈哈大笑："人各有志，不必勉强。只不过魏大队长是个聪明人，难道守着这弹丸之地的保安大队到死，不想弄个县长、师团长干干么？"

借着酒力，魏浩远长叹一声道："如今情势，苦无进身之阶，难啦！"

冷森当即站了起来，满面正色道："你既是我的救命恩人，我理当助你一臂之力，不过你得答应我一个条件。"

魏浩远倒好奇了："哦，说来听听。"

冷森郑重其事地说："我俩先结拜为兄弟，再待我细细说来！"

想想这几年的遭遇，魏浩远深刻地认识到，只要自己有实力就不怕没机会，乃面露喜色："如此建议甚好，我正求之不得呢！"

冷森好似有备而来，趁势招呼手下，赶紧在窗前摆起香案及香炉，焚香秉烛。然后，他又回过头招呼魏浩远一起来到香案跟前。

两人便当场换帖交拜，冷森年长为大哥，魏浩远年轻为小弟。交拜后，手下早已斟好了酒，两人一口气连碰三杯。

再重新落座，气氛便亲热了起来，两人越聊越热乎。

冷森推心置腹地说道："贤弟，我告诉你一个秘密，当今国民党官场里，只要有两样东西，什么事都办得成！"

魏浩远忙说："请大哥指教！"

冷森手一挥，大气地道："一样是金钱，一样是美女。不过说到底，钱起决定作用！官位也好，女人也好，有什么钱买不到的？我这里酬谢你十根金条，另外再送你十根。你可以去买几个美女，也可以直接当作礼物，送出去打通关节，闯开升官发财之路。"

"你是聪明人，只管放大胆子去做，钱不够了只管向大哥要，我派个弟兄在你身边当联络员。不过，事成之后……"

冷森的一席话听得魏浩远心花怒放，仿佛美好前程就铺展在眼前，他立即接话道："事成之后，小弟一定涌泉相报！"

冷森一拍他的肩膀，仰头大笑："你不敢不报，你有拜把帖子在我这个土匪头子手里！"

魏浩远闻言不由一怔，猛然间只觉后背平白无故地吹来嗖嗖的寒风，不由转过头用心地看了看冷森，而冷森正好也在看他。他仿佛看到了藏在冷森冷冷眼光里的凶狠，心里后悔不迭，可已无退路。

既是没有退路，那就往前闯吧。管他娘的！当了土匪就当土匪吧！

魏浩远就用那二十根金条做铺路石，终于踏上了升官之路。他选择了军界。他清醒地认识到国民党的统治归根到底是军阀统治，手里有枪才最踏实。他用金钱、美女这两样法宝赢得了国军少校军官身份，接着成功地进入衡山政干班学习，结业后回长沙战区指挥部汇报，提升为团级政训处处长。

魏浩远并不满意。他下一步计划，就是要将团政训处长变为团长、师长、军长等，然后再弄个国民党中央委员头衔。这才叫"天生我才必有用，千金散尽还复来"。

在钻营门道的实践中，魏浩远总结出经验：虽然美女是用金钱买的，但美女比钱更管用。因为钱是死的，人家用完也就忘了，而美丽的女人是活的，送给人家老在人家身边转悠忘不了。事先暖住了女人的心，她得宠了还能帮你透透枕边风，自是事半功倍。

要买女人方便得很，魏浩远丢下二三百块大洋，就能挑到一个贫寒家庭的漂亮女儿。买回来调教调教，打扮打扮，甜言蜜语哄一哄，自己先玩玩，然后就可送人了。而这些被当成礼物的女子，总被他说成是自己的表妹、堂妹、姨妹之类，为他今后长期使用埋下了伏笔。

魏浩远觉得《圣经》讲得对极了，女人这种东西就是上帝创造出来供男人消除寂寞的尤物。不过，他觉得女人也有例外，有些女人是用金钱买不到的。这些女人才适合做妻子。他多次追求未能得到的郝红梅，便是这样的女人，他比过去更加意识到她的价值！

可就在魏浩远得意之时，却收到老父亲辗转寄来的信，一看日期，信已发出来一个月了。信还没读完，他的头就大了，继而泪流不止。他可亲可怜的母亲竟然让日本鬼子的飞机炸死了，他家的大片房子也差不多炸没了，他家的工厂也被日本鬼子征用了，全家人已逃难到乡下佃户家里去了。

房子没了不要紧，工厂没了也不要紧，可挚爱的母亲没了，魏浩远就彻底成了孤儿，一个孤零零的人！

魏浩远内心伤痛不已，他是如此仇恨日本鬼子，他日倘有机会上战场，自己一定要打死几个鬼子，为自己苦命的母亲报仇！

母亲的被炸，让魏浩远从自己编织的升官发财的梦里醒悟了一些。他急切地向战区请求上战场打日本鬼子，所以才被派到了当时的主力团郑天挺团里。

谁知，魏浩远非但没有上战场，倒遇上了多年未见的郝红梅，勾起了不堪回首的往事。他不甘父亲郑天挺得到了自己昔日的恋人，也不甘居于父亲之下。强烈的嫉妒在他内心发酵后，他都快要按捺不住要灭掉郑天挺而后快。

这次为了见我母亲，魏浩远被打得浑身是伤，之后的行军路上看来只能躺在担架上，由八名随从轮流抬着走。身上的伤痛，更是激起他内心的仇恨。这仇恨让他暂时忘记去恨日本人，可他并不恨我母亲。

魏浩远认为我母亲有武功，要揍他一顿完全可由她自己动手，何必用他人代劳？他分析母亲的性格，觉得母亲不会想出这种主意。这肯定是郑天挺的毒计。他更恨我父亲郑天挺了。他无论如何也咽不下这口气，他发誓决不轻易放过郑天挺。

魏浩远知道用共产党的罪名是打不倒郑天挺的，军统的假证件只能骗骗

已多年不问世事的郝红梅。他只有在这些姨太太身上做文章！

丢失了第九战区广大将校们的这批宝贝，自有军事法庭来打倒郑天挺，根本不用他魏浩远亲自动手。打倒了郑天挺，他再用金钱、美女疏通疏通关节，还愁团长宝座不到手？团长宝座弄到了手，还愁什么样的美女不到手？

郝红梅也就不算什么了！她毕竟是残花败柳！魏浩远现在还搭理她，也只是想她重新回到他身边，以便他手里多枚筹码而已。

然而，让魏浩远奇怪的是，他已多次送信给冷森，为什么冷森还不派土匪来抢人呢？他只想早早逃离这是非之地，他有些害怕郑天挺冰冷而正义的眼光！

郑天挺是个狠角色，要是让郑天挺抓到了把柄，他魏浩远绝没有好果子吃。

不是冷森不想要这三百零九名姨太太

不是冷森不想要这三百零九名姨太太，而是冷森太想要了！

刚接到魏浩远的头一封信，冷森的眼睛立马亮得像两盏大马灯。天哪，三百多个姨太太，三百多个如花似玉的女人，这真是一笔巨大的财产！等于天上掉下来一个金库和一个军火库！

弄到了这三百多个姨太太，他冷森就可以和第九战区薛岳长官分庭抗礼了。一个姨太太开价三千块大洋，十条枪，价码不算高吧？不交钱、枪来，便撕票，还怕他们不答应？

有了这大批钱、枪到手，他冷森完全可以大肆招兵买马，成为湘鄂赣三省交界地区的土皇帝了！

冷森当即派出八个弟兄，化装成赴衡山的政干班学员随魏浩远行动，以做内应。随后，他让二当家在大本营留守，轻易不要行动，他亲自领着五六百人马，像苍蝇似地紧紧尾随着父亲的队伍。

不让冷森立即动手的不是别人，是冷森的参谋长"小诸葛"谷汉卿。

谷汉卿原是国民党某部的一个营长，武汉大溃败后成了散兵游勇。他酷爱《三国演义》，把它读得滚瓜烂熟，处处学三国的权术计谋，人送外号"小诸葛"。他的队伍被日本打散后，他无处栖身，就投了冷森，屈尊当了冷森的参谋长。

小诸葛给冷森出了很多计谋，屡次奏效，冷森对他言听计从。他劝冷森放弃传统的打家劫舍、杀人越货、绑票勒索的土匪模式，花重金向国民党湘东行署买了个"湘东地方自治联防大队"的番号，之后用这块招牌向地方派捐派粮，自是有利于保存实力，还可不断发展壮大。

冷森依计而行，有了"湘东地方自治联防大队"这个招牌后，他们在湘鄂赣边界走州过府，专门合法地抢劫那些较为富裕的小城镇。

小诸葛的计谋是：先派一部分弟兄去镇上烧杀淫抢，然后大队人马打着剿匪安民的旗号进驻该镇，放几枪赶跑"土匪"，接着就向该镇索要犒劳费。驻扎一段日子，粮、款榨得差不多了，就叫之前赶跑的"土匪"杀一个回马枪，大队人马则在镇上挖壕筑垒，摆出一副血战到底的架势。镇上的绅商们害怕城门失火，殃及池鱼，只得忍痛凑出一笔开拔费，把他们打发走。

就这样，冷森的队伍越来越大，发展到一千余人，主要成员是国民党军队的溃兵、逃兵，也有当地的贫苦农民。

当然，有大量国民党正规军驻扎的地方，他们不去轻易打扰，以免被人吃掉。对于父亲带领的独立团，他们当然早已闻名，通常是避而远之。

然而三百多个姨太太这块大肥肉，馋得冷森他们口水流得三尺长，也就顾不得那么多了，决定冒险试一试。

冷森几次想下手，小诸葛都说时机未到。

小诸葛对冷森说："郑天挺的独立团，连日本人都怕它三分，我们绝不是它的对手。我们只能智取，不能强攻。上策是让日本人与郑天挺交手。等他们鹬蚌相争，两败俱伤时，我们出其不意来个虎口夺食，渔翁得利。人到手后，迅速向湘鄂赣交界的大山中转移、隐蔽，然后再与薛岳讨价还价。这才是一本万利的买卖。"

冷森反问道："日本人集中火力攻打长沙，怎么会知道这事？"

小诸葛倒沉着地说道："司令放心，日本人的消息灵通得很，便衣密探到处都是，不会不知道此事。知道了，他们绝不会放过。第一，日本人要诱降国民党军队，抓了这批姨太太正好奇货可居。第二，日本人要组织慰安妇满

足日军需要，这批姨太太正是上好的人选。"

冷森只得按捺住自己的急躁情绪，按照小诸葛的"窥伺其侧，静待时机"的计谋行事。

谷汉卿不愧为小诸葛，他的分析完全准确。

从江西萍乡开来的日军第十四独立旅团，原来的任务是担任进攻长沙的侧翼配合。旅团情报处长龟田胜造从数百件情报中抽出"薛岳组织三百余名师团级官佐太太向衡山转移"这一件，作为最重要的情报呈送给旅团司令官山本太郎。

这件情报漏写了一个姨太太的"姨"字，正是少了这个字，反而更激起了龟田的重视。

龟田对山本司令说："有太太必有儿女随行。三百多名太太，分属三百多名将校级军官，几乎涵盖了第九战区全部中上层官佐。皇军若将这三百多名太太全部活捉，就可让敌军投鼠忌器，于敌军而言是个沉重的打击！"

山本司令认为言之有理，就临时调整了之前的战略布置，命部下第十二联队所部一千三百多人马，由联队指挥官河野大佐带领，绕过株洲城，沿长株公路搜索前进。务必速战速决，务必尽快找到这三百多名军官太太，消灭其护送部队，全部活捉皇军急需的"中国花姑娘"。

山本自己则带领旅团主力，昼夜兼程逼近株洲、湘潭外围，沿姚家坝、雷打石、易俗河一线，截断经由株、潭南下衡山的路线。

这一切，我父亲郑天挺团长都不得而知，他还在为如何对付军统特务魏浩远而烦恼。

日本军队和冷森匪军这两只黑手，早已悄悄地向三百零九名姨太太及其护送队伍狠狠地扑杀过来……

第八章
包了日本人的饺子

姐妹们，由我带领你们去执行任务。什么任务呢？就是用计划诱日本鬼子，将鬼子诱到预定的埋伏地点！

部队还是开往围山

田心镇是长株、长潭公路的交汇点。镇子并不大，百来户人家的模样，但地理位置非常重要。

父亲的队伍刚到田心镇，天气将晴未晴，父亲真担心天下雨，催促各部加快速度。

刚刚穿过寂静的小镇，行走在山脚下的小路上，不想几架日军飞机嗡嗡而来，朝小镇朝队伍一阵疯狂地俯冲扫射。

幸而姨太太们在长沙集中时，受过短期的防空训练，很快在路旁卧倒隐蔽，并没有受到什么损失，真是万幸。但是有几个民夫被打死，还损失了几匹战马和骡子。

空袭过后，一群群逃难者从小镇方向涌出来，扶老携幼，行色惊慌。一打听，原来是从株洲、湘潭两城逃来的百姓，日军已向这两城发起猛攻，两城守军劝告城内百姓赶快疏散，说他们准备放弃城池。

父亲感到事态严重，立即命令队伍暂停行进，移至路边上一座大祠堂，让大家就地休息休息，并迅速召集了紧急军事会议商讨对策。

父亲分析了当前军情："日军已完成南北夹击，把我军压缩在长、株、潭三角形地带的战略部署。这个三角形地带半径不足一百公里，将集中敌我双方共四十余万人的兵力，战斗将极其惨烈。因此队伍既不能向南进，也不能向北退。向西则经过湘潭县境，地势较平，易于被进攻湘潭得手后的日军发觉，现在只有向东进入多山的浏阳县境内较为有利。"

母亲支持父亲的意见，且更明确地建议，队伍应立即向湘赣交界的围山转移。

母亲认为，位于湘赣交界的围山绵延数百里，地势险要，山高林密，远离长沙战场，是潜伏隐蔽的理想之地。母亲曾在围山打过游击，熟悉那里的地形，她的话自然令人信服。

形势紧迫，容不得多犹豫，父亲的意见获得了通过。父亲让电报员将他的决定向军长简要地汇报，很快得到了批准。父亲乃下令队伍调头向东，快速向浏阳的镇头市方向进发。

气氛顿时紧张起来，姨太太们心里的弦又绷紧了，一个个神色慌张起来，母亲将马丢给铁锁，忙在队伍间穿梭着安抚人心。

就在队伍开拔的当儿，一个挑夫丢下担子开小差跑了。对这种司空见惯的事谁也没感到惊奇，问问当时的情况，将丢下的担子驮在骡子上便了事。

然而，正是这个化装为挑夫的冷森部匪徒，带去了魏浩远的一封密信。这封密信改变了几天后队伍的命运。

队伍开进浏阳县境不久，沿浏阳河谨慎前行，尽量挑与大路平行的小路走。谁知一路上所到之处，焚烧的村庄和偶尔丢在路旁的一两具尸体触目惊心。向路旁哀哭的百姓一打听，大家才知道日本鬼子刚从这里经过，约莫有三四百人，附近几个村子都被这群野兽烧抢一空，几乎化为废墟。

母亲跑上前去对父亲说："天挺，看来敌情有变，还去不去围山？"

父亲坐在马上，用马鞭支着下巴凝思片刻，斩钉截铁地说："敌情无大变，还是开往围山！"

队伍穿过废墟继续行进。路上父亲向母亲解释说："日本军队惯用的手法是，在主力行进路线的两侧，派出少量骚扰部队，大肆进行烧杀抢劫，造成千军万马、铺天盖地而来的假象，用以威慑敌方。而在他们主力行进的路线上，他们总是衔枚疾进，草木不惊。这是小股骚扰部队所为，不管它，继续走我们的！"

父亲的判断是完全正确的。奉命截获三百多名中国军官太太的河野联队，正是按这种惯例行事的。

河野指挥官命令部下川口中队到浏阳一侧骚扰，野坂中队到湘潭一侧骚扰。河野对川口中队长的命令是："竭尽你的全力进行奸淫烧杀，不惜将所到之处化为无人区！"

河野认为，骚扰部队的行动必将打消中国护送军队向两侧转移的念头，最后必将与他的联队主力迎头相撞。他就有绝对把握使之无处可逃，一窝端掉。

请求长官为我们报仇

就在那天中午过后，终于出太阳了，暖暖的阳光普照大地，有了春天般的温暖。

队伍中午略微散在路边树林里休息了一会，草草地吃了些干粮，就匆匆出发。

连续几天的行军已令人疲惫万分，大家又冷又饿又没睡好，走着走着，四周一片寂静，除了偶尔有咳嗽声传来之外，只听见沙沙的脚步声。不少人有些睡意蒙眬，真恨不得找个地方好好睡一觉。

父亲骑着马，上上下下查看，喝令队伍加快行军速度。但走到一个叫伍罗墩的墩口上，队伍再也走不动了。

这里地形很特别，左右两边都是绵延的低低的山脉，中间却是宽阔的田野，间或几个小山包突兀而起，零零星星的房屋依山而建。

就在墩口的道路两侧，密密麻麻摆满了几十具惨不忍睹的尸体，男女老少都有。那些满身鲜血的尸体旁坐了些哀哀而哭的男男女女。

那些被杀的女人们身上草草盖了衣服，但依然能看出被杀时赤身裸体。她们的下身处一片血肉模糊，肯定都是被先奸后杀。有个大肚孕妇，肚子剖开后，已成人形的婴儿都露了出来，实在惨不忍睹。

最先哭出声的是荷花。她"哇"的一声，眼泪就像开闸的渠水，引得众多姨太太都哭了起来。接着，她冲出了队列，将几决大洋塞在那个抱着孙儿尸体哭泣的老婆婆怀里。

姨太太们也争相效仿，纷纷将揣在口袋里的钱或饼干罐头之类，还有线衣围巾等，送给那些凄苦的男女老少。

姨太太们还是第一次亲眼见到如此惨绝人寰的景象。以前只是听说日本鬼子残暴，这回才目睹，大大超出了她们的想象。她们对日本鬼子的仇恨霎时如熊熊烈火燃烧起来。

姨太太们的哭声很快传染给了扛枪的弟兄们，尽管他们见过不少这样的场景，还是禁不了泪湿双眼。

几十个当地男女老少跪在父亲的马前。

父亲跳下马，双手扶住为首的一位白发老人："老人家，请你们先把亲人安葬了，好不好？"

老人不肯起来，请求道："长官，鬼子太狠了，根本不把我们中国人当人！他们抢了我们的东西，杀了我们的亲人，强奸我们的妻女，还放火烧我们的房屋！他们都是些畜生，都是些杀人不眨眼的魔鬼！我们摆出亲人尸体，是想让长官们看看鬼子的恶行，请求长官为我们报仇！"

说着说着，老人禁不住痛哭失声："最可恨的是日本鬼子还在附近烧杀，快救救那些老百姓吧，长官！"

父亲说："老人家请起吧，我们有特殊任务，等任务完成后再来给你们报仇！"

老人号啕大哭起来，连连向父亲磕头，男女老少纷纷哭着连连磕头。

这时，赵营长的队伍里爆出一声喊："团长，下令打吧！"

接着，队伍里一片喊声："团长，下令吧，打死狗日的日本鬼子！"

父亲眼睛红了，却威严地呵斥道："住口，行军途中不得喧哗！"

队伍里的声浪立即平息下去了。

文绣走到父亲跟前说："团长，您就下令吧，姐妹们也都请求您带领我们去打日本鬼子！"

父亲说："不行呵，上峰严令我团保护各位太太，军令难违！"

文绣说："我们不要保护，我们请求参战，发给我们一支枪吧！"

父亲不作声，只是默默摇头。

众人的眼睛，此刻都注视着父亲，就等他口里吐出一个字——"打！"

小嫦娥不能忍受父亲的沉默，跑出队列尖声喊道："郑团长，你裤裆里那东西还在不在？怎么连个女人都不如？"

父亲竖起浓眉，怒喝一声："放肆！"

小嫦娥不甘示弱："你的军令只能吓唬你的士兵，老娘不吃这一套！你要是害怕上司的军令，我们全体姐妹为你联名担保！"说罢，她回头对姐妹们大声倡议道："为郑团长联名担保，大家说好不好？"

姐妹们齐声回应——"好！"

父亲气得两眼冒火："你竟敢惑乱军心！来人啦——"

团部警卫班的两个士兵立刻闻声出列，齐齐伸手一把扭住小嫦娥。

"将她拖下抽一顿皮鞭！"父亲狠狠地下令。

两个士兵架起小嫦娥的两臂就往外拖，小嫦娥拼命挣扎，披头散发地哭叫着："你们这些臭男人，只知道玩女人，欺负我们这些弱女子。眼见日本鬼子如此疯狂杀害我们中国人，你们却一个个变成缩头乌龟，连女人都不如！"

姨太太们眼巴巴地看着小嫦娥，谁也不敢吭声。

这时，一直未作声，但双眼通红的母亲走过来，对那两名士兵喝道："放手！"

士兵只得站住，回头望着父亲，父亲抬头望天。

母亲说："天挺，你怎么能这样对付一个弱女子？她是出于一片爱国

热忱！"

父亲说："你也是带过兵的人，你知道将士兵的情绪煽动起来会造成什么后果吗？"

母亲说："那你也只能打我，我是队长，她归我管！"说着，母亲将两个士兵推开了。

小嫦娥扑到母亲怀里抽抽咽咽："郝队长，红梅姐姐，我原本佩服你丈夫是个英雄，谁知他也是个怕死鬼！"

母亲轻轻地为她梳理弄乱的头发说："好妹妹，我知道你想用激将法。但我们要理解郑团长，他有他的难处，他要替我们每一个人负责！"说着，母亲牵着她的手走回队列。

让大家评评谁选的地形好

父亲重新踏鞍上马，下令道——"全体出发！"

可是父亲的马蹄踏不出半步，几十位当地老乡早已团团围在马的周围，他的缰绳也被那个白发老人死死拽住。跪倒在路旁的女人们则大哭起来，哭声震天动地，令人动容。

父亲仰望苍天，目光凝然不动，宛如一尊雕塑一动不动。良久，他长叹一声道："民意如天意，只好打了！要打就狠狠地打！"

父亲立马滚鞍下马，迅速察看了一下四周的地形，大声命令道："全体移至前方山坡上待命！听从指挥，不得随意行动！要打也得打有准备之仗！李副官负责转移安置队伍，赵营长、孙营长和侦察排侯排长随我一起先去仔细察看地形！"

各部纷纷向前方山坡上移动，老乡们早已退至一旁，父亲却紧锁双眉陷入沉思。

母亲自告奋勇说："天挺，还是让我带几个姐妹化装去侦察一下敌情，女人不容易引起敌人警觉的。"

父亲一摆手说："你们能侦察到什么？你这是妇人之见！"

母亲生气了："天挺，你在我面前也甩起大男人主义！"

父亲丢下母亲，满脸凝重，径直走到当地人跟前，问道："你们有谁熟悉这一带的地形，来两个！"

立即有一个青年后生和一个中年汉子应声而出。

父亲又问："会骑马吗？"

青年后生和中年汉子回答说："骑过骡子。"

父亲命令铁锁："给他们每人牵一头骡子来！"铁锁答应着去了。

父亲骑上马，走到母亲跟前说："红姑，你也同去！"

母亲正要带着姨太太们转移至前方不远处的山坡里，看也不看父亲："我不去，我是妇人之见，去了也起不了什么作用！"

父亲说："红姑，你非去不可！路上我给你解释你为什么是妇人之见，包你心服口服。"

母亲脸色不好看了，直直地说："不去就不去！原来你也是个不尊重妇女的大男子主义者！"

父亲眯缝着双眼打量着母亲："真的不去吗？"父亲的马绕着母亲打了个圈，乘母亲不注意时，父亲突然以闪电般的速度轻舒猿臂，将母亲拦腰夹住，提上马背，横在自己身前。

这一连串精彩的动作惊呆了在场全体目击者，皆暗暗钦佩父亲的功夫真是了不起。

小嫦娥看得入了迷，心想：要是我能嫁给这样一个了不起的英雄，只活一天也胜过百年！

父亲高声嚷道："铁锁，快备好你干妈的白马！"

母亲的倔脾气上来了，在马上用力挣扎，可她拼尽全身气力也不能移动半分，只得低声地骂父亲："天挺，你这坏男人，快放下，我又会咬你的！"

父亲不予回答，只是纵马奔驰。

孙营长慢腾腾地跟在后面，远远地说道："嫂子，快喊救命，我好把你抢过来！"

赵营长则早跑到父亲身后，故作不满地说："孙大炮，你休想独占，谁先把嫂子抢过来就归谁！"

母亲又好气又好笑："闭上你们的臭嘴，看着嫂子受气你们倒开心！"

赵营长追了几步，故意安慰母亲道："嫂子，你受气我好伤心，就怕大哥吃醋。"

这时，父亲一眼瞧见铁锁牵马过来了，忙松开手说："红姑，你的马来了，上马吧！"

于是，母亲一个腾身飞跃，跳上了她的白马，她不由暗暗责备自己，都什么时候了，当着这么多人的面，还赌什么气！侦察敌情要紧。她赶紧在马上坐好，很快让自己平静了下来，且一脸平和。

父亲母亲并辔而驰，其余人紧跟其后。

父亲看到母亲脸色和缓了，偷偷地吁了口气，试探地说道："红姑，我讲的妇人之见并无贬低你的意思。我总结出了女人思维的一个特点，就是周到细致，但不狠。"

"我与你交战的那两年，就琢磨过你打仗的特点。你打得很聪明，但是不狠。要是狠一点，我早就成了你的俘虏。这一次你提出要去侦察敌情，我就知道你的意思。你是想摸清一下敌人在什么地方，有多少人，然后出其不意地袭击他们。这样做既出了口气，也能厉害地咬他们一口。可是敌人会跑掉，我们不能致其于死命，所以不狠。这就是妇人之见。"

母亲不得不服气父亲的分析很正确，便反问道："那么你们男人之见又如何呢？"

父亲知道母亲此时已真正心平气和，顿时心里释然，说起来也爽快："男人之见与妇人之见不同，就在于狠。我们要的是歼灭战。这回看地形，就是要寻一个适当的地点打伏击战，把三百多个鬼子包了饺子。"

母亲感叹道："有道理，女人想事总是温和一点，不如男人心狠手辣！"

一行人转了附近几个山沟，都觉得地形不理想。

后来，父亲对母亲说："就在这一带，我们各选一个地形，半小时之内回到此地汇合，让大家评评谁选的地形好。"

母亲答得倒也干脆："行，这回我要来个男人之见！"

于是，两人分头去附近寻找。赵营长带几个人紧紧跟在母亲身后，孙营长则随父亲而去。半小时之后，父亲一行、母亲一行都面露喜色地回来了。大家商定先去看母亲找的地方。

母亲找到了一个叫牛角冲的地方。大家一看，齐声叫绝。

只见这牛角冲两边是高耸的石岩，有三四十米高，底下一道山沟，山沟里一条小路，视野一览无余。整个山冲进口大，但越往里越小，像一只牛角尖，绝对是个打埋伏的佳境。

大家齐声赞道："有眼力，嫂子有眼力！"

母亲得意地说："怎么样，这回可不是妇人之见吧？"

父亲摇摇头说："这恰恰是典型的妇人之见！这好比一个弱女子，手持一把刀，对扑上来的歹徒说，不要过来，我有刀！这不是提醒歹徒来夺刀吗？要是把刀藏起，让歹徒扑上来，就能出其不意捅死他。你这个牛角冲，等于是弱女子手里的一把刀。"

母亲不服气说："八路军打平型关，不也是这样的地形吗？"

父亲说："不同的，现在的形势跟那时不同。平型关为日军的必经之路，而这牛角冲并不是！"

大家一听，都说父亲讲得有道理。

一旁的赵营长直冲着母亲笑："嫂子，虽然我想你想得睡不着觉，可还是不能投你的票！"

母亲上前捣了他背上一拳，说："赵鬼子，你的嘴怎么老不干净？"

赵营长故意龇牙咧嘴地喊道："谁说嫂子不狠，打得我好痛呀！"

随后，父亲将大家带到他选定的伏击点。

没看上两眼，大家都纷纷摇头说："不行，不行，这哪儿像个打埋伏的地方？"

原来父亲选的地点叫簸箕垴，四周是光秃秃的，只有四五米高的缓坡，中间一块大的荒草坪，草坪中间一条笔直的小路。如此毫无特色之地，人们一般不会选它作为伏击地点。

母亲不相信自己的眼睛："天挺，你开玩笑吧。这就是你的男人之见吗？"

父亲说："军中无戏言。只要那三百多鬼子进到这垴里，若不能全歼，我情愿受罚！"

母亲说："打死我也不明白，你把人埋伏在哪里？"

父亲说："天机不可泄露，到时自见分晓。不过我只管包饺子，采购肉馅的事归你。红姑，你还能打仗吗？"

母亲想了想说："你可别小看我，我从侦察排带一个班去引诱敌人！"

父亲不以为然："不行，你得想想日本人喜欢什么？"

母亲不假思索地说："这还用问，日本鬼子喜欢杀人放火！"

父亲摇摇头说："红姑，你怎么老是妇人之见？"

母亲脸色有些难看了。

赵营长见了忙调笑道："嫂子，你真不明白吗？日本鬼子就喜欢嫂子你这样的花姑娘！"

父亲接着说："红姑，你手下有三百多个花姑娘，就是一人勾一个也能把三百多个鬼子勾进埋伏圈！"

原本正要生气的母亲也不得不连连点头："我算服了你们这些男人之见！行，我也立下军令状，不把鬼子全部引进筲箕垇，我也提头见你！"

拣最漂亮的衣服穿上

父亲一行人察看地形的时候，队伍已然有序地转移到了山坡上，就地休息。

但小嫦娥、文绣、素玲、荷花等十多位姨太太坚决留了下来，主动与老乡们一起为被害的女人们整理遗容，以便装殓安葬。

那些惨烈的场面，鲜红的血，痛苦的遗容，再次猛烈地冲击着她们。仇恨的烈火在她们心上滚滚燃烧，她们一个个都不知道胆怯害怕了！

小嫦娥一边给死者更衣，一边不停地咒骂："千刀万剐的日本鬼子！他们难道是石头缝里蹦出来的？他们难道就没有爹娘、老婆和儿女？"

旁边的素玲义愤填膺地骂道："他们不是人，是法西斯野兽！是杀人魔鬼！"

小嫦娥说："我总琢磨着，为什么世上总是男人打仗，女人受害？"

文绣说："根本不是什么男人女人的事，这是国家仇，民族恨！"

荷花插嘴说："说是国仇家恨，可归根结底是男人玩女人，男人害女人！"

小嫦娥说："这话讲到了根上，这世上做女人太亏了。就是死，男人不过挨一刀，女人临死还要遭这么大的罪，这公平吗？下辈子就是变畜生，我也不变母的！"

文绣说："你这话不对，我在一本书上读过，发动战争的是男人，而制止战争的是女人，世界上女人的力量最伟大！"

小嫦娥不由看了文绣一眼，她到底是女秀才，说起话来文绉绉的，倒是在理！"冲你这句话，我倒是有些服你了！"

说着说着，她们说不下去了。几个被强奸致死的女孩躺在一起，她们年轻的面庞如此恬静，可美丽的眼睛大睁着，任怎么拂都不肯合上！旁边几位大婶大娘早已哀哀地哭成一团，小嫦娥她们的泪水也再次汹涌而来，干脆席地而坐，抱成一团大声地哭了起来。

要不是母亲给她们带来了战斗任务，她们也许会无休无止地哭下去。待母亲回来时，眼前的一切也惹得她眼泪直流。她赶紧稳定好自己的情绪，令小嫦娥她们几个随她一同赶至姨太太们的休息地点。

母亲对列队肃立的姨太太们说："有仗打了，我们都要上战场，大家怕不怕？"

姨太太们脸上有了惊慌之色，但也有人抢着回答："有什么可怕的，队长下任务吧！"

母亲趁机说："会骑马的请举手！"

立刻，三百零九只手齐刷刷地举了起来。原来姨太太们长期生活在军营，都学会了骑马。但她们平常很少骑马，因为一来坐轿比骑马更舒适更显身份，二是骑马久了，会变成罗圈腿，难看死了。

母亲说："既然都会骑马，那我就挑最漂亮的。"她一一喊了小嫦娥、荷花、素玲等十个姨太太的名字，叫她们出列站成一排。

母亲说："身体不太舒服的原地待命，能唱歌的由文绣带领，团长另委派邱副团长带领你们前去执行特别任务。"

之后，母亲确定了留在原地的姨太太们由翠喜负责后，郑重地对她说道："翠喜，你好好地带领一百多名姐妹们隐蔽，千万保持安静！"

待翠喜点过头，母亲就掉转头来，对眼前十名姨太太说："姐妹们，由我带领你们去执行任务。什么任务呢？就是用计引诱日本鬼子，将鬼子诱到预定的埋伏地点！"

荷花插嘴道："这倒不难，可这也叫打仗吗？"

母亲严肃地说："这当然是打仗，而且是这次战斗成败的关键！切不能大意！只有将鬼子引出洞来才好狠狠地打！时间紧迫，咱们赶紧到刚才路边那栋房子里换衣服去吧，拣最漂亮的穿上！找找看，谁还有香粉、胭脂、眉笔等没有全丢掉，就赶紧拿出来，我不会追究你们瞒情不报的。来十个演过戏的姐妹去帮着化化妆吧。"

那边只剩下李副官带领勤务兵留了下来，以随时保护留守的姨太太们，父亲率领男人们的队伍早已悄悄地前去布防去了。

这边姨太太们也忙乱起来，邱副团长赶来与翠喜、文绣清点该去该留的队伍，而母亲则迅速带着要装扮的不要装扮的二三十人涌向路边那栋土砖房里，纷纷走进两边的厢房里，各自忙开了。

母亲就站在厅屋里等，只听见里屋内叽叽喳喳响成一片，随之一个个打扮整齐出场了。她们都各自亮出了自己的绝活，穿上最漂亮的衣服，佩上最

好看的首饰。有的浓妆艳抹，有的淡施脂粉，有的珠光宝气，有的素朴典雅，一个比一个漂亮，一个比一个动人。

母亲说："我都看花了眼，鬼子见了一定会色迷心窍！"

荷花看了看母亲，惊讶地说："队长，你还没化妆呢。"

母亲说："我可比不上你们漂亮，就免了吧。"

姨太太们不依："那怎么行，队长不带头，仗就不好打！"

母亲说："也好，哪位姐妹借套衣服我穿穿！"说着，她将头上盘着的发髻打开，很快就编好了一根黑油油的大辫子。

姨太太们都争着将自己带的衣服拿给母亲。

母亲不知接谁的好。

素玲端详了母亲一会儿，笑着说："我有主意了。"她捧出一套保存已久的戏服来，"这是我演《红线盗盒》时穿的，我看队长穿最合适。"

姨太太们都拍手叫好。

母亲一看红艳艳的一叠，忙说："不行，不行，太艳了！"

可素玲几个强拖着母亲的手，走进左边厢房，逼她换上了鲜红的戏装！

母亲很少穿如此鲜艳的衣服，有些不好意思地站在厅屋中间。

姨太太们用审视的眼光瞧了瞧，纷纷赞叹："队长年轻了十岁，变成了十八岁的大姑娘了！"

素玲又弄来了香粉、胭脂，给母亲脸上略施香粉，还在母亲两边脸颊上淡淡地匀上胭脂，母亲的脸立刻变得红润俏丽。素玲让母亲照照镜子。

母亲一看镜子说："哎哟，我成了妖精了！"

素玲说："队长你再抛个媚眼我看看。"

母亲试着按素玲的示范抛了个媚眼。

姨太太们纷纷摇头："不像不像，一点也不媚气，再来一个！"

素玲笑了："别为难队长了，她不是寻常女人，她是难得的巾帼英雄！"

姨太太们都打扮妥当后，小嫦娥缓缓地从右面厢房里走了出来，如一道紫色云彩飘到厅屋里。她是有意这么做的，她要压轴！论到打扮，她小嫦娥不当魁首谁当？

就在姨太太们的叽叽喳喳声里，但见她小嫦娥身穿一件淡紫色绣了几朵白花的天鹅绒旗袍，头插三五支红色绢花，脚蹬一双白色半高跟皮鞋，一手挽一只精致的白色小皮包，一手挽着件黑色披风，一步三摇款款而来。小嫦娥的旗袍领口开得很低，很容易看到金色项链下颤巍巍的乳峰；旗袍下摆开衩很高，白皙圆润的大腿甚是惹人。

小嫦娥浑身上下都好看，连背影都那么冷艳动人！她大大的丹凤眼更是勾人，只要略微瞟男人一眼，就会勾得男人淹没在她的黑眼睛里。

姨太太们一个个啧啧称赞，纷纷称赞她最有派头，也有人说不愧是窑子里出来的头牌，硬是会撩拨人。

母亲忙摇摇头，示意大家讲话要注意影响，要互相尊重。

小嫦娥说："大姐，让她们嚼舌吧。这里除了大姐你，我们都是男人的玩物，哪里来的都一样！"说着，她当着众人的面，故意缓缓地撩起旗袍，抚摸着自己的大腿说："要知道有多少臭男人摸过它、迷过它，今天算是派上正用了！"

荷花嘴直心快："小嫦娥，你开口就骚！"

母亲接过话头说："荷花讲得好，见了日本鬼子，大家都要骚一点，要骚得鬼子心里痒痒的，乖乖地跟在后面追，跑进我们的埋伏圈！"

八仙过海，各显神通

临出发了，素玲又急忙返回屋子里，从行李箱里抱出一把琵琶。她不顾旁人的劝阻，笑着说："我要学一学昭君出塞，弹着琵琶找日本知音。"

母亲被她的话逗笑了，大声地说道："姐妹们只要能引出日本鬼子，只管八仙过海，各显神通！"

小小的诱敌队该出发了，母亲并没有多说，只是交代姐妹们要细心大胆，相机行事，一旦情况不对，就快速往回跑！

按照母亲的分派，每个姨太太由一个穿便衣的侦察排弟兄保护，分头前往驻有日本鬼子的村子里去诱敌。

母亲给小嫦娥多派了一个弟兄。

小嫦娥问："这是为什么？"

母亲在她耳边说："好妹妹，你太漂亮了，胆子又大，大姐怕你被鬼子抓住。"

小嫦娥说："只有大姐真疼我，就冲大姐我也要好好地干一场！那大姐谁来保护你呢？"

母亲说："我是打过仗的，我自己保护自己。"

正说着，铁锁骑马追了上来。

母亲说："铁锁，你来干什么，不是让你跟着干爹吗？"

铁锁说："干爹让我过来，他不放心你。"

小嫦娥酸酸地笑道："有男人疼真好！"

母亲说："你想你男人吗？"

小嫦娥眼神一黯，半天没作声。

母亲便安慰道："别急，等安全转移后，你们夫妻很快就能团圆！"

随着向导的指点，大家在大道的拐弯处分手了，各自骑着马沿着弯弯曲曲的乡间小道往前奔去。

母亲逼着铁锁跟荷花，铁锁不肯，荷花也不要。

荷花抗议说："都只跟一个保护的，凭什么我要两个？"

母亲摸摸荷花的辫子说："荷花，姐妹们中就数你最年轻水灵，要是把你给丢了，大姐怎么向你男人交差？"

荷花说："交什么差，他花五百块大洋再买一个就是！"

母亲叹息说："荷花，荷花，我跟你一样命苦，我也是被标价卖给男人的！"

荷花说："大姐你命好，遇到郑团长这样的好男人！"

母亲说："买主再好，我们被卖的说到底都是被当作了货物。人要是有来生，我说什么也不做女人！"

荷花说："大姐，你是我们的女中豪杰，你也这么想吗？"

母亲说："天下所有的苦命女人都心心相连，我跟你们一样。"

母亲关切地问道："荷花，初上战场你怕不怕？"

荷花倒是答得干脆："跟着大姐干，心里踏实，不怕！"

母亲不放心："还是让铁锁跟你吧，小心别让鬼子占了便宜。"

荷花说："放心吧，大姐，我不会让你失望的。"

最后，推来推去，铁锁还是跟荷花走了。

话说小嫦娥走到一个小村庄旁，远远看见一群鬼子在一栋房屋地坪里捧着饭盒吃饭。她赶紧从马上下来，牵着马走，从容地走到离鬼子三四十米远的地方停住了。

鬼子们闻声纷纷抬头，一眼瞧见一位雍容华贵的绝色女子，全都惊呆了，放下了手中的饭盒。他们的眼睛瞪得像铜铃，嘴巴张得大大的，饭菜卡在喉咙里上不得下不得。

小嫦娥故意露出白皙的大腿，扭动着柔软的腰肢，摆动着翘翘的屁股，丹凤眼里秋波粼粼，微启的朱唇露出一串娇音："来呀，太君！太君，来呀！"

鬼子们全都站了起来，朝她走去，嘴里咕哝道："花姑娘的，哟西哟西！皇军大大地喜欢花姑娘！"

一个脸上长满络腮胡子的中年鬼子，粗暴地推开他面前挡道的瘦高个鬼子，又朝身后的鬼子吼了几声，其他鬼子便亦步亦趋地跟在他身后。他则紧窜几步，嘿嘿傻笑着向小嫦娥扑了过去。

只见小嫦娥灵巧地往后一跳，胡子鬼子重重地扑倒在地。"来呀，太君！太君，来呀！"她向倒地的胡子鬼子招招手，咯咯地笑着，笑得肩膀直晃动，两只结实的乳房也在旗袍里撒欢。

胡子鬼子爬起来，又向小嫦娥一扑，她再次闪身往后躲过。等到胡子鬼子带着怒气，第三次扑过来时，她才迅速转身上马，勒转马头朝前奔，身后丢下一串咯咯的笑声。

那些鬼子都跟着小嫦娥的马后跑，哇啦乱叫："花姑娘的不要走，花姑娘的留下！"跟了一段距离，鬼子仍没追上，就朝天放枪威胁。

小嫦娥赶紧朝马屁股上猛抽几鞭，让马放蹄飞奔起来。

鬼子们紧追不舍，枪声如炒豆，但子弹都从小嫦娥头上飞过。鬼子是想抓活的，想好好享受她，暂时还舍不得杀了她！

两个保护她的侦察排弟兄悄悄地跟在小嫦娥身后，眼看她有惊无险地将十几个鬼子引上了通往箐箕垭的大道。

荷花身着一件葱绿色的紧身小棉袄，枣红色的灯笼裤，满头秀发编一根松松的辫子，用花手绢轻轻束住。她叫铁锁和另一个弟兄远远地勒住马等她，自己牵着马缓缓走进了一个冒着烟火的小村子。她其实有些害怕，腿都有些抖了。

七八个鬼子正在村口的屋子里翻箱倒柜，三四个鬼子在屋外台阶墙角里生起一堆火，架起步枪吊着几只鸡在烧烤。

荷花抑制住激烈的心跳，就像一个不懂事的小姑娘，站在村道中间目不转睛地注视着鬼子。

鬼子们忙于烤鸡，鸡肉香弥漫而来，好一阵才发现荷花。一个高个子鬼

子惊得眼睛睁得大大的，嚷道："花姑娘的，大大的哟西哟西！"

荷花暗暗镇定了，朝这鬼子点点头，丢了个媚眼，灵活地挽转马头，牵着马往回走。

高个子鬼子一拉枪栓："花姑娘的站住，你的什么的干活？"

荷花闻声翻身上马，小跑几步，回头甜甜一笑，露出两只迷人的酒窝："太君，请那边的快活快活！"

屋子里十来个鬼子闻声跑了出来，将手里搜来的东西扔在地上，烤鸡的把鸡丢下了，一齐拿起枪，紧跟在荷花后面跑。

荷花让身后的鬼子们与自己保留着四五十米的距离，不紧不慢将他们引出村子。

这时，跑在最前面的高个子鬼子发话了："花姑娘的不要走，慰劳慰劳皇军地干活！皇军大大地喜欢花姑娘！"

荷花却突然策马飞奔，将鬼子们猛地甩下。鬼子纷纷放枪，子弹从她耳边呼啸而过。她假装害怕，立住马，向鬼子喊道："太君的，别开枪，我的下马！"说着，她便跳下马来，手执缰绳，怯怯地站在马身边。

追赶的鬼子乐了，发出欢叫声，叽啦哇啦吼着，你推我撞地向荷花身边涌去。

眼看跑在最前头的鬼子距离近了，荷花猛地纵身上马，猛地一鞭，马像箭一样朝前方射去。

与此同时，铁锁和另一个弟兄两枪齐发，将最前头的两个鬼子撂倒在地……

素玲则身着黛青色长袖上装，藕荷色长裙，披着件白色的斗篷，一身学生打扮。她怀抱着琵琶，转了两三个村庄都只见废墟不见鬼子。

再往前走，就在一所小学校的草坪上，看见十二三个鬼子正在列队，打着一面太阳旗，看样子正准备转移到另一个村庄去。素玲立刻弹响琵琶，她弹的是一首古曲《十面埋伏》。

激越的乐曲声将鬼子吸引住了，他们一齐循声看去，只见一匹骏马驮着一位淡雅的佳人，宛如仙人从天而降，怀抱琵琶缓缓而来。鬼子们的眼睛一齐被紧紧勾住："哟西哟西，花姑娘的哟西！"

素玲倒是不觉得害怕，仿佛全身心沉浸在弹奏之中，让马儿远远地从鬼子们跟前缓缓而过。经过鬼子头目跟前时，素玲朝他嫣然一笑，丢了一个令人销魂的媚眼。

鬼子头目大约懂得点音乐，朝素玲咧嘴笑道："花姑娘的害怕的不要，你的良民大大的，皇军开心开心的哟！"

于是，这队日本兵居然跟着素玲后面列队行进，好像她身后的一队保镖。

鬼子头目不停地在素玲马屁股后面嚷道："花姑娘，你的不要走，你的奏乐的大大的哟西，你的慰劳皇军的有，皇军大大地有赏！"

素玲不时回头朝鬼子头目丢媚眼，逗得他摇头晃脑乐不可支。

一曲《十面埋伏》终了，迎面传来一声鸟叫，素玲冷不防操起琵琶，朝马屁股后的鬼子头目头上狠狠砸去。鬼子头目怪叫一声双手抱头倒地，素玲立即策马飞奔，将不知所措的鬼子们远远甩下。

等鬼子们醒过神来哇啦乱叫放枪时，素玲已在射程之外了。最先举枪的日本兵子弹未及出膛，被斜向里射来的一颗子弹击中，倒在地上血流如注。

这是保护素玲的弟兄开的枪，鸟叫声是他发出的预定信号。

发了狂的鬼子不停放枪，在素玲后面死追紧赶，一步步被引向了他们的葬身之地……

母亲穿着红线女的戏装，像一团燃烧的火焰，骑着她的高头白马，独自寻找诱敌目标。还算走运，没走多远就看到一条小街。母亲把白马停在街口，跳下马摸了一下马的鬃毛，白马懂事似的站住不动了。

小街的另一头，有十几个鬼子大包小包提着抢来的金银细软，哼着日本歌曲，嘻嘻哈哈地过来了。

母亲恨不得手里有一排机枪，顺手扫过去枪毙鬼子们，但她知道她不能轻举妄动，忙若无其事地迎面走过去，与这群鬼子在街中间相遇了。

鬼子们不约而同停止了嬉闹，十几道色迷迷的目光将母亲缠住。他们以为母亲会害怕得转身就跑，不料母亲并不停步，竟直冲冲地撞到他们中间。

鬼子们大喜过望，大笑不已，好像虎豹看到一头小鹿撞到血盆大口跟前。他们淫邪地盯着母亲，口里不停地"哟西哟西，花姑娘的哟西"，嚷着叫着，手舞足蹈把母亲团团围住。他们并不急于下手，反正是到口的食物，先要欣赏个够。

母亲忙害羞地低下头，轻轻抚弄着粗长的辫子，却警觉地用眼角余光监视着鬼子。

鬼子看够了，笑够了，一个小头目领先出击了。这是一个粗壮的中年鬼

子，嘿嘿地笑着，伸出双手想去抱住母亲。

就在他的手快要触及母亲身体的一刹那，母亲突然侧身一闪，用手肘朝他腹部一顶，顶得鬼子跟跟跄跄倒退数步，一屁股跌坐在地上。

周围的鬼子全都哄笑起来，小头目恼羞成怒，嗷嗷地吼叫着，爬起身来饿虎扑食般朝母亲猛扑过来。

母亲候个正着，飞起一脚，踢在那鬼子裆部，痛得鬼子趴在地上叫唤不止。

周围的鬼子这才叫喊道："花姑娘的厉害，花姑娘厉害厉害的。"他们丢下手里的东西，一齐向母亲猛扑过来。

母亲不慌不忙，双腿轮番频频出击，将扑上来的鬼子踢得龇牙咧嘴，东倒西歪。

鬼子们被彻底激怒了，纷纷端起挎着的枪。

这时，母亲一声呼哨，白马闻声如闪电般冲到街心，鬼子们纷纷躲避，有个鬼子躲闪不及被白马踏倒在地，痛得杀猪般尖叫起来。

母亲轻轻一跃，身体腾空飞起，就稳稳地骑在了马背。等鬼子们拉起枪栓，瞄准射击时，母亲已经飞马出街，他们的枪声已落在母亲身后了。但他们不甘心，随后追赶而去！

鬼子中队长川口一郎，接到各小队的异常情况报告，立即意识到这可能就是他要寻找的目标出现了。他下令全队集合追击的那一刻，正是母亲冲出街口的时刻。

川口在望远镜里看到母亲骑马飞奔的背影，看到母亲回首挥枪连连击毙他三个部下，气得将指挥刀狠狠地劈在拴马桩上，将木桩劈成两半，下达了速速捉拿国军太太们的命令。

大刀向鬼子们的头上砍去

川口沿途收集零散的追击队伍，杀气腾腾地追到筲箕埫口，才勒紧缰绳立住了脚。

中队副三木顺义用心察看了一下周围地形，提醒川口一郎道："川口君，敌人用的是诱敌深入之计。此地恐有埋伏，不可不防！"

川口下令暂停前进，从望远镜中仔细察看宽阔平坦的草地，草地上放牧着四五头牛和七八只羊。坞尾的山坡上，有一支穿着花花绿绿、五颜六色服装的女人队伍在移动。

川口将望远镜递给三木，傲慢地说："三木君认为这样的地方能打埋伏吗？"

三木架起望远镜谨慎地看了又看，最后只好说："川口君，此地的确不能打埋伏，但敌军分明用的是诱敌之计！"

川口说："三木君，畏敌如虎，如何为天皇陛下作战？"说完，他扬起了指挥刀，断然命令："全体进入草地，务必活捉所有中国花姑娘！"然后，他率先冲到队伍前面，驱马前行。

母亲是最后一个进入笤箕坞的。她驱马奔向坞尾山坡上。

急促的马蹄声传来，文绣带领三四十位姨太太们缓缓向山上爬的队伍不由慌乱起来。

走在队伍后面的素玲闻声转头一看，见是母亲了，惊喜地招呼大家："别急，别急，是队长回来了！鬼子还看不到影子呢！"

大家这才停止了脚步，争先恐后地走向母亲，大多数人脸上满是惊惶。

母亲赶紧跳下马，先忙着在人群中找派出去的姨太太们，一二三四五六七八九，哦，都回来了，都笑笑地看着她呢，她不由暗暗地松了口气。

随后，母亲转向文绣，焦急地问道："文绣，你们要走到哪里？团长呢？弟兄们埋伏在何处？"

文绣摇摇头说："我不知道团长他们在哪里。团长交代我将队伍带到大概现在这个位置，什么都别管只管唱歌。等最后一个鬼子走到那大丛冬茅草边时，我们就高唱'大刀向鬼子们的头上砍去——杀'，唱完就赶紧卧倒到草丛里。其他什么也没讲。"

母亲顺着文绣的手指，仔细看了看草地中间的那丛冬茅草，长长溜溜的，并没有发现任何特殊之处。

母亲满心担忧："天挺，你到底把兵力藏在什么地方？难道你有魔法吗？"

川口中队长手握指挥刀，警觉地注视着前方，三百五十多名鬼子排成两列纵队、戴着头盔端着枪，警惕地行进在草地中央的小路上。太阳旗在寒风中抖动，刺刀在冬日的斜阳下闪闪发光。

就在鬼子迈进坞口那一刻，文绣指挥姐妹们唱起了《义勇军进行曲》，声音并不大。

鬼子们的面目轮廓越来越清晰了，嚓嚓的脚步声也渐渐清晰可闻了。这些就是杀害乡亲们的刽子手，强奸中国女子的野兽！

大家忘记了害怕，胸中熊熊燃烧的仇恨，化成歌声澎湃汹涌：

起来，不愿做奴隶的人们，把我们的血肉，筑成我们新的长城……

最前一名挎指挥刀的鬼子，正是川口中队长。听到姐妹们的歌声时，他就隐隐觉得有什么不对头。但看了看空空荡荡的草地，他略微犹豫了片刻，就依然带着队伍往前走。

队伍都走到坳中间了，除了那些女人恼人的歌声外，什么事情都没发生，川口不由暗暗责备自己神经过敏了。

可就在最后那个鬼子走过那丛冬茅草时，文绣做了一个有力的手势，大家猛地爆发出一句：

大刀向鬼子们的头上砍去——杀！

最后那个"杀"字声音未落，大家就地卧倒在身边的草丛里。

而鬼子正在走过的路两旁草丛里，突然抛出两排手榴弹。轰轰轰，手榴弹呈一条直线，准确地在小路中间同时炸响。

硝烟未散，又见路两侧的草丛底下，神奇般地冒出两三百手执大刀的国军勇士。他们跃出草丛，扑向路上没有炸死的鬼子。顿时寒光闪处，人头滚落。

前后不到十分钟，川口中队三百五十多名鬼子全部报销，无一幸存。

漂亮，太漂亮了！

母亲没有卧倒，她只是随地坐在草丛里，惊讶地看着那些敢死队的战士从沟里丢手榴弹，鬼子一个个纷纷倒地。随后，战士们跃出地沟，拿起大刀向鬼子砍去。

而现在，再看着路上两长列鬼子尸体，连原先行进的队形都基本保持下来了，手榴弹的落点控制得如同木匠用墨斗弹出的直线，太神了！

漂亮，太漂亮了！

姨太太们原本胆战心惊地卧倒在草丛里，此刻闻讯从草丛里站了起来，欢呼雀跃，相拥相抱，激动得不知如何是好。

母亲实在是太好奇了。她急急走下山坡，奔到弟兄们埋伏的地方，姨太太们也纷纷跟在她身后。

母亲拨开茅草，只见底下竟是一条废弃已久的水沟。人蹲在沟里，最多刚好露出眼睛，即使头上有人走过也发现不了埋伏在沟里的人。原来塘内大片草地，之前都是水田，因缺乏水源才荒废的。

母亲不得不佩服父亲的精明细致，她在红军里打过的伏击战都没有这样干脆利落。

这时，父亲骑马出现在山坡上，旋风般地奔至塘底，扫视了一下战场，命令赵营长、孙营长赶紧带人清理战场，令铁锁通知李副官迅速将队伍集合起来，然后快速撤离，继续赶路！

这时，素玲和几个姐妹咬了一下耳朵，笑闹着推着母亲向父亲走去。

素玲抢先一步走到父亲跟前说："报告团长，你在外面娶的十八岁的姨太太找你来了！"

父亲一愣，快速地滚下马来，问素玲："都这个时候了，你开什么玩笑！我哪里有什么姨太太？从哪里冒出来的？"

姨太太们将母亲朝他跟前一推说："还说没有，人家都找上门来了！"

父亲一下没有认出母亲，严肃地对母亲说："姑娘，你认错人了吧！"

姨太太们哈哈大笑："团长，你再仔细看看，她是谁？"

父亲仔细看了几眼，才认出是母亲，刚要发作的脾气顿时烟消云散。父亲笑着惊叹一声说："红姑，你这身新娘装扮太好看了，当初我们结婚都没办过喜酒，我真的要补做一回新郎了！"又问姨太太们："是谁把我的新娘打扮得这样漂亮？"

姨太太们指着素玲说："就是这位湘剧名旦袁素玲！"

父亲说："袁太太，我要重重赏你，说说你想要什么？"

素玲想了想说："等我们稳定下来了，我想组织一个抗敌剧社到前线演出，你能帮我吗？"

父亲说："我一定全力相助，一言为定！"

母亲故意板着脸地说："天挺，你太偏心了，也不谢谢我。我要是个丑八怪，她能打扮出来吗？"

父亲一听连连点头："对对，还是我老婆长得美！"说着，父亲把母亲一

把抱起来，当地转了一个圈。

母亲嗔怒道："放开我，当着这么多人，也不怕丑！"

父亲说："男人抱抱自己的老婆天经地义。我包了三百五十多个饺子，你送来三百五十多个肉饵，我要抱着你转三百五十多个圈！"

你竟然为我吃醋了

这时，姨太太群里传来一句尖刻的话语："郑团长，大敌当前，你别只顾和老婆亲热！"

父亲放下母亲，回头循声看去，说话的正是那个差点被他抽一顿皮鞭的小嫦娥。

小嫦娥正双手叉腰，连珠炮似的说道："姐妹们为了引诱鬼子，是拿自己的性命做赌注的，你却只顾跟老婆亲热。说说看，你准备怎样对姐妹们论功行赏？"

父亲大声说："我一定为姐妹们向上司请功！"顿了一下，又说："至于你，常太太……"

小嫦娥插话说："太太不敢当，叫常姨太吧，叫小嫦娥也行！"

父亲接着说："至于你，小嫦娥，是你帮我下了作战的决心，我个人要特别赏你！"

小嫦娥反问道："此话当真？"

父亲认真地说："军中无戏言！"

小嫦娥说："那好，我跟红梅姐说说我的要求。"

小嫦娥把母亲拉到一边，贴着母亲的耳朵轻轻说了句什么。母亲用手指点了点小嫦娥的额角，笑了起来。

母亲回到父亲身边，父亲问："红姑，她说要什么？"

母亲说："算了，她要的东西你不敢给。"

父亲说："她总不会是要当团长吧？"

母亲说："团长？她可不感兴趣，她要当团长的姨太太，你的姨太太！"

父亲闻言，扬起眉毛瞪了瞪小嫦娥。

小嫦娥却用她美丽的丹凤眼迎着父亲的目光。她闪闪的目光毫无顾忌，大胆得出奇，那目光里分明写满了——爱你，爱你，就爱你！

父亲吃了一惊，赶紧移开目光，随后边说边抬脚跨马："真是胡闹！我还得赶紧去与向导了解行军路线，你们赶紧准备出发，我先走了！"

父亲正要驱马前行，母亲却紧紧扯住他的左手，狠狠地掐了他一把，手指甲几乎要抠进他的肉里。

父亲痛得"哎哟"一声，不解地问道："红姑，你这是干什么？"

母亲恨恨地说："你明白这是干什么！"

父亲茫然说："我怎么明白？我不明白！"

母亲说："你刚才看小嫦娥的眼神，好像要把她吞下去似的！"

父亲不由自主地笑了："红姑，你这是吃醋了。你竟然为我吃醋了，我真高兴！"

母亲白了父亲一眼："你高兴什么？现在我倒觉得姐妹们讲得对，你们男人真的没一个好东西！"

父亲又笑了："红姑，你讲过男人不为他心爱的女人吃醋，就不是真正爱她。现在我把这句话改两个字还给你，女人不为她心爱的男人吃醋，就不是真的爱他！"

母亲狠狠地瞪了父亲一眼，放开了他的手。她知道父亲还有满肩的担子，现在还不是算账的时候。

这时，翠喜捡了一个日本兵的钢盔套在头上，满脸神气地跑过来，故意装作鬼子的腔调说："花姑娘的大大的哟西哟西，慰劳慰劳皇军的哟西哟西！"

姨太太们都被逗得大笑起来，有几个笑得弯腰捂肚，好久站不起身来。她们都没有注意到母亲和父亲之间这场小小的冲突。

但魏浩远注意到了。

当听说我父亲郑天挺打了个大胜仗时，魏浩远躺在担架上真是恨得牙痒痒。他也恨鬼子，但相比而言，他更容不得父亲打了胜仗。他不顾李副官的阻挡，让随从抬着他赶到笸箕垴，赶至战场现场，正好看到母亲狠狠地掐了父亲。

母亲因爱而嫉妒的神情令魏浩远为之一震。在他看来，我母亲郝红梅当时的神情是多么迷人。曾几何时有女人如此为他魏浩远嫉妒，那就是他的福气了！原本这个美丽的女人就是他的，应该为他嫉妒。但现在看来，她早已不再属于他，她已经变心了！

意识到这一点，魏浩远自是又气又恨，心不由隐隐地痛起来。他恨不能

上前一枪解决我父亲的性命，然后狠狠地甩我母亲几个耳光，不知不觉间，他的双手已紧紧地握成了拳头。他到底还是让自己平静了下来，又让随从悄悄地将他抬至人群后面，他暗暗发誓一定要狠狠报复我父亲和母亲，他魏浩远绝不会甘为人下！

事实上，母亲偷偷地掐父亲的手时，也让赵营长一眼瞧见了。

看着母亲情不自禁流露出来的恼怒，赵营长偷偷地笑了。他想到他的蕴玉，他想假若他遇到此种情况，蕴玉也会掐他，狠狠地掐他！他抬头看了看灰蒙蒙的天空，不由暗暗祈祷："蕴玉，你好好地等着我！完成这次任务后，我们就成亲，你会是我最美丽的新娘！"

中华人民共和国成立后，母亲多次和我讲述这一次战斗，特别是谈到战斗结束后十几分钟里发生的细枝末节。

母亲说，引诱敌人的时候，她想媚笑，却怎么也笑不出来，更不用说丢媚眼了。她竭力想找出一点做女人的妩媚，却怎么也找不到，竭力想装出一点女人勾引男人的样子，却怎么也装不出来。

母亲又说，她当时感觉自己完全是一个冷面杀手，专门来杀日本鬼子的。幸而日本鬼子不管三七二十一，见了女人就要就追。

母亲还说，直到战斗结束后，她从依在父亲的臂弯里那令人晕眩的陶醉，从发觉父亲看小嫦娥时的眼神而心生醋意，才找回做女人的感觉，才觉得自己彻头彻尾是个女人，而不是如素玲所说的是巾帼英雄。

我对母亲说："你这是人格面具卸下后潜意识的复活。你平时装着女英雄的人格面具，把一般女人具有的本能作为潜意识深藏起来了。别人看到的是你的面具上的自我，而不是你真实的自我。要到某种情境里，你卸下这个假面具，才能从潜意识里复活出你的本能，也就是重现你真实的自我。"

母亲问："这是谁的话，讲得太深刻了。"

我说："这是一个瑞士人，心理学家荣格的理论。"

母亲要我把荣格的书找来。可是她只翻了几页，就丢下了。母亲苦笑着说："内容太枯燥了，看不懂。"

母亲还回忆起那次战斗结束后队伍出发时的一个小插曲。

但从此以后，母亲再也不用"妹妹"这个词称呼小嫦娥了。尽管小嫦娥在后来的突围之战中因炸毁日军机枪而牺牲，可母亲还是不能原谅她企图引诱我父亲的事情，毕竟爱情都是自私的。

郑团长用的是声东击西、调虎离山之计

虽然这次成功歼灭了鬼子，但鬼子绝不会轻易罢休，得迅速撤离此地。

父亲清楚地意识到这一点。眼看着快天黑了，他忙命令各营集合队伍，赶至之前姨太太们隐藏的地点。

父亲不得不承认鬼子打起仗来不要命，且武器精良。他最担心鬼子调飞机来轰炸，而自己团里对付飞机的高炮连根本没来。好在鬼子怯于夜战，晚上一般不敢轻举妄动，得趁这个时机赶紧转移。

乡亲们闻讯依依不舍地来送别。

一个虎头虎脑的小伙子从人群中挤出来，轻轻地叫了母亲一声："营长！"

母亲一怔，仔细看了看他，见他只是诱敌队的向导之一。可他怎么知道自己当过红军营长呢？

小伙子热切地问道："营长，你真的认不出我了？"

母亲又看了看他，摇摇头说："十多年了，很多人都认不得了。"

小伙子说："我曾是你手下的战士，叫——。"

母亲忙打断他，"你让我想想，想想。"可想了一阵还是想不起来，她依然一脸迷茫。

小伙子只得帮母亲回忆说："营长还记得有个小战士看见你裤腿流血，急着要给你包扎……"

母亲恍然大悟："哦哦，你叫王大勇，我记起来了，特务营里年龄最小的战士。"

母亲问王大勇："你怎么到了这里？"

王大勇苦涩地说："一言难尽！龙门山突围，我负伤掉队，只得到处流浪。为了活命，我流落到此地，当了上门女婿。"

母亲说："我理解你，也是没办法的事情。你找我有事吗？"

王大勇说："营长，你能不能发几支枪给我。我组织了一个游击队，想打鬼子！"

母亲感动了，想了想说："好！不过我得请示团长！"

母亲带王大勇见了父亲，说了他的要求，并建议父亲可以考虑给他们几

支枪，毕竟他们也是为了打小日本鬼子。

父亲托着下巴盯了王大勇好一阵，说："你现在能组织起多少人？"

王大勇说："我已组织了五六十个人，有十来把马刀、五根鸟铳。"

父亲说："你能保证这些人不会拿枪当土匪吗？"

王大勇坚定地说："能，我组织的都是正经老百姓，家里亲人被日本鬼子杀了，要找鬼子报仇的！"

父亲满意了："好，王大勇，我发给你五十支枪，条件是你必须替我完成一项任务！"

王大勇兴奋得脸都红了，大声地说道："团长，你下命令吧，刀山火海我也敢上！"

父亲强调："那就讲定了，你等着！"

父亲叫铁锁找来一块油布，摊放在姨太太们的队列前。父亲大声说："服务队的全体姐妹，现在我命令你们，每人至少献出一件你们的私人用品，献得越多越好！"

姨太太们交头接耳，弄不明白父亲要女人的私人用品做什么用，但出于对父亲神机妙算的敬佩，都毫不犹豫地把用过的梳子、镜子、花手帕、头发夹、化妆盒、香水瓶之类的东西拿出来。

不一会儿，油布上便堆起一大堆女人用品，五颜六色，甚是打眼。

小嫦娥却将自己的红内裤和奶罩拿出来，当着众人的面走上前，就要丢到油布上去。

一个姨太太拉住她说："小嫦娥，你也太缺德了，这样的东西怎么好意思拿出来？真不怕丑！"

小嫦娥不屑地哼了一声，径直走到父亲跟前，手持两样东西，不停地晃荡着说："郑团长，你给评评理。你下令收集我们的私人用品，难道这是男人用的东西吗？"

小嫦娥的声音娇滴滴的，边说边用她那双丹凤眼火辣辣地看着父亲，每一道眼神都流淌着妩媚和挑逗，每一根视线都安着钓人的钩子，眼睛一眨也不眨。

在场的姨太太们都看见了，但都静默着，她们都被小嫦娥突如其来的赤裸裸的厚颜无耻惊呆了！

母亲在旁看得怒火满腔："这个不要脸的妖精，竟敢当着我的面，用这样粗野赤裸的手段勾引我男人！"

母亲当即要奋起怒斥小嫦娥，但被父亲按住了。母亲霎时冷静了下来，改用狠狠的眼光盯住小嫦娥。

父亲平静地对小嫦娥说："完全符合我的命令，你把东西放下！"随后，父亲将目光投向了姐妹们的队伍，高声说道："其他姐妹还有这类东西吗？只管拿出来，很有用处！"

小嫦娥还不肯离开，对父亲说："郑团长，我知道你的计谋！"

父亲说："哦，是吗？你说说看。"

小嫦娥娇声娇气地说道："这还不明白呀！郑团长用的是声东击西、调虎离山之计！"

父亲赞扬道："行了，你果真聪明，现在我命令你归队！"

小嫦娥归队时，还回过头来，回敬了母亲一个挑衅的眼神，那意思是说："看见了吗？你男人喜欢我，看重我，夸我聪明哩！"

母亲真想冲上去扇她几个耳光，好在姨太太们正忙着找可以丢弃的东西，谁也没注意这一幕。

父亲紧紧拽住母亲的手，好不容易才制止住母亲的冲动。

父亲指着油布上的东西对王大勇说："你把这些收好。我们走后，鬼子一定会来报复。到时，你带着你的队伍想方设法将鬼子引开，引到南岳方向。这些东西你沿途丢放，要丢得有技巧点，要让鬼子看得清清楚楚，以为我们仍然在向南岳前进！明白了吗？"

王大勇郑重地拍着胸脯回答："报告团长，明白了，保证完成任务！"

父亲又问："任务完成之后，有办法摆脱敌人吗？"

王大勇很有把握地说道："有，我们熟悉地形！"

父亲满意地笑了，说声后会有期，就转身赶往队伍前面，下令队伍出发了。

田处长带着几个挑夫奉命多待了一刻钟，将五十支枪和几箱子弹发给了王大勇和他的伙伴们，还自作主张，额外加发了一挺机枪。

此后的行军时间里，母亲都不太搭理父亲。

父亲托赵营长做调解人。赵营长趁旁人不注意时，嬉皮笑脸地在母亲面前说了几句笑话，为父亲辩解了几句，又讨好了几句，才费力地让母亲消了些气。

不过，母亲对父亲仍没有好脸色。

第二天中午路上休息时，母亲正在与荷花拉家常，父亲凑到母亲跟前。

荷花一见父亲来了，赶紧站了起来，怯怯地说："团长，您来了！找队长有事吧！"

父亲点点头。

母亲只得也站了起来，面无表情地说："团长，有什么指示？"

父亲只是笑眯眯地看着母亲，荷花则趁机溜走了。

母亲就没好声气地说："你看你，中午这么忙，你不休息会儿，跑到这里来干什么？"

父亲讨好地说："我来看老婆，自然有精神，哪用得着休息？"

母亲瞪了他一眼："没正经！"

父亲移到母亲跟前，悄悄地握住母亲的双手："红姑，你别生气了！你还不相信我对你的感情吗？"

父亲宽厚的手掌温暖了母亲，也温暖了母亲的心。母亲想也许是她已经很在乎很在乎这个男人了，她绝对不想其他任何女人来分享这份感情，想想都会心痛不已。

眼见父亲浑身的疲惫，母亲心软了，不由暗暗责备自己，自家男人每天都奔波在刀尖边缘，别人不心痛，自己应该心痛呀！难为他还来主动和解呢！但她嘴上还是不饶人，故意恨恨地说道："还以为你与其他男人不同呢？也是吃着碗里的，盯着锅里的！"

父亲满脸委屈地说："红姑，你最深明大义，何必跟一个风尘女子计较呢？"

母亲不服气了："她那样粗野赤裸地勾引你，你还夸她聪明，你打的什么主意？"

父亲辩解说："红姑，红姑，你的胸怀太不像个女英雄了！我是这个团的当家人，我怎能去看轻一个沦落风尘的弱女子呢？她也有她的尊严呀！"

父亲说得在理，母亲一时无言，有些羞愧地看着父亲。

父亲母亲正在说话之时，小嫦娥袅袅地朝这边走来了，远远地就嚷道："哎哟哟，都老夫老妻了，一点点休息时间都不放过，还在一起亲热！"

父亲闻言脸色都变了，唯恐又节外生枝，急急地松开母亲的手。

母亲又趁机狠狠地掐了下父亲的手。

父亲顾不得痛，未等小嫦娥走到跟前，几步就窜到远处了。

小嫦娥赶到母亲跟前时，愣愣地看着父亲高大矫健的背影，悻悻地骂道："比兔子窜得还快，哪像个堂堂的国军团长！"

母亲不动声色地笑了，没有答话。

那天晚上好在有淡淡的月光，父亲率领部队急匆匆地赶了二十多里路。

直到快半夜时分，路过一座山脚下的祠堂时，父亲见姨太太们实在走不动了，才将祠堂边屋里守门人唤醒，叫他赶紧打开大门。

守门老汉睡眼蒙眬地看到黑乎乎的身穿军装的队伍，吓得慌慌张张将门打开。

祠堂规模很大，有三进三出，父亲先将姨太太们安排在二进大厅。随后，他将兵力散布在祠堂内外，还有专门的流动哨位。

父亲简单地命令大家席地休息，就带着孙营长他们出去了，母亲随姨太太们住在一起。

可能是天太冷了，又累又饿，姨太太们顾不上洗漱了，全都躺到临时铺在地上的稻草上。本来冻疼、冻木的脚现在好似已不存在了。

母亲也想躺到稻草堆上好好歇息一会，但她还是打起精神找来守门老汉，让他在大厅中央燃起一堆明火。

渐渐地，直至快天亮了，厅里才有丝丝热气，姨太太们才迷迷糊糊睡着了。

天刚刚亮，便有人将各处的人唤醒，大家简单地喝碗热粥，就悄悄地钻进了山冲里的小路。

魏浩远几乎彻夜未眠

就在那天晚上，魏浩远几乎彻夜未眠。他陷于巨大的矛盾纠结之中。

魏浩远的伤并不重，只是皮肉之伤，想来当时赵营长他们只是想教训教训他，还是手下留情了。

至于，魏浩远赖在担架上不下来，只是为了冷眼旁观形势的发展，伺机给予郑天挺致命一击。

白天父亲设计消灭了三百多名鬼子，魏浩远心里真是五味杂陈，他恨死了日本鬼子！可恶的鬼子竟然炸死了他的老母亲，炸毁了他在世上最后的温暖与牵挂，当时他真是觉得出了口恶气。

但可惜不是他魏浩远的功劳，却让郑天挺出尽了风头，他郑天挺算什么

人物！要是让自己当这个团长，说不定还会消灭更多的鬼子呢！也因此，他对我父亲的恨意更深了，恨不得早日取而代之！

魏浩远还想到三国时的周瑜，不由也生出"既生瑜何生亮"的感慨，都是郑天挺抢了他的功劳！抢了他的郝红梅！

魏浩远真摸不透冷淼为何迟迟不给他明确的答复。魏浩远还不如趁早脱离部队，先去战区那里告郑天挺擅自改变行军路线。但现在日本兵无孔不入，他们几人势单力薄，看来还只得暂时按兵不动。真他娘的憋屈！

第九章
土匪动手了

　　冷森按照小诸葛的计谋，派小股部队扮成日本鬼子，迷惑
并拖住义勇的战斗部队，同时在上山的必经之路设下了埋伏，
伺机袭击并抢夺姨太太们。

父亲和母亲在这个静谧的飘着酒香的山村里相亲相爱

毕竟有熟悉地形的向导，队伍接连两天半的行军倒还平稳。队伍远远地避开了主干道，沿着浏阳河迂回前进，小心翼翼地不时调整行走的道路。

魏浩远任担架抬着他，也不来生事。一路上也没再看见鬼子骚扰的迹象。但父亲太知道鬼子的便衣侦探了，他们肯定已在四处行动，便更加谨慎地行进着，尽量避开村子。

越往山区走，气温就越低，但父亲坚持晚上尽量不驻扎在村子里的当地人家里，遇到祠堂住祠堂，遇到庙宇住庙宇。

父亲还要求姨太太们将头发都塞进帽子里，都穿上部队发的军棉衣服及棉鞋，行军时保持肃静，尽量不暴露女人的身份。

关于这点母亲体会最深，姨太太们也能理解，大家毕竟是在逃命，日本鬼子的狡诈与凶残她们早已领教了。

但她们最不能理解的是，都两三天没好好吃过一顿饭了。小嫦娥的意见最大，她从来都是吃香的喝辣的，集万般宠爱于一身，何曾受过如此磨难？

母亲只得不时地做姨太太们的思想工作，许诺大家一旦逃到围山上安定下来后，一定好好吃它一餐大鱼大肉。

现在母亲都成了姨太太们的主心骨，她们明知母亲在安慰她们，到时能不能吃上大鱼大肉都不知道，但她们愿意相信母亲，躁动的情绪渐渐平和了。

母亲知道许多姨太太体力严重透支了，有些人脚上都磨起了不少水泡，越来越多的人感冒生病了。但她们再也不哭爹叫娘了，而只是将自己的情绪藏起来，努力地随着大部队前进。

母亲感动了，一旦发现谁不舒服、谁行走困难，她总是及时赶到她身边，或让军医拿来药或让她骑马，甚至干脆抽警卫营勤务兵来抬担架。

又是一天傍晚，天还没有暗下来，队伍来到了一个小村子。

小村子北面离浏阳河不远，其他三面都是高高低低的山，倒像一个世外桃源。也许是风传日本鬼子要来，村子里老百姓早已一逃而空。看来也是慌慌张张地就逃走了，逃到附近山上某处藏了起来。

父亲下令队伍停止前进，今晚就在这个小山村过夜，好好歇息歇息。父亲还特意告诉部下，各营加强戒备，倘有一两户人家或家有老人留下，绝对不能和老百姓发生纠纷或摩擦。

各营领命而去，按邱副团长的安排赶到各营的区域，临时团部和姨太太们都住在村子后面那几家人家，万一有敌情就好往山后撤退。

走走看看就知道，这个小山村是一个有酿造美酒传统的村落。

也许是离传统节日春节不远了，春节是一年中最重要的节日，村里到处都有极大的缸或瓮，用来储存颜色透明、酒香浓烈的谷酒。

揭开盖子嗅一嗅，醇美的酒香便猛然袭来，孙营长、赵营长笑得眼睛都成了一条缝。

可父亲却忧心忡忡，唯恐这些酒是村里老百姓故意留下来让日本鬼子喝醉，然后好半夜来突袭日军宿营地的策略，便赶紧吩咐部下忍不住喝酒时，要适可而止，千万不能喝醉。军需处征用老百姓的粮食与鸡、鸭等，要注意分寸，也要按市价留下费用。这些都是父亲带兵的老惯例了。

军需处特地杀了鸡，杀了鸭，甚至还杀了几只狗。因为之前队伍刚刚进村时，那几只狗叫得实在太厉害了。他们担心附近万一有鬼子，会由此暴露了行迹，就让侦探排的人解决了狗们的性命。

这顿晚餐，大家都吃上了热饭、热菜，还有肉，爱喝酒的还喝了些酒，还烤上了热烘烘的柴火。大家都吃得饱饱的，肚子里热乎乎的，浑身都热乎乎的，整个队伍洋溢着难得的活力与喜悦。

母亲一直与姨太太们在一起。

姨太太们好不容易逮到如此宿营的地方，纷纷向母亲提出要求，让炊事班多烧些热水，她们太想洗头洗澡了。从长沙出来后，一路担惊受怕，她们就没洗过澡，脸都很少洗，今晚说什么都要洗头洗澡，实在过不下去了。

母亲太理解她们了。

今晚姨太太们分别住在五六户人家里，每家都有厨房，水井也离房子不远。母亲便赶紧吩咐炊事班安排专人到太太们驻地挑水烧水，各队队长也安排人协助烧火。姨太太们再轮流提水洗澡，大家赶紧喜滋滋地分头准备去了。

母亲不放心，一一前去查看去帮着组织，眼见挑水的、烧水的、洗澡的都忙而不乱，也就落心了。

已经看完素玲那队，母亲正在考虑往哪里去洗热水澡时，一出门，碰上了铁锁迎面走来。铁锁一见母亲，赶紧跑上前来："太太，团长让我来找你，让你回去洗澡呢！"

母亲心里一热，这几天她白天黑夜都与姐妹们在一起，加上心里还有些怨气，一直都不怎么搭理父亲。难为自己的男人如此在意她，惦记她。她顺水推舟地随铁锁往前走，来到临时团部驻地。

不想屋子里静悄悄的，母亲不见父亲的身影，想来父亲带人出去检查岗哨去了。

房里床前的桌子上亮着灯，旁边搁着母亲与父亲的行李箱，床上的被子也叠得整整齐齐。

"今天终于可以好好休息一晚了。"母亲暗暗感慨道。深沉的倦意不折不挠地袭来，她只想赶紧洗个热水澡，然后躺到床上好好睡一觉。

铁锁直直来到东厢房，说："太太，酒水已经热好了，请您到后房里洗澡，那可是非常暖和的哟！"

母亲随铁锁来到后房一看，房子不大，也亮着灯，房子正中放着一个大木桶，桶里灌满了热气腾腾的酒水，飘浮着淡淡的酒香！

母亲不禁喜形于色，她还从来没有用酒水洗过澡呢，但她知道这可是散寒的好东西，一连几天奔波都觉得浑身不舒服，早知道自己受了风寒，正担心会病倒呢！

于是，母亲赶紧去行李箱里找出她和父亲的换洗衣裳，全都拿到后房，让铁锁在大门外候着。母亲闩上了门，脱下那套从家里穿到现在的内衣服，跳进了大木桶，四十二度左右的热酒温度，真是恰到好处。

一旦置身其中，一连几天奔波在路上被寒风吹透的身体和内心，从里到外都暖和起来了，母亲全身的肌肤柔软了，绷紧的神经也柔软了。母亲沉醉于醇厚的酒香里，简直不想从温暖的酒水里出来，就这么躺着享受享受。

借着昏黄的灯光，母亲看了看自己圆润的身子，如玉的乳房倒比奶孩子时，比做姑娘时更丰满。她不由伸出右手揉了揉左边乳房，一种全新的酥酥的感觉霎时传遍全身，又用手揉了揉右边乳房，那种酥酥的感觉便从右乳传遍全身。

母亲舒服地叹了口气，缓缓闭上了眼睛，任酒水裹住全身，恍惚依稀间，她好似已变成一只美丽的蝴蝶，翩翩于香气浓郁的百花丛里。

渐渐地，恍然依稀间，母亲正抱着白白胖胖的儿子，儿子的小脑袋不停地在她怀里拱来拱去，津津有味地吃奶，偶尔还抬头看看她，圆圆的亮亮的大眼睛是多么可爱，还咧开嘴与她哦哦地说话呢！

母亲真是觉得幸福极了，情不自禁地抬起右手，正想去摸摸儿子的脸蛋，却"哗啦"的一声水响，让她猛地从梦幻里醒过来。原来只是好梦一场，她不由有些失落有些伤感。

母亲侧耳听了听，四处悄然，酒水温度好似降低了一点。她忙从酒水里站了起来，拿起大布巾裹住了自己的身体。

待母亲穿好衣服，用布巾包着湿头发，回到前面的东厢房时，发现铁锁已在睡房中央燃了一盆旺旺的炭火，房间里弥漫着柔软的温暖，还有淡淡的酒香。

母亲站在窗前，向外张望，天挺什么时候回来呢？她吃惊地发现，她此时是多么渴望男人早些回来，最好能搂着她躺进暖暖的被窝里。

门外响起了重重的脚步，母亲知道是铁锁。铁锁只是站在门外说："太太，团长让你先睡，他等会就会回来！我在给他烧洗澡水呢！"

母亲为铁锁的懂事感动了，温和地答道："铁锁，你将水热在那里就行，你也早些去睡吧！"只听见铁锁含糊地回答了一声后，转身走了。

母亲这时才发现倦意袭来，赶紧躺进被子里，且很快就陷入了蒙蒙睡意。她想，抓紧时间睡会儿，等会再去看看姐妹们睡得怎么样。她实在太困了，一连几天都没睡过好觉！刚才铁锁说过，李副官已安排好了值勤，他也会带头值勤，那自己就好好睡会儿吧！

朦朦胧胧之间，母亲感觉到父亲也上床了，热烘烘的身体挟带来了一股诱人的酒香，随后她被父亲紧紧地抱住了。

一种幸福的震颤冲击着母亲，母亲柔软的身体也紧紧地缠了上去，乃至热泪盈眶。母亲神魂颠倒了，抚摸着父亲结实的胸膛，仿佛感觉到他强悍激越的血液在他黝黑的皮肤下奔腾起伏。

酒香袅袅，情意绵绵，母亲心跳得急了，脸也发烫，平日里潜藏在平静端庄外表下的激情，竟急急地迸然炸裂。母亲在父亲身下轻轻颤抖着，父亲粗鲁地扯开了母亲的胸衣，让无边的黑暗及寒冷铺展在母亲丰硕的双乳上。

母亲轻轻地叫唤了一声，却让父亲双唇堵住了。随之，父亲热烘烘的身子也拥了上来。

……

父亲和母亲在这个静谧的飘着酒香的山村里相亲相爱，两颗心比他们彼此愉悦的肉体贴得更紧，他们知道彼此是这个世界最亲的人。

当一切归于安静时，父亲依然抱着母亲躺着，拍了拍母亲的背，心满意足地叹道："我郑天挺能有你为妻，今生死也无憾了！"

母亲静静地躺着。淡淡的酒香若有若无，她感到自己早已轻捷如燕，贴着浏阳河潇洒地滑行。

就在母亲将要进入梦乡时，父亲蹦出了一句："红姑，目前局势不定，你我都要勇敢地活下去！等打跑了日本鬼子，我就解甲归田，与你们母子一起回围山脚下过男耕女织的日子！最好还生一串子女，守着儿女们长大！"

母亲亲了亲父亲的脸，父亲却发出了轻轻的鼾声。母亲悄悄地笑了，睡意重重地袭来了。

就在那一瞬间，过去的一切，像一颗颗香气浓郁的果子，箭矢般纷纷坠落在地；而未来的一切，只能模模糊糊看到一些稍纵即逝的绚丽的光圈。

除了移动哨位是清醒的，整个山村都沉入了香甜的睡梦里。

真想一直牵着文绣凉凉而柔软的手

当李副官安排好值勤之后，见铁锁叫团长太太去洗澡，他想太太一路累坏了，便决定今晚自己来值勤，随即打着手电筒前往各处检查。

李副官今晚只喝了一点点酒，他心里惦记着晚上的值勤，还惦记着文绣。

一路上，李副官偶尔与文绣说过几句话。在他看来，文绣就是一株亭亭玉立的青莲，浑身散发着淡淡的清香。李副官负责值勤的区域就在姨太太们及勤务兵的驻扎地，一路细心地查看，他心里期盼着能遇见文绣，就是看她一眼都满足了。也许是他的诚意感动了神灵，竟真让他遇见了文绣。

原来出长沙城后就一路奔波，今日终于逮着机会洗了个澡，文绣只觉得浑身上下前所未有的舒服与轻松。

刚才吃晚饭时，小嫦娥劝文绣喝口酒，说是可以驱驱身上的寒气。她眯着眼连喝两口，那辣味呛得她眼睛都红了，任小嫦娥再劝就是不肯再喝。

可这会儿，文绣依然有些兴奋，看来一时半会还无法入睡，她独自悄悄地来到屋外，想在屋子前面坪里走走，消掉那残存的酒意。

突然一声断喝传来："站住！什么人？"随之，一束强烈的手电光射来，李副官似从天而降落在她面前。

文绣吓得酒意全无，慌乱地站在那里一动不敢动，只知道愣愣地看着李副官。

李副官一眼瞧见文绣怯怯的模样，不由心生怜惜，忙关了手电筒，柔声地问道："吓着你了吧！你怎么独自一人出来了？外面风大，快回屋子里去！"

文绣倒不好意思了，李副官温柔的话语似温暖的春风拂过她燥热的脸庞。

同样是军人，真是差别太大了。少爷团长在文绣面前从来都是一副救世主的模样，仿佛她所有的一切都是他恩赐的，她理当不顾自我地回报于他，否则就是大逆不道！而李副官却如知冷知热的兄长，哦，不仅仅是兄长⋯⋯

一阵寒风吹来，见文绣站着未动，李副官干脆上前牵起她的右手就走。

文绣随李副官朝着大门口走去，很快就到了门口，就站住了。

李副官真想一直牵着文绣凉凉而柔软的手，一直走，一直走，走到天尽头。

李副官偷偷地看了看文绣，见她任由自己牵着，心底的怜惜更重了。他不由握了握她柔软的手，面对着她，仿佛费了很大的力气说道："外面太冷了，你快进屋去睡吧！我会在外面为你们巡查！"

文绣这才如梦初醒，意识到自己竟贪恋李副官温暖的大手掌，忙慌慌地抽出手。

李副官却舍不得了，又牵起了她的右手，缓缓地说道："也不知我们能不能冲出鬼子的追击，你无论如何都要好好地活下去！"

文绣霎时泪眼蒙眬，谁何曾如此关切过她，在乎过她的生死呢！借着窗口投射出来的微弱的灯光，她看了看李副官熠熠的双眼，用力点了点头，便匆匆脱身而去。

李副官实在不舍，猛地反手将文绣拉回自己身边。文绣没有提防，竟愣愣地倒在他怀里。一丝幽香袭来，他不由紧紧地搂住了她，泪水止不住地顺着脸颊缓缓淌下。

如此温暖，如此迷人，文绣真愿一直躲在李副官热乎乎的怀抱里，直至天荒地老。很快，她清醒过来了，暗暗地骂自己不要脸，猛地一蹿而起，跑了。

李副官呢，恋恋地看着文绣闪进屋内，才晃晃脑袋，也不由暗暗责备自己："还自诩是绝对的军人呢，真是碰鬼了！怎么在如此大敌当前的时候，迷恋文绣纯净天真的眼神呢？是不是昏了头？"他赶紧逃也似的离开了，融入深沉的暗夜里。

事后回想起来，文绣清秀的大眼睛便浮现在李副官眼前，他心醉了。他想护送任务完成后，就算只能握握文绣的手，从此天各一方也心甘！

山脚下突然响起了密密麻麻的枪声

又两天急行军，至第三天中午时分，父亲的队伍终于到达围山山麓，一个快到半山腰的名叫泥坞的小村落。但见小村阡陌相通，屋舍俨然，宛如世外桃源。

哪知长沙城此时已战火纷飞。就在头天，日本军队已经向长沙城发起进攻，战况如何暂时不得而知。

父亲自然不知道长沙城战事已起，但他急于早日安置姨太太们，赶回长沙参战。

此处是上山的必经之路，站在路边，但见群峰连绵，巍峨壮观，山山岭岭上密密的森林往上铺展，隐入重重云雾之中，真是气势非凡。

终于可以松一口气了！解开军纪扣的父亲，仰望着前方山顶上一只盘旋的山鹰，长长地舒了一口气。

父亲指着不远处半山腰那些百褶裙似的层层梯田，回过头来对身旁的母亲说："围山真是个世外桃源，人间仙境。红姑，打败了小日本，我和你在这儿造几间竹篱茅舍，从此松风明月长相厮守，如何？"

母亲笑了，柔声地说："天挺，都听你的，你说将家安在哪里就哪里，你说生几个孩子就生几个孩子。"

父亲爽快地笑了："听说围山主峰五指石下有座千年古刹叫玉泉寺，方圆几百里都有名，我一定到寺里许个愿，佛祖菩萨会保佑我们的。"

母亲说："玉泉寺里有僧舍四百余间，易守难攻，可以把姐妹们都安置在那儿。"

这时，身后山脚下突然响起了密密麻麻的枪声。

莫非是日本鬼子追上来了？

刚刚松弛的神经又绷紧了，队伍里一片骚动。特别是姨太太们，刚刚以为终于逃到一个安全地带，谁知危险竟如影相随，心又吊起来了，叽叽喳喳如受惊的鸟雀。

小嫦娥呆呆地站在路旁不动，还是母亲上前唤醒了她："嫦娥，快走，怕是鬼子追来了！"

小嫦娥幽幽叹道："早知左右是死路一条，还不如待在长沙城里，也不必如此受苦受累。"

不用别人提示，姨太太们都加快了脚步，她们其实也猜到了，这准是日本鬼子的大部队报复来了，真是罪该万死的日本鬼子！来者不善，善者不来，看来一场恶战在所难免。

父亲大声命令道："全体就地隐蔽休息待命。有喧哗慌乱者，军法处置！各营长、参谋急随我来！"说完，父亲就带着他们迅速登上前方一块巨石，端起望远镜观察敌情。

从望远镜里，父亲清晰地看到山脚下四五百米开外的一个小丘岗上，架设着十几门山炮。丘岗四周平地上，有几面太阳旗猎猎飘扬。丘岗后尘土蔽天，似有大部队在运动。丘岗的前面，六七十个鬼子兵在列队，可能是准备攻山的突击队。

"这鬼子行动也太快了，竟神不知鬼不觉地尾随部队而来。"父亲不由暗暗感慨。

父亲问孙营长和赵营长有何看法。

孙营长说："日本鬼子尾随而来，说明王大勇并未将他们引开，可为何不在山下进攻，要等我们上了山之后再打呢？其中必定有鬼！"

赵营长说："我也认为这股鬼子兵来得蹊跷，王大勇可能没完成任务，可鬼子兵未必能判断到我们要上围山。"

父亲说："万不可大意，是不是趁他们立脚未稳，下山冲它一下？"

赵营长说："不可，若被他们咬住了，我们就不能脱身。那将会使我们首尾分割，陷入被动，我们就更难办了。"

父亲托住下巴，凝神片刻后，也觉得日本鬼子行动过于神速，现在不可能有日本大部队尾随而来，毕竟日军的主攻目标在南岳，再往广西！自己还是赶紧转移姨太太们为上！先让日本鬼子来攻一阵，探探它的虚实再作计较也不晚。

于是，父亲命令二营于连长带领全连弟兄，会同李副官带领的勤务兵警卫营先护送姨太太们向玉泉寺进发，并在玉泉寺建立大本营。二营、三营立即就地构筑简易工事，准备与日本鬼子干上一仗！三营抽第一连会同侦察排作为预备队。

当父亲目送着母亲率领姨太太们继续往山上前进时，迎上了母亲投过来的关切的目光，父亲朝她绽放了一个安慰的笑脸。

母亲这才转过身子，匆匆去追赶姨太太们的队伍。

形势紧急，队伍一一照父亲的布置迅速到位，各营也摆开了迎战的架势。

可山下的日本鬼子迟迟不来进攻，只是不停地朝天放枪。过了一刻钟功夫，才见百多个鬼子兵呈纵队涉过浏阳河上游大溪河，朝山上这边移动。

弟兄们耐心地埋伏在匆匆挖成的单人掩体里，手指扣在扳机上。

待了好大一阵功夫，这群日本兵才算爬上了最底层的那道山坡。

赵营长一声令下，第一排枪响了。

走在最前面的几个鬼子兵倒了下去，后边的鬼子兵像兔子一样转身就跑，一路狂奔退至大溪河边。

父亲看了看手表，前前后后还不到一个小时呢。

真是奇怪！日本鬼子好像放弃了第二次进攻，做出准备撤退的样子，这可不像鬼子的作风。十几门山炮一弹未发就要搬走，丘岗后面大路上的尘土突然散尽，一个人影也不见。

父亲从掩体外站了起来，将赵营长招到眼前，皱着眉头说："这是打的什么仗？不行，得去看个明白！"

赵营长看了看敌人阵地，猜测道："看来这是日本鬼子的诱敌之计，我们打了他们的埋伏，他们自然要回敬我们。"

父亲说："不行，龙潭虎穴也要探一探！侦察排，随我来！"

赵营长劝阻不及，父亲骑着雪青马像旋风一样奔下山坡。侦察排的三十多匹马紧紧跟上，如闪电般奔了出去。

马蹄得得，风声呼啸，父亲一马当先杀至河边。河边的鬼子兵一见，连枪也丢了，争先恐后涉水过河。父亲不理他们，径直骑马过河，马儿四蹄翻飞，河中水花四溅。

父亲快马跃上丘岗，但见丘岗上杳无人影，只有几面用土红在白布上画成的太阳旗挂在四周树枝上。父亲又近前看那些未及拖走的山炮，原来都是些枞树炮，只不过造得很逼真。

父亲又策马奔回丘岗后面，只见七八架簸谷的风车横七竖八卧在路上，几个老百姓战战兢兢跪在风车旁喊饶命。父亲一盘问，才知道是日本鬼子强迫他们用风车搅得尘土满天飞。

父亲大呼上当，立即勒转马头往回奔，迎面撞见侯排长领着弟兄们追上来。父亲大喝一声："回去，赶紧回去，敌人竟然用了调虎离山计！只怕姨太太们的队伍有危险!"众人立即勒马回奔。

侯排长指着沿河奔逃的鬼子兵说:"把他们杀了吧!"

父亲下巴一扬:"去抓个活的来!"

侯排长双腿一夹,马儿朝斜刺里射去。不一会,胁下夹着一个鬼子兵追上了队伍。

回到阵地,侯排长将胁下的鬼子兵朝地上一掼,用手枪架在他脖子上吼道:"你们到底是什么人?"

那鬼子兵战战兢兢用中国话回答:"我们是冷司令的队伍,一直跟在你们队伍后面,要抢你们的姨太太!"

父亲听了,不由倒抽了一口冷气。

竟有八十五名姨太太失踪了

原来,冷森一直跟在父亲队伍的后面,且接二连三地接到魏浩远的密信,自是掌握了父亲队伍的行踪。

当从魏浩远的密信里获知父亲的队伍要开往围山时,冷森高兴得手舞足蹈:"围山一直有我们之前的宿营地,山上又最好打埋伏,这不是白白的肥肉自动送进我们口里来吗?"

冷森当即率匪兵们昼夜兼程,抢先一步上了围山。

冷森按照小诸葛的计谋,派小股部队扮成日本鬼子,迷惑并拖住父亲的战斗部队,同时在上山的必经之路设下了埋伏,伺机袭击并抢夺姨太太们。至于鬼子服装,都是他们平时从战场上捡来的,得来不费功夫。

化装成日本兵出外抢劫,这是小诸葛惯用的计谋,这次又派上了新用场。

直至这时,父亲才知道身后一直跟着一支虎视眈眈的土匪部队,不由冒出一头的冷汗。看来是他大意了,这于他而言真是不应该!

真是可恶的土匪,不去打日本鬼子,倒来添什么乱!

在场的孙营长更是气得骂娘,眼见那土匪吓得连连跪在地上求饶,他抽出别在腰间的手枪,一枪解决了那土匪。

父亲顾不上责备孙营长,急忙跨上马,手一挥,马如箭射出,带领侦察排向山上飞奔。大队伍跑步紧跟其后。

可是晚了!

铁锁半道上遇见父亲，忙气急败坏地上前报告："干爹，大事不好，我们沿着龙泉溪往上爬，最多只爬了五里来路就中了埋伏，有几十个姨太太被抢走了！"

父亲一听，气得脸膛发黑，一言不发往前奔，很快赶上了护送队伍及姨太太们。

于连长忙上前向父亲报告：敌人事先埋伏在路边的巨石后面，用凶猛的火力压住走在前面的弟兄们。路两旁又冲出上百人，以迅雷不及掩耳之势冲进姨太太们战地服务队中腰，只听得一阵哭喊，那些人捞起身边的姨太太，往背上一摔，就往山上跑。

团长太太见此情况，大声提醒姐妹们抽出各自携带的匕首自卫，边鸣枪边指挥姨太太们迅速手挽手，围成一团。再加上李副官率后面的勤务兵不顾一切地冲上去，才避免了更大的损失。

于连长他随即带领弟兄们紧追不放，却不敢放枪，追到了栗木桥，眼看着就要追上，却不想敌人还有人接应。

"就在船底窝冲口，我们再次中了埋伏，死了三个弟兄，伤了八个。见对方人多势众，慌乱中还没来得及弄清对方的底细，我们又唯恐姨太太们再有闪失，不敢恋战，率队迅速往回撤了。"

"就在撤退的路上，我们找到了敌人丢弃的六名姨太太，一问才知她们被敌人掳到肩上时，就嘴咬或手掐或脚踢，用尽自己的力气死命地反抗。当我们的追兵追到跟前时，敌人才万般无奈地丢了她们，急急逃命去了。"

父亲下令队伍就地休息，清点损失人数，结果查明竟有八十五名姨太太失踪了。父亲的脸更黑了，在原地转了几个圈，一副想骂人的模样，却不知该骂谁。当父亲抬头远远地看到母亲正在安抚姨太太们，看到母亲为他担忧的眼神，他的心霎时安定下来。

父亲将侦察排侯排长唤至眼前，让他组织侦察排的弟兄三人一组，立即分头搜索，务必查明敌人的落脚处。

随后，父亲将人马重新进行了编排。姨太太们走中间，前后左右都有兵力保护，加强警戒。至于魏浩远，则安排在姨太太们的后面，让那八名随从轮流抬着他的担架上山。

一切布置妥当，父亲乃下令以最快速度赶往山上玉泉寺。

天冷，都半下午了，山上起雾了，且越来越厚，加上山路陡峭崎岖，行进速度很慢。

母亲见那几名被敌人丢下的姨太太依然惊魂未定，越走越慢，竟然落到了队伍后面。母亲忙让李副官将她们的勤务兵调过来，扶着她们上山。

文绣也在这六名太太之列。她早就平静下来了，坚持要自己走，还让李副官回到勤务兵队列中去。

远远地，李副官看到文绣苍白而淡定的面容，不由心生怜惜，他真想走上去抱抱她。

走着走着，文绣只觉得后背某处有一种异样的温暖，她不由转过身去，一眼看到李副官眼里的着急与关切，霎时满脸通红，赶紧急走几步，逃离了李副官的视线。

小嫦娥也落到了后面，惨白着脸，走起路来腿还在微微颤抖，一副失魂落魄的模样。

就在袭击者冲过来时，小嫦娥正走在她小队队尾催促队员们加快速度。前方突然响起了激烈的枪声，她和身旁几位姨太太吓得愣愣地站着未动，不想被人猛然拦腰背至背上。她吓得尖叫起来，想挣扎却浑身无力。

走在小嫦娥后面的荷花见此情形手持匕首追了上来，扎中了袭击者的屁股，痛得他将小嫦娥丢了下来，只管往山上逃去。小嫦娥滚至了荷花跟前，荷花连忙将她扶了起来，关切地问她有没有受伤。

此时，我母亲也赶至跟前。她那支勃朗宁小手枪连连射倒了几名袭击者，且在她的指挥下，所有姨太太们都紧紧地手挽手。

那些袭击者也不恋战，转眼间就跑远了。

当我父亲赶来救援后，小嫦娥才安定下来，这才感激地看了看荷花。她原本瞧不起土里土气的荷花，而现在她却发现荷花浑身洋溢着一种野性和健康之美，是那么耐看和美好。于是，她连忙振作起来，她要赶上前去，向荷花好好道谢。

当母亲看到小嫦娥急急地走至荷花跟前，满脸是笑地和荷花说着什么，便猜测小嫦娥在向荷花道谢。母亲由衷地笑了，她是多么欣喜地看到这一切，忙让李副官派小雪回到小嫦娥身边。

贵军就暂时驻扎在居士院子里吧

长长的队伍小心翼翼地沿着龙泉溪而上，一路上只看见零星几户人家。

在栗木桥略微休息了一会儿，队伍再沿船底窝往上。这里山路更陡，路又窄，马也不能骑了。气温更低了，寒风呼呼地吹来，吹到脸上脸就痛，太太们真是苦不堪言了。

大队人马是掌灯时分到达玉泉寺的，寺里大门已然紧闭。

父亲令铁锁用力敲门。铁锁干脆从地上捡起一块石头，"砰砰砰"地用力敲了几下。

等了一会，门才打开了一条缝，寺里管事和尚走了出来，愕然地看着前坪这支零乱的队伍。

父亲忙上前说道："师父，我们团奉国军第九战区薛岳总司令官的军令，护送姨太太们前往南岳衡阳。不想中途形势突变，我们只得率部转来围山暂避，还请贵寺多行方便！"

管事和尚想了想，便双手合十道："施主，少安毋躁，待我请示寺里主持再说！"说完，他转身往回走。待他重新走进大门，大门"吭"的一声关得严严实实。

赵营长、孙营长端起机枪冲了上来。

父亲赶紧喝住了他们："不得乱来，我们得请人家收留我们，还得耐心地等等！你们赶紧安排人员到后面及四周戒备！"

这时，母亲走到父亲身边，安慰他说："天挺，别着急，和尚也会深明大义的，他们应该会答应让我们驻扎下来！"

父亲感激地看了看母亲，患难才能见真情呀！为了他，老婆竟然舍得让孩子断奶来支持他，这一路来她吃了多少苦受了多少累，也多亏有她！

可现在，父亲得赶紧让人马驻扎下来，八十五名姨太太已落入土匪之手，无论如何得将人找回来！眼看着夜晚来临，土匪的情况还不明，父亲真是有些急了，可也只得耐下性子等了。

正在犹豫要不要采取强硬措施时，大门又"吭"的一声打开了，管事和尚上前说道："住持同意贵军进驻寺庙！但还望贵军严肃纪律，不得干扰佛门清静，不得进入内佛堂！"

父亲暗暗地松了口气，爽快地说："但请放心，我定会约束部下在指定的范围内活动，未经允许不能随意进入佛堂！"

随后，父亲让大家稍候片刻，营长们率领部下负责警戒周边情况，他与母亲及负责后勤的邱副团长、李副官等几人先随管事和尚进去察看驻扎之地。

毕竟是非常时期，庙里香客很少，居士们都走了，青年的和尚也走了。

管事和尚将父亲母亲等人带到主院西侧的小院落里说："贵军就暂时驻扎在居士院子里吧。这里有三进三出，也有专门的出入通道，还望贵军遵守君子协定！"说完，他匆匆走了。

父亲、母亲带领众人一一察看了三进院落，最后一进之后还附有厨房、茅房等设施，前有大门，后有小门，侧边还有旁门，真是一个小世界。一行人边走边看边商量，安置方案也出来了。他们来到前坪时，侦察排的弟兄们侦察回来了。

父亲一方面让李副官再去主院请求住持，希望他拨出主院主殿西厢房，作为临时团部，一方面让邱副团长宣布房屋分配方案。

然后，父亲只简单地进行了训话："一是要遵守住持的要求，就在居士院里活动。

"二是军需处赶紧安排晚餐等一切事宜，大家这么冷的大冬天急行军，不管如何今天要吃好休息好。

"三是各营有各营的守备区域，加强警惕，加强警戒，严防敌人连夜偷袭，不得有误。"

父亲还特地交代，在中进安排一个房间给训政处长魏浩远及八名随从。

很快，各部纷纷行动，姨太太们都在中进主厅及前后东厢房，被严严实实地保护起来。母亲赶紧领着姨太太们前去安顿下来。

这时，李副官也来回复，说住持同意临时团部设主殿西厢房。父亲遂将李副官、各营营长、侯排长等留了下来，一同赶到主殿西厢房里议事。

父亲先让侯排长汇报侦察来的情况。

侯排长报告说："冷森匪部约五百人马，现驻扎在离玉泉寺二十多里远的七星岭上，那里原是明代成化年间，浏阳农民起义首领李大蛮的老营所在地，上面建有聚义大厅和大片营房。所抢的姨太太们也安置在某处营房里。"

"他们准备很充分。营房背靠悬崖，地势险恶，周围早已布置了不少工事。从侦察情况看，我们要攻打还只能走正面那条道！"

大家一听，倒抽一口冷气，看来当前情势与上战场与日本鬼子拼杀一样险恶！

赵营长提醒大家注意："冷森抢人的目的无非是绑票勒款。我们逼急了，他会撕票的。我们不如和他谈判，先稳住他，再瞅准机会把人夺过来。"

共产党游击队竟然解救了五名姨太太

趁父亲交代之时，母亲安顿好姨太太们的住宿、开餐等事务，才急急地赶来临时团部。

母亲听了大家的意见后，也说了自己的观点。在她看来，冷森凶残，小诸葛狡诈，两人配合之下，很难把人夺回。我方不如设一巧计，奇袭七星岭，抓住冷森本人或小诸葛，用土匪头目为人质换回被抓的姨太太们！

母亲表示愿意担此重任，因为她以前有过从虎口中夺回被捕同志的经历。

正说着，铁锁进来报告，说有两个自称是围山游击队的人求见，而且他们还送来了五个被抢走的姨太太。父亲面露喜色，连声说："请请请！"说着他起身朝屋外迎去，其余的人也一齐起身跟上。

国民党与共产党向来政见不合，但现在是国共合作之时，大家一致对外，共同对付日本鬼子。今天共产党游击队竟然解救了五名姨太太，这令父亲大为感动。

父亲将一高一矮两个来人客客气气请进临时团部。

母亲目不转睛看着那个身材矮小、两眼有神的人，这不是原湘鄂赣苏区少共特委书记罗南同志吗？

母亲想起自己曾是少共特委委员，与罗南同志共事一年半之久，应该是老熟人了。自己认出了他，他却没有认出自己，可见自己变化很大。是呵，罗南同志怎会想到眼前这个国民党团长太太会是昔日的战友呢？

母亲默默地坐着没动，但见罗南同志大大方方地介绍了他们各自的姓名身份，母亲才知道另一个身材高大的来者是围山游击队鲁队长，而罗南同志则是围山游击队政委。

父亲向客人介绍到母亲的时候，故意没讲母亲的姓名。母亲知道这是为了保护她，她还注意到罗南同志的眼光在自己的脸上仅仅停留了一秒钟，旋即笑着伸出手来："欢迎郑夫人来围山做客！"

"呵呵，郑夫人，罗南同志叫我郑夫人！"母亲伤心地想，"他不叫我同志了，我不再是他们的同志了！"

母亲转念又一想："共产党是最恨叛徒的，我从一名红军营长转变为国民党团长太太，这不就是叛徒吗？谁还会来计较我的委屈与苦衷呢？要不是国共合作，罗南同志向我伸出的就不会是一双友好的手，而是一杆复仇的枪了！"

母亲又想到那个老问题："要是将来共产党得了天下，会有自己和天挺的一碗饭、一块落脚谋生之地吗？"母亲顿时觉得全身冰冷，凉气自骨头缝向外咕咕地冒着。

"罗政委跟你打招呼呢，红姑，你怎么啦？"父亲一句话，让母亲回过神来。

母亲勉强笑着站起来与罗政委打了个招呼，之后就借口头痛匆匆离开团部。

刚走到大殿门口，母亲的眼泪再也忍不住了，成串成串往下掉。她索性伏在门前的石狮子上，呜呜地哭出声来，哭得双肩直抖，弄得跟在身后的铁锁手足无措，不知发生了什么事。

而屋内罗政委则没有察觉到母亲的异样。他客气地对父亲说："我们下山去执行任务，回来时发现冷森匪军背着几十只麻袋朝七星岭方向飞跑。我们就剪了他们五个尾线，从麻袋里救下了五个女子，询问之下才知是贵军家属，因此专程送还。"

父亲客气地站了起来，感谢道："十分感谢贵党贵部。贵党不计前嫌，开诚布公，专心抗日救国，本人深表钦佩。我团乍到初来，也是为了保护姨太太们不落于日军之手。我团刚刚在此驻扎下来，应该会停留一段时间，还望贵党贵部多多予以支持与合作。"

罗政委真诚地回答道："不必见外！国共合作，共同抗日，是我党宗旨。贵部移师驾临，我们理应竭尽地主之谊。"

"再说贵军筲箕埚一战，全歼日军三百余人，极大地鼓舞了浏阳民众的抗日斗志。倘今后贵部抗日有需要我部配合之事，我部一定鼎力相助，协同作战！"

父亲和罗政委谈得十分投机。

罗政委还询问父亲道："贵部想如何对付冷森匪帮？"

父亲把刚才讨论的结果简略介绍了一下，罗政委对母亲的设想很感兴趣。

罗政委提供了一条线索："冷森在离围山六十华里的官渡镇上有一个姘妇。一有空闲，冷森就带着十几个枪兵到姘妇家里过夜。只要掌握了确切可靠的情报，就可以一举擒获冷森，达到以人质换人质的目的。"

父亲不由连连称是。

分手时，父亲为了表达谢意，送给罗政委两挺机枪和几箱子弹。这令缺乏枪支弹药的罗政委心生感动。双方还约定了今后联络的暗号与方法。

冷森约父亲到七星岭的半山亭谈判

次日吃过早饭，父亲正与李副官在团部商量攻打七星岭初步方案。

父亲心里万分沮丧，按从长沙城出发的日子算来，如果按原计划，他们应该护送完姨太太们到达南岳，且已赶回长沙与日本鬼子干上了。而现在刚刚在围山安顿下来，前途未卜，还丢了八十名姨太太。昨晚接师部电话，父亲得想法迅速安顿好姨太太们，确保姨太太们安全后，赶回长沙应战。父亲恨不得即刻夺回被抢的八十名姨太太，好立马回长沙。

突然只听见外面一片嘈杂之声，随后几位哨兵押进来一个农民模样的人，一问竟是冷森的部下，来人给父亲送来了一封信。

父亲接过信一看，乃是冷森约父亲到七星岭的半山亭谈判，时间由父亲自定。

李副官凑过去一瞧，气愤地说道："这冷森真是嚣张得很，我们还没找他，他倒找上门来了！"

父亲笑了笑说："也好，我正要会会他！不想他送上门来了，我倒要瞧瞧这个冷森到底是何方神圣？"

李副官正要答话，父亲朝他摆摆手，想了想，拿起笔在信上批了"即日下午二时赴会"几个字，就将信交由来人带回。

随后，父亲派人将他与冷森谈判的消息转告给罗政委，转头向李副官将大本营的事交代了一番，就计划带着铁锁和侦察排的两个弟兄前往七星岭。

李副官劝道："团长，让我去就行了！"

父亲皱了皱眉头，答道："不入虎穴焉得虎子？何况他信里讲明了必须是我去！"

母亲闻讯赶了过来，非要同去不可。母亲说："天挺，我放心不下。"

父亲说："约定了双方都只准带三个随从。"

母亲急了，说："你就将一名随从换成我！我要去见识见识冷森，认准了模样以后不会抓错。"

父亲只得留下一个弟兄，让母亲随行。父亲看时间尚早，就说先查查各营防守情况，吃过中午饭再出发。

父亲他们四人四马，虽是快马加鞭，但山路崎岖，平时又少有人走动，也费了些时辰才赶到了七星岭上的半山亭。

冷森和小诸葛各带一个卫兵，早已在亭子里等候，此时便起立相迎。

母亲看着冷森满脸横肉、两眼锐利的样子，心想此人模样果然凶残，真是乱世出枭雄。小诸葛倒瘦瘦高高，穿着黑色的长袍马褂，一副乡间秀才的模样。

父亲举眼观察了一下前方孤峰直耸的七星岭，不禁赞叹这真是个一夫当关、万夫莫开的险峻之地。冷森选择此处屯兵，可谓有眼力。不过父亲也发现了它的一个致命弱点，嘴角不禁掠过一丝笑容。

寒暄数句之后，冷森带头将枪放在石桌上。冷森说："我们兄弟交涉，不伤和气，请把枪都拿出来，以示诚意。"

在场人都把枪放在了石桌上。

谈判开始了。父亲一开口就坚持要派人上山去核对人数。父亲强调道："我们有八十名家属被你部抢去，必须一一核实无误，才能谈判具体事宜，否则恕不奉陪。"

冷森倒没怎么犹豫，大大咧咧地说："没问题，完全可以！"

随即双方商定，由小诸葛陪同母亲上山核对人数，父亲与冷森则留下来谈判。

母亲一路上盘算，自己身上还藏有一支小手枪，若是山上土匪起歹意，便抓住小诸葛做挡箭牌。

小诸葛似乎觉察到母亲的用意，说道："夫人放心，两国交兵，不斩来使，江湖上比国民党更讲义气！"

七星岭上果真有大片营房，所有建筑都是巨木结构，很是气派。只是建

筑年代久远，且部分遭官兵焚毁，四周枯枝败叶，杂草丛生，呈现一派荒凉景象。

被抢来的姨太太们都关在西北角的营房里，这里原是义军安置眷属的地方，外观比驻兵的营房秀气多了。

姨太太们一见母亲来了，如同见到了苦苦盼望的亲人，纷纷扑上前来哭诉："队长，队长，您可要赶紧派人救我们出去！待在这里又冷又饿！"

见姨太太们一个个惶惶无主的模样，母亲眼睛红了，赶紧压下对土匪满心的愤慨，柔声地安慰道："大家请放心，团长已和冷司令在谈判，一定会把大家救出来。"

众人这才安静了下来。

母亲拿着名单，逐一点名核对，确有八十名姨太太，一个不少，才悄悄地松了口气。

然后，母亲转过身对小诸葛说："姨太太们是国军的家属，现如今让你们掳了来，万一有什么闪失，别怪国军到时不客气！都这个时候了，她们还没吃午饭，你应该赶紧叫人送饭过来给她们！"

"再有这里也太冷了，还得生几盆炭火过来！"

小诸葛赶紧赔小心，急急吩咐身边的人去一一落实。

返回半山亭，母亲向父亲报告了核对无误之后，父亲对冷森强调道："你们还必须保证所有人质的人身安全，特别是不得强暴侮辱！"

冷森说："这是绑票的规矩，不消吩咐。"

父亲不满了："你们既已被党国招安，就和国军是一家人。我们不应该自家人打自家人。"

冷森毫不顾忌地说："有奶便是娘，谁出钱老子就认谁是自家人。"

父亲反问道："党国给了你们薪饷，难道这不是奶吗？"

小诸葛插嘴道："党国只给了我们一个番号，从没发过一分钱饷。弟兄们饥寒交迫，不得已才出此下策，请郑团长转告党国为弟兄们发一点救命钱！"

父亲不想多纠缠，直截了当地说："你们开个价吧！"

冷森也不含糊："每个人头大洋两千，枪十支。"

父亲不能接受，黑着脸，反驳道："你要价太高了，我无法接受，党国更不会答应！"

小诸葛忙打圆场说："那就请郑团长开个价吧。"

父亲不想纠缠，说道："每个人质大洋一千，枪五支。"

冷森变脸了，提高了声调："老子不是叫花子，不干！"

小诸葛冷笑了一声，在一旁阴阴地说道："收回人质，郑团长免上军事法庭，应当庆贺，请多加点作赏钱吧。"这话真是绵里藏针。

父亲思考了一会，才坚决说道："那就大洋一千二，枪六支，不能再多了！"

小诸葛见冷森还不答应，悄无声息地扯了扯他的衣角，抢着说道："看在郑团长的面子上，我代冷司令答应了。不过人质在这里要吃要喝，花费不少。请郑团长转告她们的当家人，每人出五百块招待费，或者机枪两挺折抵也行。"

父亲知道多说无益："行，我可以代为转告，但出钱多少由当事人自定。"

气氛渐渐沉重起来，母亲站在父亲身边，时而看看父亲，时而看看冷森，一直没有作声。此时，母亲清了清嗓子说："要五百块大洋招待费，倒是口气不小！可我刚刚上去时，姐妹们还没吃午饭，姐妹们待的营房里也没生半点火，冷得如同冰窖！"

父亲生气地质问冷森："果有其事？冷司令这样做未免太不地道吧！你好歹还有个国军的番号，你就不怕国军找你算账？"

冷森惊讶地看了看小诸葛："有这等事？我不是交代得清清楚楚，我们要好好优待国军家属，还等她们为我们讨还公道呢！你等会赶紧去查查到底是谁不听使唤，我会给他好脸色看的！"

小诸葛故意劝道："司令息怒，我回去一定照您的命令办事！"

父亲见冷森与小诸葛一唱一和地演戏，也不好再发作，只得加重语气说道："冷司令，君子一言，驷马难追！钱、枪，包括每人的招待费，我会按实付给你，你可得把姨太太们照看好！"

冷森倒也狡猾，赶紧站了起来说道："郑团长放心，我冷某识得你的厉害，自然会倍加小心！"

此时，父亲无意恋战，也站了起来说："既是如此，那我们就告辞，赶紧去准备准备，争取早日赎回姨太太们！"

这冷天冷地里也实在待不下去了，冷森也见好就收，与父亲握过手之后，再次强调："郑团长，我给你十天期限，到期不赎，超一天撕一票！"

父亲皱了皱眉头，故作为难地说："眼下正是第三次中日长沙会战的非常

时期，本部正在忙于与日军交战，请延期五天，凑足半个月。"

小诸葛说："就半个月吧，我们在此静候佳音！"

这极有可能是小诸葛的奸计

待缓缓走过一段路程，转过一道弯，估摸着已经走出了冷森他们的视线，父亲给母亲递了一个眼色，一行四人便放马直往山下急奔，直到远远地看到玉泉寺，才放慢了速度。

父亲待母亲跟上了来，赶紧详细询问母亲刚才上七星岭所见的情形。

母亲简单地讲了讲上面的地形及军事布置，脸上满是忧虑。

父亲叹道："姨太太们真是遭罪了，但冷森狡诈得很！他真是占住了有利地形！他若再开高一点价，我也会答应的！故意压一压是为了稳住他，我已有了一个行动计划……"

正说着，他们头上传来一声断喝："不准动！"

父亲抬头一看，只见头顶上方一块突出的怪石上，十几支黑洞洞的枪口朝下瞄准了他们四人。父亲喝道："何方神圣？半路打劫么？"

一个手持驳壳枪的头目说："奉冷司令命令，有请郑团长回山寨叙话！"

父亲说："刚才不是谈过了么？还有什么好谈！既是有请，为何带枪？"边说边示意母亲赶紧靠上来。

四人背对背靠近，全都掏出了枪，做好反击的准备。

突然，匪兵们头顶上也传来一声断喝："不准动！缴枪不杀！"

匪兵头目仰头一看，他们上方的崖顶上，已有两挺机枪对准了他们。这正是父亲送给罗政委的那两挺日本机枪。

吓得匪兵们当即将枪丢在脚边，抱着头蹲了下来。

游击队鲁队长和几个队员迅速从山崖上跳了下来，将匪兵们的枪一一收了。鲁队长对匪兵头目说："滚回去告诉冷森，围山游击队不准他在此胡作非为！"

匪兵们一听，转过头就往山上没命地跑，一眨眼便不见了人影。

父亲抢到鲁队长跟前，感激地握了握他的手说："鲁队长，今天要不是你们，我郑某只怕凶多吉少！在下郑天挺真心感谢鲁队长的救命之恩！"

鲁队长笑了："不用客气！接到郑团长的口信后，我们估计冷森会起歹心，特意暗中跟随，发现了此地设有埋伏，便给他来了个反埋伏。此处非久留之地，我们换一个地方说话吧！"

就在这时，赵营长也带人迎了上来，他一见父亲就大喊："团长，我们担心冷森放冷枪，见你们去了这么久还没回来，忙赶过来接你！"

父亲心里一热，答道："好在鲁队长又一次出手相助，不然真让冷森放了冷枪呢！"

见此，鲁队长停止了脚步，说："郑团长，既然接应你的人马来了，我们就此别过吧，我们也得赶紧回驻地。这个冷森是阴险之辈，还不知他又会耍什么花招！"

父亲忙说："且慢，鲁队长，今天冷森莫非想抓我作人质？我这里且有一计，还得贵党配合！"

鲁队长也就止住了脚，俩人站在路边就讨论了起来。

母亲与其他几人则机警地张望着四周情形。

鲁队长分析说："这极有可能是小诸葛的奸计，他想扣留你一晚，今夜就发兵袭击你的营房，抢夺更多人质。这家伙是个三国迷，玩弄的都是三国手法。"

父亲笑了，说："我也想玩三国手法，今夜十二点出发，两点袭击七星岭，夺回人质。"

鲁队长问道："郑团长莫非要重演火烧赤壁？"

父亲说："哦，鲁队长认为须用火攻？"

鲁队长说："七星岭我清楚，三面是悬崖，正面强攻难以奏效，可是放一把火倒可烧个干净，你只须守住山腰各要道抓人就是。不知郑团长可有引火之物？"

父亲说："我还留有日本的燃烧弹！"

鲁队长说："太妙了，哨兵由我们负责解决。"

父亲说："我只留西北角不放火，派敢死队搭绳梯上去解救人质。"

鲁队长说："一言为定，我们今夜十二点准时出发。"

父亲说："我们第一次合作行动，一定会马到成功！"

双方就此挥手告别。

父亲率先跃马，母亲随后。快到玉泉寺时，父亲见一路哨位都在小心地警戒，有些欣慰。父亲暗暗地发誓，不端掉冷森的匪窝就枉有一世英名！

第十章
兵 变

直到全团全体殉难的前夕，父亲和他的弟兄们才知道魏浩
远并不是军统的卧底，而是冷森的土匪的卧底。

马上就是他魏浩远露脸的时候了

母亲后来回忆时曾多次提及魏浩远。

母亲说，她虽不信命，却认为有个唯一的例外，那就是魏浩远是她命中注定的灾星。母亲说，如果没有魏浩远，她个人的历史将完全改写。

母亲随父亲与冷森谈判归来的那个傍晚，正是魏浩远最后一次表演的时刻。随之，他就走到了生命的尽头，被母亲一枪击毙。可他却阴魂不散，严重影响了母亲的后半生，令母亲恨他至死。

一路上磕磕绊绊，魏浩远赖在担架上不下地。谁也没有料到魏浩远的伤很快就好得差不多了，只是他故意在装模作样，让父亲他们放松对他的警惕。

魏浩远在等待时机。也不得不佩服他真会挑时机，当队伍一到围山，他就暗自高兴，他觉得他的机会终于快来了。

而当冷森抢走了八十位姨太太之后，得知父亲气得骂娘时，魏浩远更是莫名兴奋。看来当初这个把兄弟没白拜，马上就是他魏浩远露脸的时候了，他早就与八名随从商量好了种种对付父亲的对策。

父亲离开玉泉寺前去与冷森谈判不久，他就收到了冷森派人乔扮为庙里和尚送来的密信。信上说冷森会趁谈判时扣留父亲一行，让他趁机采取行动，来个里应外合，助他坐上团长的宝座，而他冷森只要那些姨太太。

魏浩远看信后，激动得手都有些微微颤抖，机会说来就真的来了。趁谁也没提防到他，他当即带着冷森派给他的八名随从冲进团部，将李副官、田处长、周军医和文绣绑起来作为人质。至于团部的传令兵和卫兵，都被他们打死。

而父亲对此事一无所知，一心想尽快赶回玉泉寺，商定好当天晚上的奇袭方案。

当父亲一行四人刚踏进临时团部门槛，立即就被魏浩远及几名帮凶用手枪逼住了。

魏浩远冷笑道："郑天挺，你回来得正好。现在我命令你，立即传令各营、连长到团部开会！"

父亲迅速镇定了下来，口气强硬地答道："你没有这个权力命令我！"

魏浩远不屑地说："少啰唆，我将在会上回答你！"

父亲再次强调："你无权命令我，因为你是我的下级！"

魏浩远得意地说："好吧，实话告诉你，我代表军统湖南工作站逮捕你！"

父亲怒气冲冲地问道："我有何罪？"

魏浩远冷笑道："你擅自开战，失陷近百名国军家属！"

父亲："这是军事法庭管的事，与军统无关！"

魏浩远咄咄逼人："你勾结'共匪'，背叛党国！"

父亲反击道："你血口喷人，胡说八道！你说有何证据？"

魏浩远："你送给'共匪'游击队两挺机枪、几箱子弹！"

父亲嘲笑道："现在是国共合作时期，大家一致抗日！我记得你曾经也是'共匪'！"

魏浩远倒振振有词地说道："我早已效忠党国，为党国立下汗马功劳！"

父亲冷笑了一声，故意问道："我被捕了，谁来当团长？"

魏浩远："由我本人代理团长！"

父亲："你以为你能指挥得了我的弟兄们吗？"

魏浩远眼露凶光，嚷道："谁敢与军统作对？赶快传令开会，否则我开枪了。"

父亲悄悄地给了母亲一个眼色，然后将铁锁唤至跟前："铁锁，传我的命令，通知团部负责人、各营长、连长立即到团部开会！"

魏浩远："慢，把枪交了，我派个人跟着！"

双方正在紧张交锋，母亲一直在冷静地观察四周，伺机摆脱当前困境，也就按捺着没有出声，心里却万分憎恨魏浩远此时的丑恶嘴脸。

就在此时，突然传来一声断喝："狗日的叛徒，你还敢玩花招！"未等魏浩远他们反应过来，侯排长带领三十多名弟兄从他们的身后冲了上来，猛地扑了上去，将他们全都扑倒在地，一把缴了他们的枪。随之，每人身边两个人，一人用枪逼着，一人用脚狠狠地踏在背上。

侯排长对父亲说："团长，让我毙了这狗杂种吧！"

魏浩远不甘心地抬起头，声嘶力竭地说："我是军统派来的，谁敢动我！"

侯排长上前一拳砸碎他的眼镜，又一脚踏上他的后背："老子已经毙了三个军统，你是第四个！"

魏浩远再次挣扎着抬起头，狠狠地盯着父亲说："郑团长，你要考虑后果，

你就不怕影响你的军长吗？"

父亲恨不得将他千刀万剐，但他绝对不能影响待他如亲人的军长，想想他魏浩远即使出了兵营也会生死难保，命令道："放了他，让他滚蛋！"

侯排长不动，父亲提高了声音："都给我听好，放了他们，让他们通通滚蛋！"

兄弟们不甘心地移开了脚，侯排长才万般不情愿地移开踏在魏浩远背上的脚。

魏浩远迅速爬了起来，撒腿就朝外逃，弟兄们的枪一齐指向他的后背。

父亲大声喝道："全都给我放下枪！"

魏浩远不敢再跑了，站在原地一动不敢动，弟兄们的枪仍逼着他的后背。

父亲看了母亲一眼，喝道："弟兄们都放下枪，女人可以除外！"

弟兄们的枪缓缓放下，母亲的枪随即举起。

魏浩远快速地转过身来，刚才的飞扬跋扈不见了，代之满脸苍白及恐慌。

魏浩远眼巴巴地看着母亲，哀求道："红梅，我承认我是罪人，可看在我们曾经的感情上，你放过我一马吧！让我去打日本鬼子为我老母报仇，我也决不会亏待你！"

母亲却不为所动："你这个卑鄙的叛徒，你还有脸说这样的话！你对得起你的老母亲吗？你手上沾了多少红军战士的鲜血？日本人不光杀了你老母亲，还天天在残酷地杀害我们同胞，你非但不去对付日本鬼子，倒趁此危难时刻祸害我姐妹们落入土匪之手！"

"今天我代表湘鄂赣苏区人民，处死你这个可耻的叛徒，讨还血债，告慰那些在天之灵！"

说时迟那时快，母亲根本不看魏浩远绝望的眼神，手中的勃朗宁手枪"砰"的一声，魏浩远应声栽倒。

魏浩远痛苦地挣扎了几下，还长长地叹了口气，也许是为自己终于结束了在人世间的一切而庆幸吧！想当初他冲出红军道道关卡，从此不得不走上一条不归路，现在终于都结束了，压在他心上的那些石头终于消除了！

不过，魏浩远要是知道几天后冷森见利忘义，竟然与日本人勾结在一起，也不知会有什么想法！

眼见魏浩远倒地而亡，却不甘心合上双眼时，八名已经站起来的随从齐齐哆嗦了起来。

铁锁提着枪前去察看倒地的魏浩远，母亲说："不用看了，明年今日是他的周年！"

李副官、田处长刚解下身上的绑绳，立即提着枪，一言不发，不约而同地朝魏浩远手下的八名帮凶一梭子扫去。

最后一个瘦子侥幸逃过了一劫，赶紧跪在地上高喊："长官饶命，长官饶命，我们不是军统，我们是——"

话未说完，田处长抬腕一枪，打得他朝前一栽，嘴啃泥土。"就是要打死你这军统狗杂种！"田处长气犹未消，朝地上的那具尸体狠狠踹了几脚。

父亲叹道："你们太急性了，还没有审问哩。"

侯排长说："审问个屁，这帮狗日的军统能干什么好事？老子在前方为党国卖命，他在背后抓你的辫子，专搞阴谋！"

父亲说："死了也就算了，把这八个人，还有魏浩远，都列入为国捐躯将士名册上报。"

李副官余恨未消："哼，真是便宜了这帮狗杂种！"

其实，这是一个极大的疏忽。父亲他们错过了一次揭开魏浩远真实面目的机会，也就错过了清楚地意识到部队当前所处形势的机会，也就错过了避免最后惨烈结局的最佳时机。

父亲团里有三个军统派来的政训处长先后"为国捐躯"了，弟兄们出于经验的惯性，把魏浩远算作第四个。

直到全团全体殉难的前夕，父亲和他的弟兄们才知道魏浩远并不是军统狗杂种，而是冷森的土匪狗杂种。

就是魏浩远将土匪引来了，导致八十名姨太太被土匪掳了去，乃至她们或受尽折磨苟且偷生或屈辱而死，后来又引来了可恨的日本鬼子！一枪解决他的性命，真是太便宜他了！

魏浩远众叛亲离

之前，文绣是到团部来刻印抗战歌曲的。她早就琢磨着成立一支歌咏队，先教姐妹们唱歌，还要教弟兄们唱歌，好让军营里处处有抗日歌声，以此激励大家的士气。

当文绣走进临时团部时，李副官正站在地图跟前用心地看地图，嘴里在

喃喃自语。

文绣正想悄悄退回去，李副官闻声转过头来，见是她，满脸惊喜，忙亲热地招呼道："文绣，你来了，有事吗？进来吧！"

文绣硬着头皮走了进去，却不敢看李副官，红着脸说："我想找钢板和蜡纸，刻印几首抗日歌曲，让姐妹们先学着唱！"

李副官觉得满脸通红的文绣比往日更加动人了，他平日里见到的女子哪个有她如此清纯大方？就是在一些高层次的社交场合，那些女子也是一个个满是心机与世俗，令人不敢轻易接近。但文绣不同，她仿佛是自己青春年少时的初恋女子，自己一心渴望保护她、爱护她。

李副官还记得几天前文绣那动听的歌声，不由赞扬道："组织歌咏队，太好了！那天你唱得非常好，我真想再听听你唱歌呢！"

文绣见李副官热切的神情，大方地唱起了黎锦晖那首《义勇军进行曲》：

我国不幸，水灾兵祸，受尽折磨；暴国乘机，兴兵抢夺，杀人放火；奋斗救国，动起干戈，我们来尽忠报国！快把那万恶帝国主义打破……

唱着唱着，文绣的声音越来越愤慨。

李副官也听得热泪盈眶，想想这么多年的战争，这么多年的苦难，都是罪恶的日本鬼子侵略造成的！

正在这时，田处长风风火火地跑进来了。文绣和李副官都沉浸在歌声里，当田处长的掌声响起时，倒是吓了他俩一跳。

李副官有些不满道："哎呀，田处长进来也不吭一声，有事么？"

田处长倒不好意思了："对不起呀，我以为团长回来了，想向他汇报事情呢！"

李副官闻言摸出口袋里的怀表看了看："是呀，团长应该早回来了，不会有什么节外生枝的事吧！"

李副官如此一说，三人都有些担忧了。忽然，门外传来阵阵急促的脚步声，三人互相看了看，脸上有了喜色："团长回来了！"

李副官与田处长忙朝外迎去，不想魏浩远带着八名随从奔上前来，迅速用枪逼住了他俩，吓得文绣失声惊叫起来。

魏浩远略微示意，几名随从猛地将李副官和田处长扑倒在地，用绳索紧紧地捆住了他俩，将他俩推进临时团部，还将文绣也结结实实捆住了。

李副官也是不好惹的，骂道："魏浩远，你这个杂种，你还想趁团长不在家谋反不成！告诉你，你趁早别做美梦！"

魏浩远也不回话，只是奔至李副官面前，咬牙切齿地甩了他几个耳光。

李副官还想再骂时，周军医从外面奔了进来，边走边大声问道："怎么回事？谁敢在团部吵嚷，真是不懂规矩！"还没说完，他就被魏浩远的手下扑倒在地，也被他们用绳索捆了起来。

魏浩远示意随从将他们四人推至后面角落地上，面露凶光，威胁道："谁敢乱动乱说，我就一枪毙了谁！你们团长到现在还没回来，说不定早让土匪夺去了性命，你们到时就该听我的！"

李副官、田处长、周军医及文绣全都气坏了，在大敌当前的时刻，这个共产党的叛徒竟然妄想夺权！

李副官正想拼命站起来，他身后的文绣忙用脚碰了碰他。李副官一眼触到文绣担忧的眼神时，心里满是安慰。但士可杀不可辱，他今天说什么也不能任由这个叛徒放肆！

此时，门外又猛然传来阵阵匆忙的脚步声，魏浩远让一名随从留下守着他们，自己则带着其他几名随从扑至门口。屋子里几个人的心都悬了起来。

正当李副官要大声呼喊时，魏浩远早就用枪逼住了毫无准备的父亲一行四人！好在侯排长他们及时赶到，终于解决了魏浩远及随从的性命！

危险解除后，母亲奔上前去为文绣解开绑绳，关切地问道："挨打了没有？"

文绣摇摇头："没事！就挨了两个耳光！这帮家伙要我揭发郑团长如何私通共产党，我就说：'郑团长私通了一个当过红军政治部主任的共党分子！'魏浩远就骂我是地下'共党分子'，打了我两个耳光。"

母亲说："文绣，你受惊了。我解决了魏浩远，也为你出了口气！"

文绣满怀感激地说："大姐，好在你们及时赶到，不然我们四人说不定都让魏浩远给毙了！现在魏浩远死了，我们只要一心对付日本鬼子。为了鼓舞姐妹们，我想成立一支歌咏队，大姐你看行吗？"

母亲说："文绣，你思想进步，大姐支持你！来，这事以后再说，让我先送你回房里休息去吧！"

文绣赶紧说："大姐，我不是娇小姐，我自己回去，你和团长还要商量重

要事情呢！"

母亲只得作罢。

就在魏浩远一伙在团部杀人绑人的时候，玉泉寺主持印空法师正跪在主殿佛像前闭目诵经，谁也没有注意他。他早已将父亲全团的情况摸得清清楚楚，自然明白发生了什么事，忙悄悄地闪到大佛像背后，这里藏有一条直通殿外的暗道。

当印空法师来到殿外，正好碰上侯排长侦察归来，正想急急赶回寺里向父亲报告。他急忙拦住了侯排长，将临时团部刚刚发生的事情告诉了他。

侯排长闻言急了，留下几位兄弟在外警戒西院驻地，果断地带着其他兄弟随着印空法师从暗道前往临时团部。一出暗道，他就听到魏浩远胁迫父亲将所有军官召到团部开会，顾不上愤怒，迅速带领兄弟们包围上去，才幸免了一场劫难。

待父亲明白了侯排长何以带人及时赶到，对印空法师万分感激，忙带着母亲等人，赶到寺里主殿上，找到管事和尚，让他去通报印空法师，有要事相访！

管事和尚好像知道父亲会去找印空法师，直接带着父亲前往东后院印空法师的住处。

印空法师早已在会客室里等候，见父亲一行来到，赶紧站了起来。

父亲抢上前一步，双手合十向法师致谢："今日倘不是法师出手相助，真不知是什么局面！郑某在此代表全团官兵及姨太太们向您致谢！"

但见印空法师白髯飘拂，双手合十："阿弥陀佛，也是法缘合该如此！如今世道不太平，看来贵团处境艰难，还得及早谋划为上！佛门乃清净之地，请施主赶紧将尸体移葬他处为上策！"

母亲定睛一看，这印空法师不就是原苏区政府秘书长老谢吗？他怎么出家当和尚了？母亲试探地叫了一声："老谢，谢秘书长！"

印空法师睁大眼睛看了看母亲，随即双眼微闭，面无表情，口诵佛经："大慈大悲我佛如来普度众生。女施主你认错人了，贫僧早已六根清净，超脱凡尘！"

母亲清楚地意识到，老谢拒绝认她，只得黯然与父亲等人再次谢过住持，悄然退下。

回到临时团部，父亲就召集了紧急会议，商定了当晚奇袭七星岭的行动方案，然后各自分头去布置。

一切准备就绪。

略事休息，到了半夜时分，父亲就带着赵营长一营人马及侯排长侦察排直奔七星岭。

孙营长则负责留守保护姨太太们，母亲将姨太太们集合在后进，万一危急时迅速后撤。

冷森真是太狡猾了

当父亲在七星岭外围布置好兵力，正要带着挑选出来的敢死队直上七星岭时，随着几声约定的暗号声响起，鲁队长急急地带着几名游击队员赶至跟前。

一见父亲的面，鲁队长就说："冷森真是太狡猾了，据我们的侦察队员侦察，你们这边下山，他那边也趁着夜色带着队伍直奔山下去！但是不是所有人都下山了，姨太太们是不是还关押在山上，都还不太清楚！"

父亲二话没说，就随带队鲁队长往七星岭上赶，赶到时游击队员已攻上了七星岭营房。

冷森为了迷惑父亲他们，还留下四五十名匪兵把守营房。当游击队进攻营房时，匪兵略微抵抗了一会，就纷纷投降了，个别反抗的也被游击队击毙了。一问，才知道冷森领着匪徒们下山了，至于要到哪里则不太清楚，说冷司令没讲，只要他们看守营地。

当父亲与鲁队长举着火把，冲进人去楼空的七星岭顶峰时，但见一地狼藉，到处是丢弃的鱼骨头、肉骨头、未燃尽的柴火堆、烟头等垃圾。

聚义大厅的墙壁上，有冷森用木炭条写下的大字："老子找薛岳去了，郑团长恕不奉陪！"

赵营长赶来报告："到处都搜过了，姨太太们已不见踪影！"

父亲不由怒火冲天，暗暗骂道："真是背弃信义之徒！"

但父亲知道，骂也没用，还得赶紧采取应对措施。于是，他让侯排长带人迅速去探明冷森行踪，其他人撤回玉泉寺，谨防土匪夜袭玉泉寺，务必随时戒备。

这次土匪倒没来突袭玉泉寺，而是挟持着八十名姨太太直奔日本兵而去。

之前冷森采用军师小诸葛的计策，在半路上设下埋伏企图突袭扣押父亲，同时通知魏浩远趁机下手。到时双方内应外合，将所有姨太太抢到手，再让魏浩远当上代理团长，然后将所有的过错都推至他郑天挺身上，可谓一箭双雕。

不料围山游击队救走我父亲，接着魏浩远事败身亡，一条妙计落空了。

当魏浩远被母亲一枪击毙了，另一个伪装成挑夫的土匪，趁父亲他们商量行动之际，慌慌张张地跑上山去报信。

冷森正在议事厅里商量事情。消息传来，他顿时从座位上蹦了起来，气得脸色铁青，恨恨地直骂娘。

小诸葛也大失所望，但他想了想便对冷森说："情势有变，不能再坐等郑团长的赎金了！请司令火速下令转移，我料定郑天挺今夜必来扑营！"

冷森愕然了："何以见得？"

小诸葛说："那个团长太太郝红梅，不是寻常女流之辈，她趁上山核对人数之机，已将我们的军事布局看了个仔仔细细！"

冷森说："老子这里一夫当关，万夫莫开，怕她看个鸟！"

小诸葛劝道："司令有所不知，郑天挺智勇双全，他既然掌握了我们寨里的布局，决不会强攻，而会另有计谋。如果他来个火烧赤壁，我们将死无葬身之地！"

冷森听了，倒抽了口冷气，着急地说："转移到哪里都不安全！我们夺了他们八十个活宝，必定对我们穷追猛打！"

小诸葛却信心百倍地说："转移到有日本人的地方去，国民党怕日本人，一定不敢来打我们！"

冷森似有所悟，哈哈一笑，称赞道："参谋长不愧为小诸葛！有了这八十个活宝，老子要跟日本人和国民党来个三足鼎立！但说来容易做来难，参谋长你说说看，日本人现在在何处？我们怎么以最快的速度赶到那里？"

小诸葛笑了笑说："告诉司令吧，说难也难，说不难也不难。我早已派人探查到了，日本兵原以为郑部往南岳去了，追到半路上就发现不对。现在，他们早已一路惊扰到浏阳东乡永和一带了，下一步可能直逼围山而来！"

冷森一惊，缓缓地说道："日本兵往东乡来，不是好事。他们绝不是省油的灯，不可能对我们友好！"

小诸葛摇摇头，冷笑道："司令有所不知，你现在手里有八十名太太，手里就握着一张好牌呢！"

冷森豁然开朗，不由点头称是，问道："你有何妙计？绝不能等郑某人来火攻，让他将八十名姨太太夺回去！一旦时机成熟，我们还得将所有的姨太太都抢过来！连郝红梅都不放过，那个婆娘倒是美得泼辣够味！"

"司令所言甚是！但当前我们还是三十六计走为上计，越快越好！"说到这里，小诸葛故意卖了关子，顿了顿才说，"至于怎么走，想必司令已经想到了最快的点子！我这里也有一个点子，司令大人您看行不行？

"就目前来说，既然不能走大路，那就只能走小路！走小路又走不快，不如顺流而下走浏阳河！你看山下金盆镇畔浏阳河源头大溪河直通浏阳城，由浏阳城还可到长沙城太平街。

"每年四至六月水位暴涨暴落，七月水位减退，十二月至次年二月为枯水期。全年利于航行的平水期，只有七月至十一月五个月。

"这五个月内，为冲破滩多湾急礁石密布的行船障碍，船家必须借助沿路各河坝依次蓄水放水，方可顺利航行。在整个上东河段就有十七座河坝、两个船码头。上东大团团局自前清团总涂启先主持以来，主持民间自筹资金也将河坝维修管理得好好的。一路下来，其他各地都群起仿效，沿路通航都没问题了……"

"就说怎么办？浏阳河说那么多干什么哩？"冷森不耐烦了。

小诸葛倒是收起了笑，满面严肃起来："司令有所不知，我讲浏阳河就是讲我们如何以最快的速度找到日本兵呢！

"现在虽是枯水期，但今年下半年雨水多，河里的水并不少，倘我们派几十个兄弟打头阵，出其不意趁天黑跑到金盆镇下面那个码头，征二三十只驳船应是没问题！

"然后让半数以上兄弟护送姨太太们连夜坐船到永和镇附近上岸，其他半数兄弟就随船走岸上。到明天中午前，兄弟们就可汇合于永和镇，找个合适地方驻扎起来！再去找日本兵，与日本兵谈条件！"

冷森一听，连声称赞，赶紧将众头目叫来，让小诸葛一一分配任务，哪些人打头阵，哪些护送姨太太坐船，哪些随船行走，哪些殿后。至于七星峰留上四五十个兄弟想办法拖住郑部就行了，能拖多久就拖多久。

一切布置妥当，冷森又挑了五六十个壮汉打头阵，匆匆让其他兄弟们用过餐之后，趁着天还没黑，就兵分几路，朝山下飞奔而去。

八十名姨太太依然装在麻装里，嘴里都塞了布块，由专人背着，走在队伍中间。

姨太太们一个个心里满是绝望与恐惧，真是叫天天不应，喊地地不灵。她们知道郑团长会来救她们，但谁知土匪如此狡猾，竟然要转移地方，看来她们只能听天由命了。

不如干脆将八十名姨太太卖给日本人

话说河野指挥官接到川口中队被全歼的报告，气得暴跳如雷，立即率所部步骑一千余人前来报复。他们进入浏阳境内，即被王大勇游击队缠住。

王大勇率部且战且退，在浏阳西区与株洲东郊之间打圈圈，一路上时不时地丢放女人用品，逗得河野喜笑颜开。他命令部下奋勇追击，务须将三百多名中国花姑娘全部活捉，为天皇陛下建立功勋。

等到王大勇从河野精心撒下的包围网中向浏阳东区突围而去，他连花姑娘的影子也未扑到时，河野已尾追到永和镇，驻扎在离河不远的一个小村子里。他方知上当，懊恼万分。

这天一大早，河野就起床了。一夜都没睡好的他，正在听取侦察兵侦察来的消息，原来狡猾的郑天挺已经率部上了湘赣交界的围山。

情势复杂了。

那里不光地势复杂，还有共产党的游击队，还有冷森部的土匪。看来又有一场恶战，只是河野的部队已经相当疲惫了，补给也出了问题，还得想办法征用当地粮食。

可村子里的人都跑得光光的，只得家家上门去搜索，搜来的粮食很有限。恼怒的日本兵纷纷放火烧房子，河野知道那是手下发泄怒气，也就没有多过问。

再问围山的具体情况，侦察小队长却说得不明朗，连郑天挺驻扎何处都未探明。河野甚为生气，喝令其火速再去侦察明白。侦察小队长只得喏喏地退了下去。

吃过早饭后，河野就将自己关在屋子里琢磨墙上挂着的大地图，任谁都不要打扰他。

快半上午时，忽然士兵来报土匪头子冷森派人打着白旗求见，河野打算置之不理。

河野向来看不起那些套近乎的软骨头中国人。一个人连自己的国家都不爱，也就不值得让人尊重了。

对于郑天挺这个人，河野倒既恼又敬，敢于在他太岁头上动土，真是有些勇气。但竟然让他三百多名部下送了命，他又是恨得咬牙切齿，他发誓要找到郑的部队与之好好斗斗。

当看到眼前那个颤抖的中国人时，他改变了主意，一改冷峻的模样，温和地问道："有什么事尽管说来！"

来人说："我们是中国良民，只是被逼上山！今天我们冷森司令求见，有要事向河野先生禀报！"

"哦，土匪竟然送上门来，葫芦里卖的什么药？倘为我所用，对于袭击郑部就大大的有利！不如叫那个什么冷司令前来问问！"河野心想不如随机应变。

赶在天亮时分，冷森部坐船到达了永和镇附近的兰花台，一个河边的小村子。风闻日本人来了，村子里的人逃得光光的。

这里离日本人实在太近，冷森看了看四周地形，将人马移至村子后面的山上。这里有一座观音庙。庙不大，但安置八十名姨太太还是没问题，至于部下就布置在四周山里了。想来观音慈悲为怀，普度众生，冷森却在这干着出卖同胞的勾当，真是极具讽刺意义。

总是有如此败类，在他国军队踏进自己的国土，对自己同胞为非作歹时，不但不拿起武器抗争，还为了自己的利益为虎作伥，真是一群可耻的败类！

冷森刚在庙里大厅坐定，默默神后，将小诸葛叫来，对他说道："郑天挺要要花招，那就对不起了，不如干脆将八十名姨太太卖给日本人！"

小诸葛听了一愣，忙力劝道："司令此举万万行不得，这是投降卖国，将落个汉奸汪精卫的千古骂名！"

冷森说："汪精卫是卖国贼，可老子只卖女人不卖国！"

小诸葛正色道："卖女人也只能卖给中国人，请司令三思！"

冷森气呼呼地说："国民党讨价还价，不讲信义，老子不耐烦跟他们打交道！"

小诸葛反问道："难道司令相信日本人会讲信义？"

冷森说："老子试试看。只要日本人肯比国民党出高价，老子就一手交钱，一手交货，两清！"

现在走路的那部分人马也已到了，冷森才带着小诸葛及五六个部下，终

于站到河野眼前。

一眼瞧见河野壮实的五短身材，凶猛的目光，周围那些荷枪实弹的日本兵，冷森腿肚子有些发抖，暗暗后悔没有听小诸葛的意见。

但他冷森也不是吃素的，既然来了，不如豁出去了，暗地里振作精神，从容地将他与皇军的生意一一说来。

河野听完翻译官转述冷森的话，脸上堆满了笑，笑得眉毛打弯："哟西，冷司令的皇军的朋友大大的。皇军大大地收购花姑娘的有，钱和枪的大大地给！"

当听完翻译官的翻译，冷森倒大为意外，他绝对没想到日本人如此爽快，不由心存疑虑。

但当河野命令军需官抬出一筐白花花的大洋和几捆黑亮亮的枪支，放在他冷森面前时，看得他两眼像刚擦了油的皮鞋贼亮贼亮。

河野语气很客气，话语里却冒着冷气："请，冷司令的点数的有，不够的皇军大大地补上！"

冷森才不管这些，上前一步，左手抓起一把大洋，右手抄起一支枪，笑得合不拢嘴巴："皇军大大地够朋友，生意的成交！"

但念及日本人的特性，冷森很快冷静下来，随即提出自己的要求——到兰花台山下选一个交换地点，日本兵将他们几人及这些大洋、枪支安全送到他在山下的布防区，他才命令部下将八十名姨太太送到日本兵手里。

翻译官刚翻译完，河野的脸色为之一变，凶猛的目光如生铁一般射向冷森，手已握到挎在腰间的指挥刀上。

冷森只觉得浑身一寒，但他装作什么也没看到，笑眯眯地看着河野。

河野倒是变得快，很快换上了一副笑脸："你的不信任皇军，皇军大大地够朋友，你只管放心的！"

冷森依然笑眯眯地坐着未动。

河野只得让翻译官告诉他，他河野绝不会伤害他，就按他冷森说的办！

冷森趁机请求让他带来的人提前去带姨太太们下山，前提是日军不能跟随他上山。

河野听懂了后，点了点头，就放了冷森两个部下先行。

随后，河野板起了脸，对冷森说："冷司令跟皇军合作大大地好。攻打围山，你的打先锋的有，抓花姑娘，皇军统统的收购，钱的枪的加倍的给！"

站在身后的小诸葛扯了扯冷森的衣角。

冷森却不为所动，脸上满是媚谄的笑，朝着河野连连点头哈腰："只要皇军让我安全地回去，我愿为皇军效劳！"

河野面无表情地点了点头，一丝冷笑浮上他的嘴角。

小诸葛则急得脸上红一阵白一阵，几次张嘴想说些什么，看看冷森看看河野，就什么都没说成。当河野喊送客时，小诸葛只得机械地跟着冷森朝外走。

当一行带着日本兵刚刚来到兰花台山下，一列端着枪的冷森部下钻了出来，站在山脚下不动。

河野轻轻地点了点头，让冷森、小诸葛先行过去，几个随从则挑着白银和枪支跟在身后。

快到山脚下，冷森停住了脚，赶紧转过身来面向日本兵，小诸葛也随之转过身来。

冷森手一扬，八十名姨太太排成四排被端着枪的土匪押了出来，姨太太们虽穿着肥肥的军装，手都被捆在了身后，但土匪们早已让她们洗漱了一番，看上去清清爽爽。

远远地，当姨太太们看到前方全副武装的日本兵，全都立住了脚步，不肯再往前走。

后面的土匪端枪逼着她们，前方的日本兵也逼了过来，不知谁带头"哇"的一声大哭，姨太太们全都悲悲切切地哭了起来。哀哀的哭声惊动了山脚下几棵大树上的乌鸦，引得它们也呱呱地叫了起来。

就在哭声里，冷森、小诸葛及部下窜得不见人影，姨太太们则让日本兵押回了他们的驻地。

河野看着眼前一个个簌簌发抖的姨太太们，其梨花带露的风韵令他眼睛发亮。他走上前去，托起前头一名姨太太的下巴，仔细看了一阵，眯眼笑道："中国花姑娘的大大的美，我的明白了，国民党享福大大的，打仗小小的！"

你这是为虎作伥啊

冷森窜回观音庙，就将众头目集合起来，商量带日本兵打回围山的方案。

小诸葛苦劝冷森道："司令不可，万万不可，你将姨太太们卖给日本人原本就不对，现在要是再带日本人攻打中国军队，更是汉奸卖国行为！"

冷森很不受用，脸沉了下来："老子又不接受日本人的封号，只是买卖行为！我帮日本人攻打围山，只是想得到那些姨太太！之后再将那二百多名姨太太卖给日本人。得了钱和枪，老子离开日本人就是。"

小诸葛直言道："冷司令，你这是为虎作伥啊！日本人决不会给你什么甜头的！"

冷森满脸不受用，说道："今后国民党打老子，老子就跟日本人拉拉手；日本人打老子，老子就跟国民党亲亲嘴！"

小诸葛仰天长叹："哪里有这么简单的事？只怕你我都死无葬身之地！看来我要做田丰第二了！"说完，他不由潸然泪下。

冷森并不知道田丰是谁，但他看出小诸葛对他心怀不满，随后就派了几个心腹弟兄暗暗监视他，实际上将他控制起来。

河野将攻打围山的计划电告山本旅团长。山本并没有加派兵力，因为现在首要任务是攻打长沙。他要求河野速战速决，将姨太太们带回长沙。

河野原本想增兵的计划落空，虽说无奈也没有办法，想想又释然了。

在当时，一个战斗力很强的中国师，才能跟日军的一个联队（团）打成平手，前提是这个中国师在战略上和战术上都不出现失误。这是日本人自己的看法，自然也是他河野的看法。

也因此，第二天一大早，河野就以冷森匪部五百多人为前锋，拿出一个中队殿后，其余近八百余人紧跟冷森部行进，浩浩荡荡杀奔围山而去。

天开始淅淅沥沥下雨了，气温下降了，道路更为泥泞难行，但一路毫无阻拦，沿途集镇的团丁未敢阻拦强大的日本兵。

这一切，父亲和他的弟兄们并不知道。陶醉在难得的平静里的二百多名姨太太们更不知道。

第十一章
对抗日军

做了这两件事后，父亲清楚地意识到，当务之急虽是夺回八十名犹太太太，但保证剩下的二百多名犹太太太的安全更为重要。

第一要招便是要学会自己逃命自己保护自己

父亲夜袭七星岭扑空，随后与围山游击队罗政委拟定了活捉冷森的方案。

父亲派出两名便衣侦察员，会同围山游击队的一名队员，星夜奔赴离围山六十华里的官渡镇。

三个人奉命守候在冷森的姘妇家周围，日夜监视。一旦发现冷森踪迹，立即遣一人骑快马回山报告，届时将由母亲带一个小分队去活捉冷森。

只是一连两天，都发现没有冷森的踪影。

父亲还写了一封措辞强硬的信给湘东地区行署的孔专员。

在信中，父亲指责孔专员纵容下属湘东自治联防大队抢走第九战区八十名随军眷属，要求他整饬政纪，克日将所有被劫人员归还独立团。否则，自己将直接控告到军事法庭。

父亲当然知道孔专员追不回人质，但先发制人，将来上了军事法庭未必不是一块挡箭牌。冷森被招安是实，那么招安冷森的湘东行署必须为冷森的行为负责。

做了这两件事后，父亲清楚地意识到，当务之急虽是夺回八十名姨太太，但保证剩下的二百多名姨太太的安全更为重要。

父亲随即专心察看驻地玉泉寺周围情形，并选择有利位置构筑防御工事，以防万一前来进犯之敌。

冷森过于狡猾了，父亲不能不防他又来偷袭，更要防止他与日本兵联手来攻击。

据侦察人员报告，冷森根本没去官渡，早已跑至永和境内，且与日本人会面了，还不知他葫芦里卖的是什么药。父亲令侦察人员再具体侦察，务必弄清冷森的行踪及其与日本人的会面结果。

天下起了小雨，山上气温更低，这给防守带来了更大的挑战。

八十名姨太太的被劫，虽给剩下的二百多名太太带来强烈的恐慌和不安，但她们很快就复归于平静。她们认为谈判交涉都是他郑团长及其部下的事，与她们这些人微言轻的小女子何干？

曾到过南岳衡山的姨太太认为，围山好似一位养在深闺人未识的美女，比南岳衡山更摇曳多姿。这里山高林密，空气清新，山中众多的鸟儿每天都在欢唱，更使大山具有一种野性美。

乃至这些姨太太们都认为不到南岳，驻扎在围山也是件很好的事。这大山之上可攻可守，也应该有安全的保障。

一路逃离，姨太太们受足了苦头。当第二天一大早母亲集合姨太太们，提出每天早上七点必须起床，晚上九点半必须就寝，上午九点开始必须实行军事训练，至下午四点结束，中午用过餐后，只能略事休息时，姨太太们倒积极响应。

姨太太们认识到在如此形势下，第一要招便是要学会自己逃命自己保护自己。

于是，就从这个早上开始，母亲站在头进院子台阶上，点名之后，先做做预备运动，再带着姨太太们顺着山道往后山上跑。母亲让荷花带队跑在前头，她自己则跑上跑下为姐妹们加油。

姨太太们一个个跑得气喘吁吁，小嫦娥她们几人更是暗暗叫苦，可只要听到母亲的声音，谁也不敢偷懒。

跑步回来，早餐已等在桌上了。姨太太们纷纷跑到自己一队的桌边，端起碗就吃，也不再讲究什么吃相不吃相，实在太累了。

稍事休息后，母亲的哨子一吹，姨太太们又奔至前进院子里。

点名之后，母亲将她们带到后山上新开辟出来的练习场进行射击练习。母亲是总教练，还抽了几个射击好的士兵当教练。

开始训练第一天时，母亲还特地讲了几句，姨太太们都听懂了——真的上了战场，指望依靠其他任何人都不行，还得自己靠自己，一定要学会打枪，还得打得准！

眼见如此众多的美女，那些教练只管埋头讲解要领和示范了。

小嫦娥跑步不行，只是作为小队长，她得打起精神带头跑，她要是跑慢了，后面的队员就直嚷嚷。射击就不同了，小嫦娥进步尤其快，仿佛有特别的悟性，教练示范一两次，她就会了，还很少失手。母亲走过她身边时，由衷地表扬了她，还让她去指导她小队的其他姐妹。

荷花则笨了，持枪的模样就别扭，射击时总是跑偏，她急得要哭了，身边的姐妹也偷偷地笑。

当母亲走过去时，荷花真哭了，母亲忙安慰她，让她慢慢来。

荷花抹着泪说："大姐，我是不是特别笨，连打枪都不会？"

母亲笑了："现在不会不要紧，只要认真学，练习多了就会了！"

荷花这才擦掉眼泪，心平静多了，又跑去练习。果然，到了第二天情况就好多了，她的信心足了起来，其他姐妹见此也练得更起劲了。

到了下午四点以后，便是姨太太们的自由活动时间。她们可以申请去练习射击，可以在房间里休息，也可到寺外散散步。

不过，散步不能走太远，只能在以玉泉寺为中心半径一百米的范围内活动，再往外走，便有站哨的弟兄将她们吆喝回来。

休息时间里，头一两天，姨太太们就是翻天覆地地睡觉，一路上急赶猛赶，她们欠了太多的觉要睡。

之前有姐妹没舍得将麻将丢掉，还是偷偷地带上了一两副麻将。觉睡足了之后，麻将牌很快再次成为小嫦娥她们消磨时光的最佳选择。这次就更好了，打麻将的同住在一间厢房里，不打麻将的住在另几间厢房里。

小嫦娥凑起了麻将班子，虽说不敢吵闹，还得将门窗关得紧紧的，但打的看的都兴趣盎然。小嫦娥手气好得一塌糊涂，和了不少牌，也赢了不少钱。遗憾的是小雪不能常在她身边，没有人真心为她叫好。

由勤务兵组成的临时警卫营，在李副官的带领下，正在寺外空地上突击进行军事训练呢。说得也是，万一土匪或日本兵打来，总不能又白白让姨太太们被抓。勤务兵的训练可比姨太太们严格多了，白天整整一天都在训练场上，人人得过关，晚上还得训话。

文绣和素玲趁机分别拉起了歌咏队、演剧队，也忙了起来。母亲特地在后院给她们各找了个偏僻小屋子，还给她们找到了木炭，让厨房特地给她们生了火。于是，文绣、素玲她们练歌的练歌，排戏的排戏。虽然将声音压得低低的，但她们练得很认真，不觉得冷，也不觉得累，只觉得自己的生命在悠扬的歌声里渐渐地绽开，怒放。

不打麻将，也不唱歌、唱戏的姐妹们悄悄地找机会靠近正殿，翠喜便是最虔诚的一个。翠喜悄悄地去看寺里和尚念经，那些念经声如清澈的山泉水漫过她们心坎时，她们忘记了战火，忘记了逃亡，静默于香烟缭绕之中深刻地感受到了出世的庄严。

那些袅袅的念经声，有时甚至还让那些在打麻将的姨太太们都发起呆来，暗生感慨："哪里也不逃了，就听听和尚念经！"

才过了一两天太平日子就不安分了

女人成堆的地方，纠纷也成堆。行军逃命途中，良家妇女帮与婊子戏子帮的矛盾还处于潜伏状态。现在安静下来了，则掀起了小小的爆破口。

翠喜求子心切，一心盼望今后生个儿子与大太太抗衡，少受大太太的冤枉气。她天天跑到主殿里去烧香磕头，还给寺里捐了十块大洋的香火钱，在佛菩萨面前许了愿，抽得一支上上大吉签，菩萨保佑她不久就会喜得贵子。

一个老和尚见翠喜如此虔诚，还特地给她找来了几大包草药，说用这服药熬水洗澡，保证可以生子不生女。翠喜欣喜异常，深信不疑，当即给了老和尚几块大洋，早早晚晚煎水洗澡。

二百多个女人的洗脸、洗脚、洗澡水都由柴房里两口大锅供应，紧张状况可想而知。故一天到晚火都不停。翠喜一人早晚都占了一口锅，非要将药水烧开了不可，这就使旁边等待的姐妹极不耐烦。

这天晚上，天出奇的冷。一个叫菊连的姨太太连连催促翠喜快点，她想早点洗漱了睡觉，翠喜置之不理。菊连急了，趁翠喜外出拿洗澡巾的空子，把翠喜的药水倒在她桶里了事，另外放了一锅冷水去烧。

翠喜转来一看，不由大怒，对菊连嚷道："我的水还没烧开，你怎么就倒出来？"

菊连不服气："洗澡又不是烫猪，要烧开做什么？"

翠喜急了，说："我这是药水，不烧开不出药效。我要是不生儿子就找你！"

菊连冷笑道："我又不是你男人，你生不出儿子怎么怪我？真是个不要脸的臭婊子！"

这一下更是惹发了翠喜的滔滔怒火，她回骂道："你神气什么？脱掉裤子，你那呆 × 还不如婊子好用呢！"骂着骂着，翠喜冲了上去，竟然扭住了菊连的头发。

菊连也不含糊，也一把揪住了翠喜的头发，两个人揪扭在一起了。

此时，两人身旁早已聚集了不少观战的姨太太们，各自帮腔帮手的姨太太们没怎么犹豫就冲了过去，一齐揪扭起来。姨太太们从柴房内打到柴房外，越打人越多，场面一片混乱。打到后来，连她们自己都闹不太明白为什么要

打架，打到哪儿是哪儿！

"臭婊子！骚婊子！"姨太太们一边拳打脚踢，一边胡乱地骂道，或者呜呜地哭。这么多天的奔波、惊吓、饥饿、寒冷让她们受够了，此刻正好找了个出气筒，绝望垂死的恶气通过它抛撒出去，乐得减轻内心重压。

一开始，菊连并没有被打痛，却得谢谢翠喜的当头袭击。她趁此拳头、指甲、脚，全身一齐行动起来。翠喜一边的人眼看着打不赢，就有人溜去叫她们的头头小嫦娥。

小嫦娥一听，麻将一丢，猛地站了起来，大嚷道："男人欺负我们还不够，连女人也欺负我们，没法活了，打！"小嫦娥带领她的第九小队冲到厨房参战，形势立马翻了个边。菊连一边的人被撕打得个个披头散发，伤痕累累。

翠喜的药水桶也被挤倒了，水流了一地，不时有人摔到地上，弄得满身是水是泥，脸上也脏兮兮的，场面有些滑稽。

翠喜心痛那些药水，手上脚上的力道更重了，但见她窜上窜下一顿乱打乱踢，场面更为混乱起来。

正在这时，素玲来打水，见此情景急了，忙高声劝阻："不要打了，不要打了，都是共过患难的姐妹，都不容易，都退一步为对方着想！"

菊连一边的人嚷道："我们打输了你就来劝，难怪说婊子戏子一窑货！"

这一来激怒了素玲身后站着的舞台姐妹们。她们未等素玲阻止，纷纷冲上去参与揪打，打得菊连她们哭喊救命，派人火速召来了荷花。

荷花是良家妇女帮中公认的头面人物，素来瞧不起当婊子的女人。当下带了几个姐妹跑来参战，一下子压倒了小嫦娥、翠喜一帮人。荷花做过苦力工夫，一人可抵挡七八个女人。

小嫦娥念着之前荷花的救命之恩，忙退了出来，站到了一旁旁观。

翠喜则顺手摸起一根柴火棍，念及自己的万般委屈，越打越猛，好歹与荷花她们打成了平手。

素玲急得在人群外跳脚。

文绣闻讯上前劝架，还没说上一句话，就冷不防被荷花顺手推倒在地。

小嫦娥一眼瞧见，幸灾乐祸地说："别以为你当了个歌咏队长就了不起，谁不知道你是想趁此勾引李副官！"一句风凉话如利箭刺来，气得文绣哭了起来。

越打人越多，声响越大，竟然传到院子外面去了。有耳尖的勤务兵听到声响，跑来一看，吓了一大跳，慌忙从临时团部叫来母亲。母亲奔至跟前，一见那混乱狼狈的场面，急火攻心，一声怒喝："干什么，干什么，这是干什么？太不像话了！"话如声声炸雷响在平地。

众人一惊一愕，齐齐地住了手，站在原地一动不动了。一见母亲愤怒的目光，更是彻底放下了手，纷纷低下了头。

母亲扫视了一下现场，声音里有了狠劲："真是无法无天了，才过了一两天太平日子就不安分了！像什么话！看看你们都成了什么模样？一个个衣衫不整，披头散发，真是颜面扫地！赶紧去洗脸洗脚，整理一下，听哨声到前院集合！"

姨太太们知道母亲真生气了，谁也不敢吭声，转眼间就溜得一干二净。

母亲让勤务兵收拾一下纷乱的厨房和院子，急急地赶往前院。

母亲站在最高台阶处，压抑着满腔怒火，静静地看着姨太太们一个个赶来，一一按平时的队伍站好。谁也不说话，母亲也不说话。一片安静，静得都能听见细雨的沙沙声，却越来越重，如沉重的石头压在大家的心上。

母亲扫视了一下全场，但见不少人脸上有几道伤痕，头发大多整理好了，衣服却未来得及换好，一个个灰头灰脸的模样。

母亲的怒气渐渐消散了，却有说不清的难受浮上心头，她缓缓地沉重地说道："姐妹们，我替你们难过，非常难过！我真不想多讲，可是不得不讲。别人瞧不起当姨太太的，可我们不能自己瞧不起自己，自己作贱自己。国难当头，日本兵一路在追击我们，现在土匪也在虎视眈眈，姐妹们不得不藏身于这高山寺庙，却还在自己人打自己人！这是为什么？姐妹们，要说我们处境卑贱，是这个社会强加给我们的，可是我们不能让自己卑贱！想想那些被日本鬼子强奸杀害的姐妹们吧，想想那些被土匪抢走的姐妹们，她们都让冷森带到山下，有没有送给日本人还不知道！我们还有什么心情去为鸡毛蒜皮的事情吵架打架呢？"

参加了揪打的姨太太们都头低得更低了。

母亲把荷花喊出队列，问道："你为什么打人？"

荷花说："她们勾引男人不要脸！"

母亲说："你看过她们勾引男人么？谁想无缘无故地勾引男人？你为什么不去恨那些强迫她们不要脸的男人呢？"

荷花无言对答，眼眶却红了。

母亲接着说："姐妹们，作为一个女人不能没有同情心。这个世界同情心太少了，我们能不能带头献出我们的同情心呢？我们都是些弱女子，能够献出的也许只剩下一颗同情心！姐妹们，我们是一个集体，虽然是临时的集体，同样需要团结。但愿这次打架是最后一次！"

母亲又叫翠喜出列，问道："是你带头打人的？"

翠喜脸上满是伤痕，此刻委屈地哭了起来："是菊连叫我臭婊子，我实在气不过，就扑上去打了她一耳光，她打我更多！""哇"的一声，翠喜悲悲切切地哭得更响了！

母亲扫视了一下队伍。

还没等母亲说什么，菊连忙跑到了前面，但见她脸上也有几道让人抓破的红印子，依然蓬散着头发，她自责地说道："都是我，我不该倒掉翠喜煎的草药！我更不该骂她！要处罚就处罚我吧！"未等说完，她也伤心地哭了起来。

一时间，场上响起了一片哭声。

母亲叹了一口气说："都别哭了吧！敌人就在山下，说不定什么时候攻上来，大家都赶紧去吃晚饭，再回房歇息吧！"

随后，母亲宣布小嫦娥、荷花、素玲几个参与了揪打的小队长，得关一夜禁闭。至于翠喜、菊连，她们也得关一晚，因为打闹由她们引起。

一夜无话，姨太太们比往日都安静。次日早操时，翠喜她们几个都当众作了检讨。

上午的跑步因天下雨取消了，但射击却照常进行，趁雨小时都穿着雨披赶到训练场上。经过昨晚的风波，她们倒练得更认真了。

到了下午自由活动期间，母亲找来文绣，与她一道拟订了一个学习计划，计划教大家唱几首进步歌，也学学一些关于妇女解放的文章。

可这个计划来不及实行便告吹了，永远地告吹了。

是战争毁灭了这个美好的计划。

向玉泉寺正面工事轮番发起了七次进攻

在冷森部队的带领下，河野联队一路上还算顺利。除了随地征集些粮食及鱼肉等之类，他们也无意去袭击沿路的集镇与村庄。

两天急行军，河野联队于第二天半夜时分，到达围山栗木桥。这里有几户人家，河野就将部队驻扎在附近的道观里。

父亲第一时间里得到了情报，头一天晚上就布好了防，随时都准备迎击进犯的敌人。母亲则带着姨太太们穿戴整齐地集合在后院厢房，一旦敌人突破正面防线，就随时带着姨太太们往后山上撤退。庙里的和尚们也被告知敌人即将进犯，除了住持等几位留了下来，都由寺东北角方向走小路往张家坊方面离开了。

第三天天刚刚放亮，冷森匪军作为先锋就悄然地摸到玉泉寺西面，从正面向玉泉寺发起了猛攻。

玉泉寺在高处山窝里，父亲早就令各营在寺外面五百多米处依山势挖了些阻击工事，这些工事巧妙地环绕着玉泉寺。

而寺后东面便是高山。北面直通七星岭，也可通往张家坊境内。寺南北两侧都有一个垭口，在垭口上也布置了工事，也是预留的后撤之路。

敌人从西而来，父亲在北面、西面、南面布上主要兵力，日夜加强警备，一旦看到对方进入到有效射程，就下令猛打。

雨纷纷扬扬地下着，山里云雾缭绕。冷森其实知道玉泉寺一带的地势，原想趁父亲防备不及时，一举冲上去，再攻打玉泉寺，就易如反掌了。

谁知接连遭到猛烈的迎头反击，眼见着前头的兄弟们纷纷倒下，冷森不由直冒冷汗。冷森从来不做亏本买卖，值钱的姨太太他当然想要，可这支队伍是他千辛万苦创下的基业，更是他的命根子。

打头阵当炮灰是亏血本的买卖，就是捉到了剩下的二百多个姨太太也得不偿失。

然而来不及了，后面满是杀气腾腾的日本兵，前面又是严阵以待的国军，夹得他动弹不得。他只能当过河卒子，硬起头皮领着兄弟们打头阵冲锋。小诸葛跟随在冷森的身后，一路上不再吱声。他知道冷森的心思，但既然趟了这场浑水，除了继续走下去，已别无他法。

战况颇为激烈。从拂晓到傍晚，整整一天时间里，冷森匪军变换了几次阵势，向玉泉寺正面工事轮番发起了七次进攻，次次都被压了回去，被迫退到了原地。可日本人却按兵不动，倒在冷森队伍的后面架起了十挺机枪，设立了一个督战队。

"冲啊！""杀呀！"冷森眼看自己的弟兄们潮水般涌了上去，又潮水般被压了下来。每一次潮涌潮退，都要在独立团的枪口下留下几十具尸体，也要

在日本督战队的枪口下留下几具尸体。

"他妈的×！日本人太不讲义气了，老子操它的祖宗！"冷森咬牙切齿地骂道。

当最后一次潮水涌退时，冷森发现他五百多人的队伍只剩下不到二百人，再打就全完了！

可狗日的河野正手握指挥刀，面带微笑，双眼闪着生铁似的寒气，注视着前方山上玉泉寺方向，全无下令撤退的意思。

冷森气得头皮发炸，此时悔不该没听小诸葛的，但什么也来不及了。看来他冷森是难逃噩运，真是不甘心呀。"妈的，老子也不是好惹的，跟可恶的日本人拼了！"他心一横，猛地冲出督战队阵地，举枪高喊，"弟兄们，调转枪口，打狗日的日本人！"

话音未落，背后"哒哒哒"一串机枪子弹，在冷森身上穿下一排窟窿。

这最后的一句话成了冷森一生所说的最像中国人的话，如声声炸雷响在匪徒们心里。

可惜太迟了！

匪徒们眼睁睁地看着弟兄们一排排倒地，现在又眼睁睁地看着自己的司令倒地而亡，不由慌乱起来。

我们决不能再当日本人的炮灰了

在这高山之上，加上雨雾缭绕，大概半下午天就昏暗起来。残余的不到二百人的土匪队伍在日本督战队的威逼下，只得再一次发起进攻。

小诸葛举着手枪，走在队伍最前面，他是自告奋勇担任前敌指挥的，他似乎早已预计到了冷森的下场。

冷森一倒下，小诸葛就大声喊道："冷司令已经阵亡，现在弟兄们都听我的！横竖都是死，我们决不能再当日本人的炮灰了，机枪手和枪法好的弟兄走最后两排，前面的弟兄把枪栓下了！跟着我往前走！"

越来越接近守军的射程了，小诸葛忙扯下里面的白衬衣缠在枪刺上，让身边的兄弟高高举起，接着高声下令："后两排弟兄向后转，注意借地形隐蔽，将枪口对准日本人，前排弟兄统统半蹲身子，放下枪，举起枪栓！"

接着，小诸葛举起白衬衫，率领弟兄们一步一步走向父亲守军阵地，边走边高声喊道："郑团长，我们全体投降，我们要抗日！我们要报仇！"

事实上，父亲一直站在前沿阵地指挥，见此情形，赵营长问父亲："是不是诈降？"

父亲说："还看不出，让他们过来！"

赵营长挥了一下手，驻守在阵地前沿的弟兄停止了射击。

河野觉察到了异常，赶紧举起望远镜，从望远镜中看到这一情景，忙用指挥刀朝前一指，督战队端着机枪向小诸葛的队伍压了过去。

"哒哒哒"……两边交火了。投诚的一方只有两挺机枪，压不住督战队的十挺机枪，不断地有人倒下去。

父亲迅速地判断说："投降是真，快派人接应！"

赵营长立即令一连二排的弟兄跃出工事，端起机枪，迅速冲到投降队伍的最后排，接替他们与日本督战队交火。日本兵始料不及，被压了下去。

此时天差不多全黑了，河野担心国军趁此时机袭击，赶紧令督战队退回他们的阵地，便不再动了。

父亲也不恋战，赶紧令兄弟们趁此回到阵地休息，派人加强警戒，随时注意日军动向。

日本兵一时还不敢轻举妄动，雨也停了。

赵营长令投降者站成三排，将他们的枪支弹药全数收缴，借着微弱的光线，但见他们站在寒风里簌簌发抖，一个个都已浑身湿透，还有少数人负伤了。

赵营长张望了一下，便喊道："小诸葛出列！"

小诸葛应声而出，向赵营长立正敬礼。

赵营长看了他一眼："你就是小诸葛？"

小诸葛点头，满脸谦卑："鄙人正是，真名叫谷汉卿。"

赵营长说："打我们的埋伏是你设的计吗？"

小诸葛说："是我，我有罪。"

赵营长瞪了他一眼说："抢去的八十名国军家属现在何处？"

小诸葛羞愧地说："冷森把她们卖给了日本人，我苦劝未能阻止，我也有罪。"

赵营长怒火上来了，追问："冷森现在哪里？"

小诸葛说："被日本人打死了。"

赵营长狠狠地骂道:"死得好,死有余辜!你是军师,鼓励冷森投靠日本人,又率匪徒充当汉奸进攻国军,死有余辜!来人哪,把他拖去毙了!"

未等小诸葛辩解,立刻有两个弟兄上前架起了他的胳膊,就往旁边拖。

此时,父亲正好赶了过来,小诸葛立即高声喊道:"郑团长开恩救命,我有重要军情禀报,我要立功赎罪!"

父亲停下了脚步,赶紧命令:"放了他,看看他还有什么话要说?"

小诸葛从贴身衣袋里掏出一个黑皮夹,呈给父亲:"这里有贵部内奸魏浩远的罪证,请团长过目。"

父亲打开皮夹,原来里面是魏浩远与冷森结拜兄弟的庚帖,还有魏浩远写给冷森的几封信。

原来魏浩远三年前就是冷森的把兄弟!

赵营长拿过那些罪证一看,不由倒抽了口冷气,顿时圆睁怒目地骂道:"又是魏浩远这个可耻的叛徒,竟然勾结冷森来抢姨太太!老子恨不得将他的尸体挖出来补他一枪!"

父亲早已听说小诸葛,知道他有勇有谋,留他下来有助于了解日本兵情况,便诚恳地对小诸葛说:"内奸魏浩远已被处决,不过这些罪证很有用,算你立功。我们留下你,准你悔过自新!"

小诸葛连连鞠躬:"谢郑团长不杀之恩,我一定坚决抗日,将功折罪!"

父亲转过来对赵营长说:"天冷,抓紧时间将他们分配到各营,让他们都换下湿衣服,吃上热饭热菜!"说完,父亲就走了。

大敌当前,父亲得迅速掌握敌情。接下来,日军依然没有任何动静,且整整一天就只有冷森部队来冲击,日军近千人呢?会玩什么阴谋呢?这让父亲觉得不太对劲。他太清楚日军决不会轻易放弃的个性,他绝对不能掉以轻心,他得将各处阵地再巡查一番,交代各部继续加强戒备。

天黑了,玉泉寺四周黑乎乎一片,白天的喧嚣沉寂了,除了沙沙雨声,四下里都是可怕的宁静。突然,十几颗红色信号弹,从西北面、西面、南面齐齐升上玉泉寺的夜空。

父亲刚刚巡查完玉泉寺前面阵地,此时那些怪异的信号弹令他一寒,心想,糟了,果然不出所料,除了寺后东面地势险峻,这应是河野联队完成对玉泉寺阵地半包围部署的信号。

事实上,狡猾的河野利用冷森匪徒攻打玉泉寺赢得了整整一天的时间,让他的上千鬼子兵悄悄地给玉泉寺套上了大半轮结实的铁箍。

一柄达摩克利斯利剑悬在了父亲及其弟兄们的头上，也悬在了剩下的二百二十九名姨太太的头上！

但父亲也知道，天已黑了，这往往是怯于夜战的日军收兵的时刻。日本兵今晚不会夜袭，他们一般都回避夜战，何况在此地形复杂的围山之上。

于是，父亲再次命令各部严阵以待，随时注意日军动向，尤其是寺庙东面各部，要谨防日军从寺后山上偷袭。

她有满肚子的话要对心爱的长庚哥哥说

就在玉泉寺前的台阶上，刚刚投降过来的一百五十八名冷森残部匪兵排成几列横队，正在接受分配插编。

他们一个个安静地站在那里，在夜色里看不出什么表情。

几支松明火把照亮了这些土匪兵的脸庞，主持其事的是邱副团长、李副官和田处长，他们正在紧张地忙碌。

身在后院的姨太太们听说此事，有十多个胆大好奇的走到前院，悄悄地围在旁边看热闹，此时不免有点失望。原来这些杀人放火、打家劫舍的山大王，并不是一个个头插野鸡翎青面獠牙的怪物，他们的面目与普通人并无两样。

李副官一个个点名，田处长则在一旁造册登记。在邱副团长简短的训话完毕后，这些匪兵们一个个被前来接收的连、排长领走。

当李副官念到"余长庚"三个字时，原本藏在柱子后面的荷花，闻声闯进了场内。荷花打量那个走出队列的身坯结实、中等个头的青年匪兵一眼，欣喜地喊道："长庚哥，真的是你！"

青年匪兵闻声望去，一眼看见荷花，也面露欣喜："荷花，你怎么也在这里？"

荷花忙近前对田处长说："报告田处长，这个人是我老家来的，我跟他说几句话好吗？"

田处长说："行，就在一旁说几句，抓紧时间！"

荷花把长庚拉至一旁，满脸喜气地看着他。

远远地，姨太太们看见这一幕，悄悄地议论开了："瞧，荷花怎么扯着一个男人不放？莫不是遇见了心上人！"翠喜她们几个出于浓烈的好奇心，悄悄

地往荷花身边靠了靠。

荷花顾不上有人围观，她有满肚子的话要对心爱的长庚哥哥说。她来不及问别后的详情了，她首先得弄清楚长庚为何当了土匪。

"长庚哥，快告诉我，你是怎么被抓去当土匪的？"

"荷花，我不是被抓去的，是自己跑去当土匪的！"

"啊，你说你是自己去的？不，不，我不信，你不是没有良心的人，你不会自愿去当土匪！"

"荷花，是真的，我不骗你。我想通了，这世道太不公平，穷人没活路，只有当土匪！"

"呵呵，长庚，你是为了混碗饭吃才去的，你没有杀人放火，没有强奸女人，是吗？你快告诉我！"

"荷花，你想听实话吗？"

"当然，当然，你对我怎能讲假话呢？"

"那么我告诉你实话，当土匪没有不杀人放火的！"

"你真的杀了人？"荷花急切地问。

长庚不语。

"你真的放了火？"荷花急切地问。

长庚依然不语。

"你还强奸了女人？"荷花急切地问。

长庚还是不语。

"抢走我们八十个姐妹你也参加了？"荷花急切地问。

长庚更不语。

"你到底有没有来抢我们姐妹？说啊，你快告诉我！"

看着眼前沉默不语的长庚，荷花不由伸出双手，扯住他的衣袖，摇晃起来。她有多想听长庚告诉她实话，就有多害怕长庚说实话，她脸上的表情是那么怪异，似笑又似哭，看了让人伤心。

"你不必多问了！有没有杀人，有没有放火，有没有强奸女人，有没有参与抢劫你的姐妹，你是聪明人，自然都能猜到！这两年我跟着冷司令走州过府，我快活了，我风光了，就是死了变成鬼也比待在家里要吃没吃、要穿没穿值得！"长庚好似豁出去了，拂开了荷花的双手，一口气说了一长串。

荷花后退半步，不敢相信自己的眼睛，更不敢相信自己的耳朵。这还是自己曾经深深爱过并日日夜夜思念的长庚哥吗？他依然那么英俊结实，可他的心真的变得如此之黑如此之狠么？荷花用右手狠狠地掐自己左手虎口，直掐得自己痛得受不住了才松手。这不是梦，这是现实！

像一头伤心的母狼，荷花扑上去撕扯着长庚的衣服，狠狠地骂道："我瞎了眼，认错了人，你这个没良心的，你这个畜生！我为你献出第一次，你却去强奸别人的妻女！我为你攒钱好让你成家立业，你却去毁别人的家庭！"

骂一阵，荷花松开手，猛然将珍藏在身上的信拿出来撕了，又将积攒多年的大洋、戒指、耳环抛向空中，一边还高声咒骂道："姐妹们，你们来看啊，这就是我为这个该死的畜生准备的，我真是瞎了眼啊，我遭报应啊！"

荷花泪流满面，再次疯了似的扑向长庚，左右开弓，一下比一下有力地扇他的耳光，扇得噼啪直响。

等荷花打累了，手软下来，长庚才用力将她推开。他厉声嚷道，如火山爆发："好，你打够了，骂够了，从此我们两清了，我不欠你什么了！你是我什么人，你有什么权力管我？你以为你是什么好东西！你不过是个姨太太，一个婊子！"

"啊啊，他骂我婊子！"荷花嚎天嚎地大哭，眼泪像涨潮的河水一波波涌了出来。她双腿一软，跪在地上，两手不停地揪头发，揪得一绺一绺往下掉。

翠喜上前阻拦荷花，可荷花不知从哪里来的力量，随手就将翠喜推得差点摔倒。

姨太太们只能无奈地看着荷花，但见她又不管不顾地捶胸脯，捶得砰砰直响。末了，她坐在地上撕心裂肺地哭喊："我是个婊子！婊子啊！第一个男人，我没收钱，第二个男人，我卖了五百块！老天爷，你开开眼！我前世造了什么孽，为什么要这样惩罚我！"

一旁的长庚始料未及，愣愣地看着地上痛不欲生的荷花，脸上的戾色渐渐消散，忽然蹲在地上大哭起来。

也许，长庚心底残存的善良与美好让荷花的泪水唤醒了，只是太迟了，大错已经铸成，他已无脸再见荷花！他如一只受伤的狼，长嚎当哭，声声凄厉，让旁人听来为之难受。

母亲刚刚随父亲察看完各处工事，便得到了报告，风急火急地赶了过来，让一旁的翠喜、菊连二人赶紧过去将荷花拉过来。

还未等她俩赶到，不料荷花猛地站了起来，一头撞向旁边的墙上，当即

昏倒在地上。另外几个姨太太忙跑了上去，大家七手八脚将她扶了起来。

这时，小贵子不知打哪里跑了过来。眼见荷花昏了过去，他冲了上去，一把扭住长庚，愤怒地摇晃着他，骂道："你这个狼心狗肺的东西，荷花姐天天念着你，她有钱舍不得用，为了给你留钱讨亲，你却昧着良心只管快活去了！"

但小贵子哪里是长庚的对手，很快就被长庚顺手摔到地上。

翠喜早就按捺不住了，朝姨太太们大喊了一声："打，打死这个狼心狗肺的土匪！"立即，砖头、石块像雨点般向长庚砸去，任母亲在一旁大声制止，破天荒地没人听从。母亲只得转过头来示意翠喜、菊连等人将荷花抬进去，去找周军医。

李副官和田处长费了九牛二虎之力，才将浑身是伤的长庚抢了过去，只听得长庚在一个劲地喃喃自语："让她们打吧，早死早干净！"母亲则黑着脸将众位姨太太吼了进去。

就在这天晚上，母亲依然将众位姨太太安顿在后进厢房里，告知目前的危险处境后，坚持守护了荷花一个通宵。

荷花从昏迷中醒来，见母亲守在身旁，顿时双泪长流。

荷花说："大姐，世上的男人真的没有一个好东西吗？"

母亲说："不是的，男人也是好人多坏人少。"

荷花说："大姐，为什么好男人变坏也这么快呢？长庚从前是多么好、多么厚道、多么舍得下苦力干活的一个人，怎么就变得去杀人放火、去抢劫、去强奸女人呢？"

母亲说："大姐也答不上来，大约是男人的心硬，女人的心软吧。他长庚不该跟着恶棍冷森，跟着他冷森哪有不干坏事的！"

荷花又说："大姐，你讲过来生再也不做女人了，我现在不想来生的事。我要出家，就在玉泉寺当尼姑！"

母亲抚摸着荷花被她自己扯得乱蓬蓬的秀发说："荷花，你还年轻，要想开一点！"

荷花流泪指着自己的心口说："大姐，我想不开，我这里痛啊，痛得受不住！"

母亲抱住她的头，柔声地劝道："荷花，好妹妹，不要哭了，大姐理解你，大姐的心也痛过，痛得流血！"母亲劝荷花莫哭，自己的眼泪却直往下掉。

一夜之间，荷花好像变了一个人，脸阴沉沉的，沉默不语。

她更多的是哭自己

另一个好似变了一个人的则是小嫦娥。

就在这天，天刚蒙蒙亮，玉泉寺正面就响起了激烈的枪声，不时有伤员抬下来。

母亲带领由小嫦娥、文绣、素玲等人组成的二十多位救护队员，协助周军医抢救伤员。其他姨太太都分小队坐好，待在后厢房里待命，她们一个个忐忑不安。

就在第一天的激战中，小雪就中了一颗流弹。

本来他们勤务兵只须观战学习，可是既然发了枪，就一个个免不了想试试真刀真枪的味道。小雪当时端着枪，猫腰跑到前沿阵地，还没来得及放枪便被击中了。

小雪的伤口是在胸部，从火线上抬下来，进了临时包扎所。

小嫦娥一见浑身是血的小雪，忙哭着跑上前去，见小雪紧闭着双眼，一把抱住他的头哭得更厉害了。周军医抢了过来，解开小雪的棉衣，用心察看伤口后，沉痛地摇了摇头："没办法，伤在心脏，流血过多！"

小嫦娥哭得更大声了，哭得小雪努力睁开了双眼，朝小嫦娥笑了一下，笑得很弱但很好看，笑完便头一歪，没有呼吸了。

小嫦娥"哇哇"哭了起来，哭得声嘶力竭，却紧紧抱住小雪，不肯放手。母亲在一旁再怎么劝都没用，直至两个弟兄死命掰开她的手，才将小雪抬走。

小嫦娥依然瘫在地上哭，哭得声音嘶哑，嘴唇开裂。其实她更多的是哭自己。

小嫦娥从小被人拐卖，早已记不得家在哪里，双亲是谁。她被转卖多次，不知逃跑过多少回，挨过多少回打，最后被卖到浏阳县城梅花巷内的留春院。小嫦娥记得鸨母让她第一次接客，她坚决不从。鸨母令打手将她吊在房梁上用皮鞭抽她，抽得她挺不住了，才含泪低了头。此后，她忍受了各式各样的嫖客，苦练弹琴、唱歌及跳舞，也学识字，直至名气在长沙、株洲、湘潭一带越来越大。

出名后接客的档次提高了，小嫦娥的心也变硬了，变得没有女人的廉耻了，也变成了人们不齿的模样。她的从良，不过是从一群嫖客手里转移到一

个嫖客手里而已。

正是从小雪身上，小嫦娥第一次尝试了玩弄男人的滋味，满足了她报复的欲望。虽然她后来收敛了，但从此离不开小雪了，在她看来至少还有小雪真正依恋她。但小嫦娥清楚地知道，她需要的不是一个小男人依赖她、追随她，她需要的是一个强大可靠的大男人的怀抱，一个可以为她遮风挡雨的男人的怀抱。

就在小嫦娥苦苦寻觅中，我父亲走进了她的视野。我父亲的硬汉气质使她认定这就是她需要停泊的港湾。为此，小嫦娥肆无忌惮地当众勾引我父亲，她的武器就是她的美貌，她的风骚，她的大胆。她认为英雄难过美人关，自古皆然，他郑天挺也逃不脱这一关。小嫦娥并不在乎我母亲的吃醋，她也乐于看到这一点。我母亲的吃醋证明她的魅力，证明她的成功。她急切地想要闯进我父亲的世界，她并不抱完全占有他的野心，她只想做一个真正男子汉的姨太太。

到了围山之后，小嫦娥多次故意接近我父亲，但都没有成功。我父亲总是风风火火，忙个不停。即使小嫦娥偶尔走着走着遇上了我父亲，也只能眼睁睁地看着他急匆匆地跑了。

就在反攻七星岭的第二天，当时小嫦娥带着好奇，悄悄地去看主殿的佛像，一眼看到我父亲正独自在主殿廊下默默地踱步，她急忙地跟了过去。

我父亲闻声转过身来，愕然地看到小嫦娥正热辣辣盯着自己，一时无语。

倒是小嫦娥大方地问道："郑团长，你为什么老躲着我？"

"我无须躲避任何人，找我的人太多，我忙不过来。"好在父亲很快回到了现实，坦然地回答道。

"郑团长，你认为我长得怎样？"小嫦娥出其不意地大胆地问道。

"漂亮。"父亲坦率地答道。

"与你太太比呢？"小嫦娥紧追不放。

"各有千秋。"父亲不知小嫦娥葫芦里卖的什么药，有些被动地答道。

"那你为什么不碰我一下？"

"我为什么要碰你一下？"

"因为我喜欢你呀！"小嫦娥倒是直率，漂亮的丹凤眼直直地看着父亲，亮闪闪的。

"你还没问我喜不喜欢你呢？"父亲眉头皱了起来，在他看来，除了我母亲，他不会再喜欢上其他女人。

"你喜欢我吗"？小嫦娥故意问道。

"不喜欢，但我尊重你。"父亲不再躲闪。

"你难道不需要一个姨太太吗？"没想到小嫦娥竟如此直截了当。

"不需要。我有红姑就很知足了。"父亲答得干脆。

"为什么大家都有，你跟他们不一样呢？你是不是嫌弃我在窑子里待过？"小嫦娥不服气地问道。她往父亲面前移动了一点，热切地看着父亲，迷人的双眼闪烁着耀眼的光亮。按理说她小嫦娥这一看是要倾国倾城的。

"你应该说他们跟我不一样。好了，我还有事，再见！"父亲不想再纠缠下去，他没心情也没时间，也不想伤害小嫦娥。

"不，不，你别走，今晚……"眼见着父亲直直地走了，小嫦娥彻底受到了伤害。

"不要希望得到你不该得到的东西。"父亲忍不住丢过来一句话，依然不管不顾地走了。

小嫦娥气得脸都青了，愣愣地待了好一会儿，才懒懒地走了。

自此，小嫦娥对父亲的希望破灭了，她只能回到小雪身边。她还幻想着逃亡结束后，带着小雪逃得远远的，找一个小县城隐居下来。

现在小雪走了，再也回不来了，自己唯一的贴心人不在了，她小嫦娥还能和谁去远走高飞呢？她觉得活在世上太没意思了，她想出家，削发为尼。

当天傍晚，待精神好了些，小嫦娥悄悄地跑到主殿上，找到印空法师，请求法师留下她。

印空法师却说："女施主尘根未净，谈何出家？此处也不是尼庵，清规戒律不可违犯，阿弥陀佛！"

于是，小嫦娥热切地希望日本鬼子早点打进来，或者队伍早点打出去，她甘愿拼死沙场。

而拼死沙场的时刻也真的逼近了。

第十二章
血战围山

就在垭口附近，灌木丛里，国军和日本鬼子的尸体随处可见，有的国军被炸得血肉模糊，有的扭住鬼子同归于尽，有的手里到死都紧紧地握着枪，其情其状甚是惨烈。

这是他一生中召集的最后一次会议

奇怪的是，第二天整整一个上午，日本人并未发动进攻，只是架起了千辛万苦抬上山来的两门大炮，朝玉泉寺四周工事不停地轰击。

河野不急于发动进攻，自有他的用意。

河野要看看关进兽笼的野兽如何挣扎到筋疲力尽，然后再毫不费力牢牢地捉住它。如果把国军逼急了，拼个鱼死网破，那么他活捉所有军官太太们的任务就无法完成了。因为活的才有用，死的毫无价值。

在冷森的眼里，这些女人是用来换取钱和枪的活宝，而在河野眼里，这些女人是用来分化瓦解第九战区将官们的政治筹码。

河野通晓儒家经典，知道中国人的家庭观念极重，不会对此无动于衷。可是他并不知道中国人还有一句俗语："女人好比洗脚水，倒掉一盆换一盆。"而这些他们要生擒活捉的只是姨太太，恰恰就是这样的"洗脚水"，分量自是大打折扣。

日军炮火时常跟着中国军队的司令部转悠时，日军司令部的位置，我方往往一无所知，情报工作的不细致和不深入是当时中国军队的一个致命伤。但这次日本情报工作也出现了误差。错误就出在他们获取的情报上，漏掉了一个姨太太的"姨"字！一字之差，造成了第三次长沙会战中这场远离主战场的惨烈战斗，也给姨太太们带来了灭顶之灾。难怪有学者说，历史是由无数偶然汇聚而成的必然！

父亲当然知道河野的用意。到底何去何从呢？

就在这天上午，父亲在临时团部召集了营长以上军官紧急会议，让大家讨论对策。这是他一生中召集的最后一次会议。会场上气氛异常凝重，一个个神情严肃地只管抽烟。

小诸葛也应邀参加了会议。会议开始没多久，父亲让他讲讲他的想法。

父亲器重小诸葛的计谋，经历过之前的几次较量，认为他是能使自己中计的为数不多的人之一。父亲打算这一仗打完后，考虑任命他为团部作战参谋。

小诸葛对父亲的知遇之恩感激涕零，他从容地和盘托出了自己的谋略。

小诸葛主张突围。他说日本人的兵力强于我，其武器装备也远胜于我，还有后备部队在山下，万一再搬几门大炮上山，则后果不堪设想。此不能坚守者一。

我军困守孤峰，山下保安队不敢前来接应，自张家坊方向来支援的江西部队不知何时能赶到，更不知能不能及时赶到，弹药粮草将无以为继。此不能坚守者二。

日军围困长沙势在必得，我军外援无望。此不能坚守者三。

日军以逸待劳，我军日夜忙于防范，日久必生懈怠。此不能坚守者四。

我军中有两百多女眷，女人天性胆小惊惶，关键时刻必将动摇军心。古兵书云，妇人在军中兵气不扬。此不能坚守者五。

有此五端，我军唯有突围才是上策。赵营长则坚决主张固守待援。

赵营长有理有据地说了开来，神情越来越激动："如果在平地，我军被兵力强于我的日军包围，那是极端危险。但在山地，尤其是围山这样易守难攻的险峻山地，日军兵力大打折扣，就算三倍于我方也并无太大优势。

"我军缴获了不少日军武器装备，弹药充足，节省一点打一个月足够。

"至于粮食，我军尚有四五天的储备，印空法师说寺内几十尊大佛的腹内藏有修缮佛像用的工匠谷三四千斤，尽可搬出食用。此外，山上野菜、野果无数，可以充饥，就是喝泉水也能支撑三五天。这样一算，粮草支撑半个月应无问题。

"谈到外援，并非无望。江西方向来的援军在往这边赶，再慢也不会慢到十天，一旦赶来，打日本兵一个措手不及，那时突围就胜算大多了。"

说到这里，赵营长顿了顿，目光闪闪发亮，声音更大了："此次长沙会战，蒋委员长严令只准打好，不准打坏，要让美国盟邦对我们刮目相看。薛长官已制定天炉作战计划，早有准备。所以长沙不但可以守住，且不出十天半月即可转入反攻，到时我们援军还可从正面赶来。

"围困我们的日军，其战线之长不止三倍于我，我部可以日夜组织敢死队进行袭击，加上外围的围山游击队配合，且日军一路奔波，又不熟悉地形，并不存在以逸待劳。

"我们是保护随军家属转移的，但这些家属为我们立了大功，歼灭川口中队就是证明。她们的英勇行为，令弟兄们钦佩不已，不存在她们动摇军心的问题。古书上所说的妇人在军中兵气不扬，完全是歧视妇女的偏见，不足为据。因此，我主张固守待援，以避免突围造成的损失。"

赵营长一说完，就有人站起来连连赞同。可没想到孙营长却支持小诸葛的意见。

两种意见相持不下，最后都眼睁睁地看着已然陷入沉思的父亲，由父亲拍板。

时间紧迫，父亲扫视了全场一眼，看了看小诸葛，看了看赵营长，手一挥，果断地宣布："突围！立即突围！"

赵营长眼睛一闭，不再吭声。

父亲接着简要地说道："日军武器及兵力太强了，且说不定后面还有他们的援军！我们从东面突围，直奔张家坊，与自江西而来的我方援军汇合，方可取得主动，挣脱日军的包围与钳制！"

此时，大家都被父亲坚定的信心感染了，纷纷表示一定全力以赴，与日军决一死战，决不能让姨太太们落入日军之手！

一个人有一个人的命运，就好比一个国家有一个国家的命运，但国家的命运往往又受人物的命运所影响。一个军队当然也有军队的命运。后来的事实证明，小诸葛与赵营长的计谋各有优势，但在强大的敌人面前，突围胜数更大。只是后来突围时突发意外，打乱了父亲的全盘计划，才将全团推入惨败的境地！

二十年后，母亲曾对我分析说，你父亲是擅长冲锋陷阵的战将，平时很少防守，也不善于防守。薛岳也是虎将，无知人之明，用人不用其长，不该让你父亲护送姨太太们。这是导致你父亲失败阵亡的根本原因。

在这点上，母亲的性格与父亲有着更多共同的地方，母亲内心也是趋向突围。她没带兵和日本兵打过仗，但她深知日本兵的厉害，她担心我方战斗力万一不济，让日本兵压过来，后果不堪设想，而突围至少还可以争取主动权。

当然母亲的看法自有她的道理。不过平心而论，父亲选择突围只能算是一着险棋，而不是一着死棋。父亲的性格，加上还有二百多名姨太太，决定了他可能走险棋，而不走软棋，即赵营长的固守待援。

说来父亲制定的突围战术可谓无懈可击，稳操胜券，当然其中也有小诸葛的贡献在内。用三国术语来形容父亲的突围战术，就是"明修栈道，暗度陈仓"。

突围开始了

父亲部署完毕，营长们迅速返回各自的阵地准备去了。气氛空前紧张起来，大家心里都沉甸甸的。

日本兵虎视眈眈地守在门外，仗着武器精良、战斗力强，正严阵以待。父亲他们与日本兵在战场上较量多年，自然知道对方的实力，是万万不可掉以轻心的。作为一名战士，战死沙场没什么，但现在他们还得保护姨太太们不受伤害，形势更为严峻。

母亲让铁锁先去通知姨太太们赶紧准备，她得等等父亲，和父亲说上几句话，给父亲打打气。

大家都走了，临时团部猛然静了下来，但压抑沉重的气氛还在。

父亲上前握住了母亲的手："红姑，让你受罪了！"

母亲顾不了身边还有其他人，紧紧抱住了父亲，泪悄然而下，只是拼命地摇头。

父亲的眼睛也湿了，不由也紧紧搂住了母亲。他是多么怜爱怀中这个女人，是这个女人给他生儿育女，给了他一个完整的家，他却让她遭罪了！此次突围成功之后，无论如何也不让她再跟着打仗了。

短短的几分钟，父亲与母亲只是紧紧地抱着，静静的拥抱胜过千言万语。父亲温厚的大手，轻轻地拍了拍母亲，母亲是多么贪恋这温暖的爱抚，其间又凝聚了父亲多少疼惜与不舍！

在以后的日子里，想起父亲时，母亲总是想起父亲拥抱着她，用温厚的大手拍拍她的后背。

得出发了，站在院子里的台阶上，父亲只讲了一句话："兄弟姐妹们，印空法师为我们抽了一张上上大吉签，菩萨保佑我们马到成功！"然后手用力一挥，"出发！"

母亲则再三叮嘱姨太太们："姐妹们不要慌，不要怕，兄弟们都会以性命来保护我们！现在赵营长带我们突围，外面有游击队接应。姐妹们，只要穿过后山清风垭口，我们就到了安全地带！"

"大家一路上绝不要交谈，任何情况下不能高声喊叫，所有暴露女人身份的地方都要彻底伪装好！"

母亲的话语，如一剂清凉的良药，令姨太太们恐慌的内心安稳了许多，脸色和缓了起来。

其实用不着再检查，姨太太们一路来穿上军装，头发也一律剪成齐耳短发或塞进军帽，这次还特地都用毛巾将胸部捆紧，脸上统统抹了一层薄薄的锅灰，只要不发声，很难觉察她们是女人。

而勤务兵穿上姐妹们的女人衣服，倒也十分合体。这些十七八岁的娃娃身材本来瘦小，没有胡须的脸抹上胭脂水粉，外表很像女人。他们穿着花花绿绿的衣服，头上缠着五颜六色的围巾，从望远镜中模糊地看去，就能很快判断出这是一支女人队伍。

突围开始了，父亲站在一旁，母亲带着姨太太们先行，侯排长领头，兄弟们殿后，姨太太们一个个跟了上去。

父亲看了看母亲，眼光复杂，有疼惜，有自责，有担忧，更有不舍。

母亲临走前，忍不住跑到父亲跟前，两眼红了："天挺，你好好地带着弟兄们去打鬼子，你放心吧！我这里有侯排长、赵营长！"

父亲只说："红姑，你要多加小心呀！我们突围后再见！"

母亲朝父亲摆了摆手，恋恋不舍地追上姐妹们的队伍，母亲不敢再回头，她已满眼是泪。

父亲眼见赵营长带着兄弟们走过，转头就奔至玉泉寺前坪，兄弟们都在等他，只等他一声令下。

父亲突围战术的要点是先以小股部队轮番从西面进行佯攻，麻痹敌人之后，再以穿上女人服装的勤务兵在弟兄们的掩护下突入北面燕子崖，以吸引及拖住敌人兵力。

崖上父亲早已布置了兵力，日本兵已经冲击过，还没有得手。而父亲的主力大部将隐蔽在燕子崖后的竹林里，随时准备应战。

战斗悄然打响了，穿上制服的姨太太们在赵营长率部的护送下，向相反方向的东南角清风垭进发。

这里被日本兵忽视了，他们不熟悉地形，倘从此突围再转向东，抄近路便可直奔张家坊方向。

按照父亲的部署，赵营长、侯排长率领兄弟们与围山游击队里应外合夺占垭口后，火速将姨太太们送出垭口；再由游击队领路，立即转移至十几里外的白面石潜伏，再由此下山去张家坊。

主力部队看到清风垭得手后升起的三颗绿色信号弹，就迅即会同突入燕子崖的弟兄撕开敌人的防线。成功突围后，赵营长他们再继续吸引敌人，拖着敌人的鼻子在数百里崇山峻岭中打游击。

《三国演义》中的妙计用在此处本来十分恰切，不料一声叫喊使它功亏一篑，真是人算不如天算！

一切都按预定计划进行，也达到了预期效果。

绵绵的苦雨天一亮就停了，但道路依然泥泞，到处都是无法穿越的密林，漫山的雾气更是叫日军陷入迷惘："我从哪里来，要到哪里去？"

但河野管不了那么多，在他看来，今天无论如何得开始进攻，无论如何得冲击玉泉寺！未等河野开始行动，"哒哒哒"……寂静的山林间枪声突起，于连长率领的先锋连续地猛烈冲锋，将北面燕子崖下的日本兵打退了下去。

勤务兵的队伍随后跟了上去。他们的出现使日本兵兴奋起来："花姑娘的大大的有！花姑娘的统统地捉拿！"日军的主力部队被吸引过来，他们里三重外三重围住燕子崖前面，直等发起冲锋的命令，远处的日本兵正在清理装花姑娘用的麻袋。

河野从望远镜中观察到这一切，不动声色地笑了。

燕子崖是皇军包围线上一座地势高旷、孤立突出的平顶山崖，他河野料定父亲将全力守住这块进可攻退可守的高地。他何尝不知道此处的重要性，由此转向北前行不多久，可转头向东，便有古道直达张家坊。

此处看似虚空，河野其实早已在此布下兵力，诱使中国花姑娘进入这座囚笼。当初一上围山，他一看地图就对周围所有地势一目了然。

兵贵神速，除了玉泉寺侧面，在东面山峰一带，河野未来得及过去，在西面、南面、北面都已摆好了兵力，只在东南侧、东北侧都略为留有虚空，毕竟暂时还看不出其位置的重要性。

河野自以为天衣无缝，却让父亲派侯排长侦察到了，毕竟鬼子对围山还不甚了解。在父亲看来，这真是天助国军。父亲现在就充分利用鬼子的虚空地带，攻打北面偏西角。

河野便以为父亲要从此突围，他命令部下只准朝天放枪，以免伤了唾手可得的花姑娘。现在他要做的事就是将国军堵在此地，然后以重兵实施包抄，崖上的人在干渴、饥饿的威胁下俯首投降。

父亲和孙营长带领全团主力五百多名弟兄，潜伏在燕子崖后几百米远的

竹林里。他们静静地注视着周围日军的动静，眼见着日军悄然往燕子崖压过来，不时抬头眺望着清风垭的上空。

父亲清楚地知道激烈的战斗马上就要打响了。

姨太太们的队伍在这一切发生前早已悄悄出发，她们每人带了一颗手榴弹和一把刺刀作防身之用。侯排长带领的侦察排在前开路，赵营长带一个加强连断后。

毕竟是头一次真正上战场，姨太太们的心情紧张不安，她们的心扑扑狂跳。但不可知的危险，又令她们莫名地恐慌。她们不能出声，这是铁的命令，她们自然知道这道命令的分量。队伍利用黎明前黑暗的掩护，悄无声息地穿行在灌木丛和乱石丛中。彻底男性化的服装打扮，使姨太太们很快适应了她们所扮演的角色。她们的步伐和弟兄们一样雄健有力，手脚碰出了血也不觉得痛。她们觉得自己和男人并无两样，女人同样能适应战争。

清风垭前是一片开阔的葫芦形的乱石滩，而垭口则是小小的葫芦嘴，冲过了垭口就冲过了重围。姨太太们隐伏在乱石丛中不久，按照预约的时间，侦察排和围山游击队，同时由内、外猛攻驻守垭口的日军，霎时枪声大作，只用五六分钟便占领了垭口。赵营长的队伍赶紧上前用猛烈的火力压住了两翼绕过来的鬼子，为姨太太们赢得了通过垭口的时间。

一切都在有条不紊地进行，姨太太们在游击队的接应下依次通过狭窄的垭口。两翼的鬼子退下去了，枪声渐趋平息。日军看样子准备再一次发起冲锋，不过他们的动作很慢，他们已抽出半数兵力去接应燕子崖了。

日军知道花姑娘统统被围困在燕子崖，此处小股兵力不过是用来牵扯他们的兵力罢了。即使突围了过去，也不必太操心，反正战斗结束后他们还要搜山，那时再来收拾也不迟。

姨太太们的处境危急万分

突然，一声女人锐利的尖叫自清风垭突兀而起："哎哟，救命哪！"回声在山谷中震荡，经久不息。如此突兀而来的叫喊声，在刚刚寂静下来的山上，如隆隆的炮声炸响在深夜的天空，自清风垭口往周围扩展，真是惊天动地。

"花姑娘的这里的也有！""花姑娘的狡猾狡猾的！"鬼子们闻声，如发现新大陆，重新集结起来涌向垭口，往燕子崖的也快速掉头。

河野猛然意识到，我父亲使了调虎离山之计，清风垭才是太太们突围之地，得赶紧严守清风垭，围困清风垭！

情况顿时改观，姨太太们的处境危急万分，母亲赶紧让姨太太们伏地隐蔽！

轰轰几声，几颗炮弹飞至垭口，紧跟着密集的机枪扫射而来。围山游击队被迫后撤，侦察排的弟兄则倒下不少，其余的在侯排长带领下也被迫撤了下来。垭口重新被鬼子夺去，垭口右前方的巨石上竟然架起了机枪，刚才那一阵阵机枪声就是从此而来。

赵营长带领弟兄们与涌上来的鬼子兵展开了殊死的白刃战，杀声震天，鲜血四溅。那些未曾冲过垭口的姨太太们眼睁睁地看着兄弟们倒下。那些胆小的都吓得闭上了眼睛，伏在石头后面一动不敢动，谁也不知鬼子什么时候会冲了上来。

发觉上当的河野立即从燕子崖抽调兵力前往清风垭。

父亲迅速判断清风垭出了意外，乃迅速出击，在半路上截住增援清风垭的鬼子。枪声、厮杀之声也震天响起。更有鬼子攻击燕子崖，燕子崖更是形势危急。于是，玉泉寺外，顿时成为一片混战的沙场，枪炮声、喊杀声搅得天昏地暗。

赵营长手下的弟兄虽然英勇，却无法挡住鬼子一波又一波的冲锋。他们的人越打越少，无法保住姨太太们隐藏的乱石滩。

一大群鬼子涌了进来，他们高叫着："花姑娘的犰狳犰狳的不要！花姑娘的皇军大大地喜欢！"鬼子们端着枪，狂笑着扑向姨太太们，像凶狠的豺狼扑向绵羊一样。

母亲原本埋伏在乱石滩的最前面，眼见鬼子步步逼近，一跃而起，大声喊道："姐妹们，和鬼子拼了，宁死也决不能受鬼子侮辱！"

但见母亲左手持勃朗宁手枪，右手执马刀，领头冲进了鬼子的队伍，一连撂倒了五个鬼子。

眼见鬼子都打到跟前来了，再也无处躲藏，姨太太们纷纷冲了起来。姨太太们只管跟在母亲身后，冲进鬼子群里，大家背靠背，两个、三个一组地和鬼子搏斗。

荷花第一个甩响手榴弹，炸死了两个鬼子。紧接着，"轰轰轰"，手榴弹爆炸声响成一片。不少姨太太竟然拉响了手榴弹与抱住身体的鬼子同归于尽。

素玲甩响手榴弹炸死一个鬼子后，抽出刺刀与扑上来的鬼子拼命。一个鬼

子用枪刺挑开了她的刺刀，另一个鬼子用刺刀指着她的胸前，逼着她就擒。谁知素玲竟双手抓住鬼子枪上的刺刀，未等鬼子反应过来，猛地朝自己胸口上一扎，刀尖深深插进了她的胸膛。鬼子惊愕地看着血从素玲胸前涌了出来，他赶紧松手，素玲缓缓地倒在地上，不甘心地闭上了双眼。

母亲大喊："荷花过来！"

荷花握着刺刀，几步蹿到母亲身后。

母亲说："我腰上还有把小手枪，你赶紧掏出来，多打几个鬼子！"

荷花正要掏枪，忽见母亲身后一个倒在地上的鬼子正举枪瞄准了母亲，荷花赶紧一把推开母亲，自己则站到了母亲跟前。"砰"的一声枪响，荷花全身一震，捂着胸口倒在了地上。

母亲急了，回头一瞧，随手一枪射向那个开枪的鬼子，他脑袋霎时开花了。随后，母亲翻身抱住荷花，泪如泉涌说："荷花，好妹妹，你怎么样？你可不能死啊！"

荷花慢慢睁开眼睛轻轻说："大姐……死了……好……没有烦恼……"说完，头一歪，安详地在母亲怀里合上了双眼。

来不及悲伤，眼见又一个鬼子扑了上来，母亲就地一滚，藏在一堆石头后面去了，顺手一枪解决了他。

就在此时，垭口鬼子的机枪突然哑了，游击队及侯排长他们趁着这千载难逢的机会冲了上去，重新占领了垭口。

可就在之前的混战之中，有十多位姨太太来不及拉响手榴弹，被围上来的鬼子抓走了，文绣和翠喜就在其中。鬼子们将姨太太们拴成一串，押上一道山梁，押往船底窝而去。

上了山梁，走在中间的文绣顺着隆隆的水声，一看瞧见脚底下那道飞泻的瀑布，连忙高喊道："姐妹们，宁为玉碎，不为瓦全！决不能落在鬼子手里，我们赶紧往下跳呀！"

姨太太们闻声停止了脚步，毅然决然地相互看了看，未等鬼子醒悟过来，毫不犹豫地纵身齐往下跳，飞身跃入万丈深渊！

翠喜走在最后面，不想绳索在她之前断了。她身后的绳索被鬼子紧紧拉住，她未能跳下去。她站在悬崖边，眼睁睁地看着姐妹们与瀑布一同落入了水潭，不由号啕大哭，倒地昏厥了过去……

就在文绣往下跳时，李副官正端着机枪往鬼子阵地扫射。他忽地身上一冷，耳边竟然隐隐传来了文绣的歌声，激越的歌声一晃而过。李副官不由回望了清风垭口一眼，难道文绣遭遇了不测么？眼泪顿时模糊了他的视线，巨大的伤痛冲击着他，他越打越有力，鬼子在他的枪下纷纷倒下！就在李副官端起枪，正要冲进鬼子阵地时，忽地一颗子弹飞入他的右肩，他踉跄地倒在地上，有人迅速上前将他拉了回去……

据战后统计，有一百八十多位与敌人同归于尽的姨太太。她们从此静静地躺在围山怀抱里，一个个肢体残缺，香消玉殒。她们只是姨太太，在世时被人看轻，死后也未必被人看重。拥有她们的男人也许会为之叹息两三声，甚至为之伤痛三五月。但转眼之间，他们将花钱再买一个姨太太，自是忘却了之前的欢情。只有宽厚仁慈的大地，才深深地感受到了躺在她怀抱里的女儿躯体，有着何等沉甸甸的分量！

回过头来看那声尖叫，到底是谁发出的呢？这尖叫声暴露了行动目标，给大家带来了灭顶之灾。

那人不是别人，就是小嫦娥。

其时，小嫦娥已冲出垭口。她踩中了一块滚石，低头一瞧，发现自己正随着石头滑向了一条不知深浅的裂缝，吓得魂飞魄散，一声尖叫冲出了喉咙。小嫦娥并不是怕死而喊叫。她小嫦娥已不是以前的小嫦娥了，早已下定了与日本鬼子血战到底的决心。那猝不及防的一声尖叫，其实是出自生命本能的下意识的尖叫。

小嫦娥落进了裂缝里，被一根粗大的树根意外地挂住了，借着微弱的光线，她看到脚下有一块石头横了出来。小嫦娥惊魂未定地站在石头上，看不见上面发生的情形，但手榴弹的声声爆炸使她明白，她暴露了姐妹们的行踪，姐妹们因她而遭殃了！

小嫦娥真是恨死了自己，觉得自己真是罪大恶极，竟给姐妹们带来了巨大的灾难！她只想一头撞死，可又觉得太不甘心。不，她要报仇，要赎回自己的罪孽！

小嫦娥抬眼望向裂缝的顶部，弯弯曲曲的裂缝通向上面的一块巨大的石头，巨石上有两挺鬼子的机枪在吼叫。

"只要炸掉这两挺机枪，姐妹们便有救了！机枪多响一分钟，姐妹们就多几重危险。"容不得再多想，小嫦娥一咬牙，将手榴弹紧紧地别在腰带上，就努力地往上爬。尖牙利齿的石块及藤蔓不时刮破了小嫦娥的双手双脚，她白

皙的肌肤上，留下了一道道血印。她觉得世界不存在了，只有一个声音在耳边声声催促——"爬上去，赶紧爬上去，赶紧爬上去！"

小嫦娥终于艰难地爬到了裂缝顶端，她的双手满是血，但一点也不觉得疼痛。她心里只有一个信念——快点爬上巨石，快点爬上巨石，炸掉那些该死的机枪手。

于是，小嫦娥深深地吸了口气，悄悄地来到巨石后面，庆幸的是鬼子谁都没注意到她。她仿佛平添了不少力气，顺着石头后面往上爬，心急如焚地攀上了巨石。

一眼看到平坦的巨石顶上，两挺喷着火舌的机枪，还在朝着姐妹们狂射。小嫦娥双眼冒火，悄悄地摸到了机枪后面。小嫦娥心里默默地说道："小雪，我陪你来了！"于是，她摸出腰间的手榴弹，果断拉断了导火线，手榴弹尾部嘶嘶冒烟。她什么也不顾了，举着手榴弹冲到两挺机枪之间。

鬼子们正在全力朝垭口扫射，根本没有注意到小嫦娥。

"轰"的一声巨响，机枪哑了，小嫦娥与鬼子同归于尽了。

是她小嫦娥在危急时刻扭转了危急的形势，她终于可以安心地追随小雪而去！

机枪哑了之时，母亲惊讶地抬头，朝垭口眺望，她仿佛看到身着紫花旗袍的小嫦娥千娇百媚地朝她嫣然一笑，然后风姿绰约地朝前袅袅走去……

母亲呆了，仿佛意识到了什么。

未等硝烟散尽，鲁队长率领二十多名围山游击队员迅疾冲了上来，与赵营长他们里外配合，一举击退了附近的鬼子，重新占领了垭口。然而为时已晚，母亲含泪集合了剩下的二十多位姨太太，她们还有几个受伤了。她们顾不上多看一眼躺在地上的姐妹，就被游击队员迅速护送出了垭口。赵营长与侯排长带领剩下的三十多个弟兄，迅速接替游击队守住了垭口。

罗政委在垭口背面的一个山洞里等着母亲。罗政委说："两次接出的姐妹共四十六位，形势危急，赶快转移吧！"

母亲说："我到垭口去去就来。"

罗政委说："赶紧去吧，就五分钟，鬼子说不定很快就会打过来！"

母亲焦急地回到垭口，找到赵营长，问道："你们团长那边的情况怎样了？"

赵营长说："嫂子你看，现在鬼子们都围到团长他们那边去了！"

侯排长也着急地补充道："嫂子，要是团长冲不出来，我们独立团就完了！"

母亲的脸色霎时白了，几乎是高声嚷道："快快，快快，你们快看还有什么办法可想？"

赵营长无奈地说："我这里只剩下三十来位弟兄，只能紧守垭口了！"

母亲说："请游击队支援如何？"

赵营长说："不可，他们兵力不足，只有四五十人，还是护送你们转移为妥。"

母亲无力地说："只好这样了。坚守两个小时后，你们也赶快转移吧，别忘了在白面石会合！"

赵营长说："你们赶紧转移，两小时后我们再去找团长！"

说完，母亲踉跄地离开垭口，她不忍心再往身后多看一眼。

侯排长追着母亲的背影大声喊道："嫂子，别忘了把你妹妹嫁给我！"

按照之前的惯例，母亲应该回答："等我的老娘生下来再说吧！"可是母亲鼻子一酸，什么话也说不出来。

赵营长也大声喊道："打完这一仗，嫂子别忘了亲我一口！"

按照之前的惯例，母亲应该回答："行呵，赵鬼子你把脸伸过来！"母亲鼻子又一酸，依然什么话也说不出来。

母亲只是哽咽地回道："嫂子只盼望你们和团长都平安归来，到时候你们要什么，嫂子什么都答应你们！"她的声音那么低，低到她自己都听不清，更别说赵营长、侯排长了。

仅仅一天后，母亲真的亲了赵营长沾满鲜血的脸庞，一颗颗晶莹的眼泪随之滴落。那时，母亲随游击队员回到了激战后的清风垭。

就在垭口附近，灌木丛里，国军和日本鬼子的尸体随处可见，有的国军被炸得血肉模糊，有的扭住鬼子同归于尽，有的手里到死都紧紧地握着枪，其情其状甚是惨烈。

姨太太们则静静地躺在地上，她们的面容依然静美如花。

母亲的泪止不住流了又流，双眼红肿，游击队员们则禁不住哭出声来。

赵营长和侯排长及手下上百位兄弟无一幸免，他们用自己的身躯为姨太太们堵住了日本鬼子，使得姨太太们得以逃脱日本鬼子的追击！

　　血肉模糊的赵营长仰天躺在一片凌乱的马蹄兰丛中，他身上压着一个高大的鬼子，而他的周围满是鬼子的断臂残肢。母亲拂开落在赵营长脸上金黄的枯叶，吻了吻他胡子拉碴满是血污的脸颊。母亲喃喃地念叨说："你醒醒呵，好兄弟，嫂子亲你了！"

　　亲完后，母亲依然跪在赵营长的跟前，呜呜地哭了起来。

　　母亲不仅仅是哭他赵营长，更是哭她的天挺，哭独立团，哭不幸的姐妹们，哭所有遭受日本鬼子糟蹋的中国人！哭里不单单是悲痛，更多的是满腔的愤怒与仇恨！

　　母亲只顾着悲痛，没有发现赵营长英俊的脸上其实浮着淡淡的微笑。

　　当最后那个身体高大的鬼子端着刺刀冲向赵营长时，他刚解决了一名鬼子，正好抽回自己的刺刀，转过身来就与高个子鬼子面对面。

　　对方的刺刀直直地插进了他的胸膛，赵营长竟然没有觉察到半点痛苦，只听见"砰"的一声枪响，他愣愣地看着高个子鬼子倒向他，将他扑倒在地。

　　赵营长他太累了。

　　从突围开始，赵营长就率领士兵们一直在清风垭与鬼子较量，他都不记得自己杀死了多少鬼子。当赵营长躺到地上时，他只觉倦意绵绵袭来，但可耻的鬼子却重重地压着他。

　　"鬼子一动不动，难道是死了？刚才那枪是打在鬼子身上么？但自己怎么就无力推开鬼子呢？不行，一定得推开鬼子！"赵营长举了举手，却无力举起来。

　　突然一阵悠扬的歌声传了过来，依稀恍惚间，赵营长猛地站了起来，朝前一看——哦，他美丽的蕴玉，他日思夜想的蕴玉，正身穿着红红的新嫁衣笑笑地朝他走来……

　　母亲后来回忆说，她这一辈子只亲过三个男人。一个是魏浩远，一想起来就懊悔不已；一个是我父亲，她心心相印的丈夫，令她终生幸福陶醉；另一个就是死后的赵营长，那是一种超越男女的人世间最圣洁、最崇高的情感！

第十三章
父亲与母亲诀别

我绝不能让鬼子在围山上为所欲为，只要我还有口气，就
要将鬼子赶出围山！

我定要与他们拼个你死我活

第三次长沙会战结束后，第九战区发表的战报上如此说道："郑天挺独立团于突围的当天下午，激战后剩下的三十二个人重新突入敌阵战死。"

这个记载中的数字有误，应该是剩下三十三个人，其中三十二个人重新突入敌阵战死。多出来的一人就是身负重伤的铁锁。

冬天的大围山天黑得早，还不到下午五点，就像夏日的黄昏那样昏暗了。再加上这是个阴雨天，清晨没有过渡到白天，就直接进入了暮色。行走在围山的密林里，视野里一片朦胧。

将四十六位脱险的姐妹安全转移到白面石之后，罗政委带着一个游击小队随母亲焦急地去寻找突围幸存的弟兄们。

就在玉泉寺西北角约一公里远的小溪旁，母亲找到了父亲。

父亲正靠着块大石头侧躺着，左上臂的衣袖上鲜红的血印甚是扎眼。右肩上绑着绑带的李副官正守在他身边。

在父亲周围还零散地坐着随他冲出重围的三十一位弟兄。借着昏暗的光线，只见他们一个个满脸污黑，血染红了棉衣，靠在一丛灌木丛边休息。

印空法师正在给身负重伤的铁锁清理创口，敷草药。

不远处，玉泉寺上方突然烈焰腾空，火光冲天，不时映照到父亲他们满是悲愤的脸上。

一座千年古刹，就这样被河野下令焚烧了。印空法师忙站了起来，失神地眺望着熊熊烈火，双手合十："阿弥陀佛！罪过，罪过！"

父亲看看母亲，努力朝母亲绽放了一个微笑，说："红姑，你来得正好，我有话对你说。"

母亲见父亲已然负伤，心如刀割，忙冲了过去："天挺，你躺着别动！你手臂负伤了，让我替你包扎一下。"

父亲摇摇头说："红姑，不必包扎了，你好好听我讲，你可要听好！"

母亲跪在父亲跟前，握起父亲的双手，心疼地说："天挺，你已安全脱险，不要讲不吉利的话。我们赶快转移，这里离敌人太近！"

父亲眼睛红了："红姑，还剩下多少姐妹？"

母亲装作没有听见，只管转过头去，对李副官说："李副官，快来帮我扶你们的团长转移，你们的团长负伤了。"

父亲挣脱开母亲的双手，眼睛看着那冲上半空的火光说："所有的人都可以转移，唯独我不能转移！到底还剩下多少姐妹？"

母亲急了："天挺，你打仗打昏了头，尽说傻话！天色不早了，赶快转移。弟兄们，扶你们的团长走！你们还得继续保护幸存的四十多位姐妹们转移！"

父亲拂开母亲的手说："只留下四十多位姐妹？红姑，作为军人我严重失职，未能保护好三百零九位姨太太呀！只要我还有一口气，就得将鬼子赶出围山，给最后的姐妹们以安全！"

"而我倘活下来，就将面对军事法庭，那对我来说，是最大的耻辱！我甘愿战死，也只能战死！"

母亲再也忍不住了，泪流满面，呜咽着说："让军事法庭见鬼去，全团都快打光了，我们抗日有什么罪？"

父亲也潸然泪下："全团打光了，军事法庭不会找我。可是我没保护好随军家属，我对不起三百零九名姐妹！我没有赶回长沙应战，作为军人我违反军部命令，更是极大的耻辱！"

母亲大声争辩道："让耻辱见鬼去吧！你已经与日本鬼子作战了！"

父亲依然不为所动，毅然决然地说："我绝不能让鬼子在围山上为所欲为，只要我还有口气，就要将鬼子赶出围山！我不能让独立团蒙受羞辱，我不能给军长脸上抹黑，我不能让郑天挺三个字出现在军事法庭判决书上！"

母亲抱住父亲的头泪如泉涌："天挺，天挺，你不能再去做无谓的牺牲！留得青山在，不怕没柴烧，日本鬼子还在中国横冲直撞，你活下来还可以继续打鬼子！我不让你死！你不能丢下我们母子！"

父亲轻轻推开母亲，柔声地劝慰母亲说："红姑，不要这样伤心，你产后贫血，又跟着我奔波劳累了这么多天，你真是我的好老婆！"

母亲捶打着父亲的胸脯说："天挺，你就舍得狠心丢下你的老婆，丢下你还不会走路的崽么？"

父亲紧紧握住母亲的双手，久久地与母亲泪眼相对。泪眼相对之时，纵是千言万语，也无语凝噎。

父亲为母亲擦拭着腮边的泪水，伤痛地说："红姑，我舍不得你，舍不得崽。可是，我只能这样。我是军人，军人的天职是什么，你比我更清楚！"

"自古忠孝难两全！现在日本鬼子还在我眼前枪杀我的士兵，我绝不能视

而不见，放任不理，我定要与他们拼个你死我活！"

"倘老天有眼，说不定还能让我活下来！那我也不再在乎军事法庭了，只要与你和崽在一起！"

此时，一旁的人闻言都眼睛红了。

罗政委插话说："郑团长，抗日急需将才！留得青山在，不怕没柴烧，留在围山吧，我们一起打鬼子！"

父亲苦笑着说道："如果是十年前，我一定会留下来。现在国共合作了，我留下来只会给你们添麻烦！"

母亲再也控制不了自己的情绪，哭着说："天挺，我们就在围山山脚下搭一间茅棚落脚谋生吧。你不是说过想在竹林茅舍、松风明月之中夫妻长相厮守吗？"

父亲叹息了一声，说道："红姑，你还是天真了。国破家亡之际，哪里会有世外桃源，哪里还会有平静的家园？有国才有家啊！"

父亲转过头，对罗政委说："我内人过去是你们的人，我深知这么多年来她的心始终向着共产党！把她留在国民党的地盘里，她迟早会出事的，我不放心！"

罗政委说："据我们了解，她的问题是脱党而不是叛党，只要她本人愿意，我们欢迎她归队！"

这时，罗政委竟扭头对母亲说："郝红梅同志，你愿意归队吗？"

"什么，什么？叫我同志，郝红梅同志！"母亲不敢相信自己的耳朵！刹那间，多年来所有的困惑委屈伤痛，都不复存在了！她不由怔怔地看着罗政委。

罗政委朝她点了点头，又补充了一句："红梅同志，我代表党组织欢迎你归队！"

母亲这才反应过来，这是真的，她依然是同志！

犹如飘零的孤雁找到了家，离娘的女儿见到了娘，母亲"哇"的一声哭了起来，七年来郁积的委屈的泪水，眼前的万般伤痛，如瀑布倾泻而下。

罗政委轻声对母亲说："红梅同志，我理解你的心情，你受委屈了！你现在要完成党组织交给你的任务，无论如何都得让郑团长留下来！"

父亲说："罗政委，谢谢你的好意。我意已决，只有一死报效国家！"

母亲扑到父亲身上，急切地说道："天挺，你不要丢下我和崽，我要你留下来，让我们夫妻永远在一起！"

父亲说:"听着,红姑,正如傅蓉大姐是你的恩人一样,军长是我的恩人。你离不开你的傅蓉大姐,我离不开我的父亲般的军长,军长对我恩重如山!"

父亲又对罗政委说:"红姑又找到你们的队伍,找到了她最好的归宿,我死无遗憾,何况我是为抗日而死!希望你们今后能从实际出发,不要因为我而连累她。罗政委,拜托了!"

罗政委说:"我们党一定会汲取深刻的历史教训,今后绝对不会再做肃反扩大化的蠢事了!"

父亲说:"那我就彻底放心了!"

父亲吃力地转过头来,递给母亲一只黑色的小公文包,郑重地说道:"我把公文包留给你,里面有全团将士的花名册和田处长造好的薪饷表。

"会战结束后,你到长沙小吴门 639 号找理发的姚师傅,我带你见过他的,你应该记得。

"我之前将历年来吃空饷的钱,还有积欠的兄弟们的三四个月薪饷,都交由他存到了银行。你去取出来,平均分配,按花名册上的地址把钱寄给阵亡弟兄的家里。

"我还有一笔小小的积蓄留给你们母子,也存在姚师傅那里。姚师傅是我讨米时结下的兄弟,绝对可靠,他会帮你的。"

母亲生气地说:"我不听,不听!天挺,你要活下来,我是你的老婆,我有权力要你活下来!"

父亲不理母亲所说的话,继续说下去:"团里的善后事宜主要是弟兄们的抚恤金,你去找韩参谋长和一营何营长出面,他们有办法的。"

"你还要代我去见军长,代我向他辞行,就说我辜负了他的栽培。"

"另外,这次无论阵亡还是活着的姐妹,你都要军长出面为她们请功……"

母亲流着泪,紧紧抱住父亲,唯恐一不小心他会从自己身边飞走。

父亲任由母亲抱着,一动未动,说:"红姑,别任性了。生死有命,我们来世再做夫妻吧!"

"鬼子已经烧了玉泉寺,应该马上就会来搜山,你赶紧回到姐妹们那里!你的任务还很艰巨,江西来接应的部队应该快到了,你赶紧与他们联络上,将姐妹们转给他们吧!他们会接着完成任务!"

母亲的眼泪早已哭干了,她不叫也不闹,只是紧紧地抱住父亲,一动不

动。突然，她手一松，连日来的激战及悲伤，风里雨里地奔波，引发了她产后贫血症。此时，如此大悲大痛，她再也支撑不住了，竟昏迷了过去。

后来，父亲长叹了一声，反过来抱了抱母亲，吻吻她的额角，再让李副官将她轻轻地放在草地上。

后来，父亲严肃地对铁锁说："不要动，不要跟我说什么，你好好养伤，伤好后代我照顾你干妈！"

后来，父亲指着燃烧的玉泉寺，对印空法师说："多雄伟的一座寺院，它是净土宗的衣钵之庙，香火传到了日本，可是日本人把它烧了！"

后来，父亲挣扎着站起来，郑重地对罗政委说："我把红姑还给你们了！拜托了！"

再后来，父亲忽地从地上一跃而起，端着全团最好的一挺轻机枪，趁着夜色掩护，头也不回地朝玉泉寺方向直奔而去。他要带着兄弟们再次袭击日本兵，他将与可恶的日本兵同归于尽！

听着父亲和母亲的生离死别的伤痛，李副官也满面是泪。他不知道他牵挂的文绣到底怎么样了。想起先前他恍惚中听到的文绣的歌声，他猜测，文绣应是凶多吉少，是来与他道别，她生命的最后时刻心里有他！

李副官想，他得感谢命运，让他在生命的最后日子里认识了文绣，让他再次享受到了思念与牵挂一个女人的滋味，抑或这就是爱恋的滋味吧。也算是死而无憾吧！

李副官恋恋地看了看清风垭方向，随即和其他三十位弟兄一道勇敢地端起了枪，毫不犹豫地紧随我父亲身后，朝玉泉寺奔去。

罗政委看着他们奋勇奔跑的身影，是那样义无反顾，是那么高大勇猛，一时热泪盈眶。倘不是要确保剩下的姨太太们安全转移，他真想率领所有的游击队员一道奔上前，誓与日本兵决一死战。

很快，罗政委和他的游击队员们听见了前方枪声大作，很激烈，很激烈……

我会好好去完成你未能完成的夙愿

就在那天晚上，天冷得异乎寻常，到了快天亮时，天沸沸扬扬下起了鹅毛大雪。

日本兵倒是不恋战，河野率队冲过父亲他们的攻击，顾不上打扫战场，就匆匆下山了。独立团太可怕了，打得他河野联队元气大伤，打得他河野联队心有余悸，他只管速速逃离此地，直奔长沙而去！

围山上白雪皑皑，重新陷入了重重的沉寂，一派平和。

游击队员与母亲重返玉泉寺时，正值天空晴朗，玉泉寺却已成废墟，乌黑的断壁残垣间，偶尔有丝丝缕缕青烟冒出。

洁白的前坪里，躺满了国军和日本鬼子的遗体，其情其状极其惨烈。众人静立于坪前，摘掉帽子，默默地为牺牲的国军战士，为这些勇于献身的英雄默哀，再抬头时一个个双眼通红。

母亲终于找到了父亲。他就倒在寺前不远的草坪里，浑身已被白雪覆盖，依然端着轻机枪，双眼大睁。

悲恸欲绝的母亲扑地跪在父亲跟前，泪滚滚而下，她颤抖地伸出双手，轻柔地抹了抹父亲的双眼，替父亲合上眼，再轻轻地擦了擦父亲满是血污的脸。

母亲泪眼模糊，喃喃地说道："天挺，你的红姑来了！你放心地去吧！我会拉扯我们的崽长大！是你给了我爱，让我拥有一个真正的家，但你还是狠心地抛下了我和崽呀！我不怪你，你是牺牲在战场上，你亲手杀死了那么多鬼子！你是英雄！不光是我的英雄，还是所有中国人的英雄！但我是多么舍不得你呀！"

母亲说着说着，禁不住扑在父亲身上，失声痛哭。还是罗政委扯起了她，告诉她："红梅同志，我太懂得你的悲伤，但你要珍重节哀！我们待在这里的时间不能太久，还是让郑团长入土为安，让国军将士入土为安！"

母亲依然舍不得离开父亲，她点燃了带来的纸钱，跪在父亲跟前，直至那堆纸钱一一燃尽。

而罗政委早已指挥游击队员和附近的山民在燕子崖、清风垭、玉泉寺前坪等处清理战场，含泪掩埋了国军战士、姨太太们的遗体，文绣她们的遗体一时还未能找到！

母亲太懂得父亲的心思，特地让罗政委在燕子崖上找一处高地，就让父亲长眠此处，让他最先看到日本鬼子被赶出中国，早日看到抗日战争的最后胜利！

直至天将要黑了，看着父亲高高的坟堆，想着从此阴阳两隔不能相见，母亲迎着凛冽的寒风，再次扑倒在父亲坟前痛哭起来。

罗政委赶紧上前扯起母亲，扯着母亲匆匆下山……

就在当天晚上，在游击队员的护送下，母亲回家来看我了！

一眼见到母亲，我像受了天大的委屈，"哇"的一声哭了，从吴妈怀里挣扎着扑向母亲。母亲紧紧地抱住了我，贴着我的脸，泪眼婆娑："哦，我的好儿子，乖儿子，怪妈妈把你丢在家里了吧！妈妈对不起你呀！妈妈现在不是回来了么？"

看着我健康红润的脸，母亲真心真意地感谢了吴妈和小柱子的用心照顾，在心里却暗暗地对父亲说："天挺，你就安心走吧！我会好好带好孩子，会好好去完成你未能完成的夙愿！"

小柱子惊闻父亲已经阵亡，抱着头蹲在地上痛哭起来，惹得我和母亲都哭了起来。最后，小柱子终于平静下来，他知道他干爹在天之灵看着他，希望他振作起来，保护好干妈和建国小少爷！

夜深人静之时，当着小柱子和吴妈的面，就着昏暗的灯光，母亲抱着我，打开了父亲留下的公文包。公文包里头一页就是父亲生前留给她的话，母亲意外地读到了以下内容。

红姑，作为一个军人，战场上随时有牺牲的可能。我预先写下这些话，这是我对你的忏悔。

红姑，我对不起你，我有罪，我该死，我对你隐瞒了重大情况，在你之前我有了妻子……

母亲的头一下子大了，一阵猛烈的晕眩向她袭来，她好不容易才支撑住，继续读下去。

她叫沈秀兰，是个瞎子。她是我师兄的妹妹，在我奄奄一息的时候，她守护我七天七夜，救了我一命。出于报恩，我娶了她。不过我发誓，我对她尽的是报恩的义务，只有你才是我心灵相通的妻子。

那一晚你向我倾诉你的经历，我哭了，流了很多泪水，很大一部分是我愧悔交加的泪水。

千磨万劫之中，你为我保全了完整之身，我却早已成亲，早已有个名义上的妻子。可是我不敢讲呀，我怕失去你！你是那么强烈地追求男女平等，如果让你知道真相，你会认为自己当了姨太太，一定会决绝地离我而去。

然而，我又不能与她一刀两断，我得对她尽我的责任！她太善良了，太可怜了！失去了我，她就孤独无依，只有死路一条。我只能以丈夫的名义按时寄钱给她，而把满腔的爱情留给你。

红姑呵红姑，我死后，看在我们夫妻一场的份上，你肯不肯代我照顾一下她？此事我只有拜托你了，她住在益阳城郊五里牌……

母亲泪水汹涌，喉头哽咽，她再也看不下去了。

母亲哭着说："天挺啊，天挺，你太糊涂了，这事你怎么不早说？你应该早告诉我，我是那种没有同情心的女人吗？你怎么这样不信任我呢？"

"你放心吧，沈秀兰就是我的姐姐，我们的儿子就是她的儿子，我会照顾好她的！"

母亲呜咽道："天挺，你活过来吧，只要你活过来，我什么都答应你，就是当你的姨太太，我也愿意……"

一旁的小柱子和吴妈早已泪流满面，但谁也不敢惊动母亲。而我早已在母亲的怀里睡着了，睡梦里还咧开嘴笑了。

尾 声

抗日战争胜利五十周年之际，我在一本《抗战史话》里读到这样一段话。

1941年12月24日，日军第十一军、第三、第六、第四十师团和第九独立混成旅团（由华北调来），强渡新墙河，再次向长沙展开进攻，并令南昌方面的第三十四师团、第十四独立混成旅团策应第十一军之作战。

12月27日至28日，日军渡过汨罗江，并于1942年1月1日向长沙市进攻。国民党第九战区部队对进攻长沙之敌实施反击。日军于4日开始撤退，在撤退途中受到国民党军的侧击和截击。

日军经过苦战之后，至15日撤退到新墙河以北地区。

至此，第三次长沙会战结束。

是役，薛岳制订并经蒋介石批准的天炉作战计划得以成功实施，取得歼敌五万六千余人的胜利，国民党军亦损失六万余人。

第三次长沙会战的胜利，改变了美国盟邦眼里国民党军不堪一击的形象，达到了蒋介石预期的政治目的。

就在这次战役结束后不久，母亲带着我赶到长沙城，特地去拜见了军长。

此前，母亲协助江西来的友军将四十六名姨太太移交给了第九战区指挥部，之后千辛万苦地找到姚师傅，取出了父亲存在他处的钱。在小柱子的帮助下，母亲办妥了父亲死前嘱托的一应事务，将欠饷和抚恤金一一寄给了死难者家属。

这是个好天气，正是春光明媚之时，万物已然复苏。

这天上午，母亲抱着我怯怯地走进军长家的客厅。

军长早已起身迎上前来，清瘦的脸上满是暖暖的笑。

招呼母亲坐下后，军长让佣人与卫兵都退了下去，他想安静地与我们母子待一会儿。他这是第三次也是最后一次见到母亲。

军长慈爱地抚摸着我的头说："这是天挺的儿子吧？叫什么名字？"

母亲说："叫建国，是天挺取的名。"

军长赞道："这个名字很好，但愿抗战胜利后各党各派能够精诚合作，建立一个全新的国家！来，让爷爷抱抱！"

我竟主动伸出手来，扑到军长的怀抱里，这令军长感动不已："红梅，你

看，你看，到底是天挺的种，这小子好像认识我一样，乐意让我抱他！"

母亲也暗暗惊讶，由衷地感叹道："军长，那是您一直以来待天挺如儿子，对天挺关爱有加，天挺地下有知呢！"

军长笨拙地抱着我，此时真像一位慈祥的爷爷。他从茶几上果盒里，一会儿给我拿糖果剥糖果，一会儿给我拿蛋糕。

我呢，迫不及待地接过去，直往嘴里塞，引得军长哈哈大笑。也许是糖果的味道太好了，我吃得津津有味，嘴里的口水都流到了军长的衣衫上。

母亲急了，忙上前去接我："军长，孩子太小了，不懂事！看，他都将您的衣服弄脏了！"

眼见母亲急得满脸通红，军长不情愿地将我还给了母亲，重新在沙发上坐了下来，视线依然落在我身上。他坦诚地对母亲说："红梅，你不要拘束，不要因为你过去当过共产党，就在我这个国民党军长面前拘束！共产党的书我比你读得多，共产党的大人物我见过不少，毛泽东、周恩来、林伯渠、董必武都见过，我还和叶剑英共过事。何况你还是国民党军官太太呢！"

母亲低着头说："军长，我是代替天挺来拜见您！"

军长看了母亲一眼，歉意地说道："哦，你看我，扯到了题外。天挺如同我的儿子，你就是我的儿媳妇，我们今天只谈家事！"

母亲伤痛地说："天挺视您为父亲，为了报答您的恩情，不给您脸上抹黑，他宁愿为国捐躯，也不愿上军事法庭！"

军长眼圈一红说："天挺为国捐躯了，我很难过。他是个顶天立地的将才，有勇有谋，敢作敢当有血性，如果不牺牲将有更大作为！"

母亲特地抱着我站了起来，朝军长鞠了一个躬，流着泪说："感谢军长对天挺的知遇之恩！但天挺临死前嘱咐我，让我代为三百零九位姐妹向军长请功！"

军长忙扶着母亲坐下，动情地说："放心吧！我会实现天挺的遗愿！连姨太太也知道爱国抗日，这是第九战区的光荣！天挺对我还有什么要求？"

母亲想了想，说："没有了。"

军长又问："你自己呢？难道没有半点要求？"

母亲大胆地请求道："请您将天挺的照片翻印一套给我吧，也让建国永远记得他父亲的模样！"

军长说："好，立刻翻印。不过红梅，你别老是军长军长的，叫我一声爸

爸行吗？"说完，他急切地看了我们母子一眼，目光里有期待有怜惜，我此时依然在母亲怀里吃糖果。

母亲犹豫了一下，看了看军长，终于低声了喊道："爸爸！"

军长高兴地答应着，眼眶却红了，关切地问道："红梅，你今后打算怎么办？"

母亲说："带好我们的儿子建国！"

军长说："你还年轻，你安下心来带建国很好，过几年，我慢慢给你物色一个……"

母亲态度坚决地说："我这辈子决不再嫁人，世上再没有第二个天挺了！"

军长面露喜色，连忙建议："你立志为天挺守节，可钦可敬，我代天挺谢谢你！你就留在我这里，跟我夫人打个伴好吗？"

母亲感激地说："军长，我决心抚养建国长大成人，但我并不是为天挺守节，是因为我深信我再也不可能遇到天挺这样有血性懂情义的男人！"

"谢谢军长对天挺的恩情，也谢谢军长对我们母子的好意！我不能留下来，我还有很多事要做，就此告别了！"

军长点了点头，表示敬重母亲的意愿。见母亲要走了，他赶紧从茶几上拿起一只精致的锦盒，表情凝重地递给母亲说："这是一枚奖励天挺的勋章！这次会战胜利，薛岳长官获得了美国罗斯福总统颁发的独立勋章。天挺的青天白日勋章则是蒋委员长颁发的！你收好吧，也算是一个念想呢！"

军长还去书房拿来了他自己的一张名片，在名片上郑重地签上"我的儿媳郝红梅"几个字，并将它交给母亲："红梅，天挺为国捐躯了，他是好样的！你一个人拉扯孩子也会不容易。倘你今后有什么困难，只管带着这张名片来找我！"

母亲接了过来，郑重地放到自己的内衣口袋里。

军长又拿起桌上另一只锦盒，放到我的手里，爱怜地摸了摸我胖胖的脸蛋，回过头来对母亲说："这是我给建国准备的见面礼，你万不可推辞！以后会用得着的！"

见军长满脸严肃，母亲不好拂了军长的好意。待后来回到住处，打开一看就呆住了。原来锦盒里装了一把纯银长命锁，还有一对银手圈，一对银脚圈，还有四根金光闪闪的金条！

后来母亲托罗南同志将金条全部上交给了党组织，银长命锁、手圈、脚

圈则留给我戴上。她盘算着，儿子长大有了我的孙子后，就留给孙子用，看来可以一代代传下去，成为我家的传家宝，也成为对军长永久的纪念。

话说当时告别时，军长牵着母亲的手，将我们母子送至大门口。军长依依不舍地说："红梅，你要带建国常来看我，不要忘了我这个老头子。"

母亲点了点头，缓缓朝停在大门口的黄包车走去，但她不敢再回头看一眼军长。在这短短的时间里，母亲被军长真诚的慈爱深深地感动了，她怕自己一回头就会泣不成声。

军长没有察觉到母亲情感的变化，他默默地站在门口，满脸伤感地目送着我们母子坐上了黄包车，渐行渐远。谁曾想到从此一别未能再见！

抗战胜利后，军长不想打内战，便弃军经商，后定居香港。临走时，军长还派人送信来了，希望我们母子随他一起去香港，母亲没有答应。

军长一去就没机会再回长沙了，于1959年在香港逝世。临终时，他郑重地托付自己的长子今后有机会要找到我们母子，要时常接济我们。

好不容易到了20世纪80年代，军长长子历尽曲折在围山脚下那所中学找到了我，母亲早已故去，而我当时在此教书。直到现在，军长的孙子还与我保持着联系。

独立团的韩参谋长和一营何营长，于1943年冬加入史迪威将军指挥的援印远征军赴缅甸作战，不久都战死在缅北胡康河谷。

而之后战死的还有小柱子。在母亲的鼓励下，小柱子重新回到了部队，随何营长出战缅甸继续打鬼子。在一次阻击战中，小柱子被鬼子的大炮击中，当时就倒地身亡。噩耗传来，母亲难过了好几天。

而就在当时，母亲把吴妈接到长沙，让吴妈带着我寄居在长沙小吴门姚师傅家里。

之后，母亲又专程去益阳看望了父亲的原配、双目失明的沈秀兰，告诉了她父亲已经牺牲。沈秀兰拉着母亲的手，哭得天昏地暗，惹得母亲也涕泪涟涟。任凭沈秀兰多方挽留，母亲只在沈家住了一晚，第二天一大早，给沈秀兰留足了生活费后，便告辞返程了。

安顿完毕后，母亲回到了围山，回到了游击队的怀抱。铁锁伤好后也加入了围山游击队。母亲于1943年重新入党，1945年带着铁锁随王震司令员的三五九旅南下支队北返中原解放区。

解放战争时期，母亲一直在军队中做后勤工作，铁锁因战功卓著升任营长。中华人民共和国成立后，罗南同志担任了省委副书记，母亲调任湘东地区党委常委兼妇联主任，回到了长沙，从此住下来再也没走了。至于铁锁，后来参加了志愿军赴朝作战，归国后调任四川某军分区副司令员。

安定下来后，母亲将我和吴妈接到身边，又将沈秀兰从益阳接到身边。按母亲的话说，一家人终于团聚了，从此好好过日子。

母亲叫沈秀兰姐姐，我叫她大娘。沈秀兰于1961年病逝，去世时，她紧紧地握住母亲的手哭了。其丧事由母亲操办，办得既简单又隆重。